KB176470

나는
포기할
권리가 있다

나는
포기할
권리가 있다

초판 1쇄 인쇄 · 2022년 7월 25일
초판 1쇄 발행 · 2022년 8월 1일

지은이 · 채 정
펴낸이 · 한봉숙
펴낸곳 · 푸른사상사

주간 · 맹문재 | 편집 · 지순이 | 교정 · 김수란, 노현정 | 마케팅 · 한정규
등록 · 1999년 7월 8일 제2-2876호
주소 · 경기도 파주시 회동길 337-16 푸른사상사
대표전화 · 031) 955-9111(2) | 팩스 · 031) 955-9114
이메일 · prun21c@hanmail.net
홈페이지 · http://www.prun21c.com

ISBN 979-11-308-1934-1 03810
값 17,000원

이 도서는 광주문화재단의 2022년 창작기금을 수혜했습니다.

35
푸른사상 소설선

나는 포기할 권리가 있다

채 정 소설집

작가의 말

오전 9시. 커피를 들고 책상에 앉는다. 한 모금 마신 뒤 가지런히 놓인 연필을 본다. 들쭉날쭉 키가 다른 연필은 밑줄긋기용의 색연필과 메모할 용도의 연필로 나뉜다. 주홍 색연필과 초록색의 연필을 한 차례로 깎는다. 뭉툭하게 닳은 연필심이 금세 뾰족해진다. 연필의 잔해를 받아내는 건 오래전 선물 받은 장미가 그려진 컵이다. 이가 나간 컵은 버려지는 대신 연필을 깎는 쓰레기통으로 변신했다. 컵 안에 코를 대면 오래 묵은 나무 향이 코를 간질인다. 공기에 희석되어 희미해진 향은 다음 날이면 다시 채워지기도 한다. 연필을 깎다 말고 손을 멈춘다. 연필뿐만 아니라 깎아야 할 게 많다. 첫 책을 준비하는 동안 왠지 모르게 불안해진 마음도 그렇고, 마무리하지 못한 '작가의 말' 쓰기로 복잡해진 머릿속도 함께 깎아낸다. 컵은 어제보다 조금 더 많은 양의 잔해로 채워진다.

뾰족해진 연필심이 말한다.

'제 몸을 이용해서 소리를 내주세요. 저는 종이 위를 지나갈 때 내는 사각사각 소리를 좋아해요. 아니면 제 존재는 아무런 의미가 없어요.'

연필의 마음을 읽어버린 나는 노트를 편다. 노트에는 전날의 흔적이 어지럽게 널브러져 있다. 멋 내기 글씨로 따박따박 쓴 건 사색의 흔적이거나 낙서, 급하게 휘갈기듯 쓴 건 머릿속에 떠오른 메모, 삐뚤빼뚤 쓰인 다소 긴 문장은 책을 읽다 써둔 좋은 문장…….

그렇게 한 자 한 자. 노트를 메운 글자는 내가 된다. 의식하지 못하는 사이 조금씩 나의 귀퉁이가 허물어지면서 노트에 저장된다. 이 모든 행위가 나의 하루이고, 그런 나날들이 모여 나의 포트폴리오가 된다.

소설을 쓴다는 건, 외롭고 지친 영혼이 내 몸 밖으로 나가 스스로 만든 족쇄를 하나하나 풀어내는 과정이 아닐까 생각한다. 오늘은 왼쪽 귀퉁이를 풀고 내일은 오른쪽 귀퉁이를 풀어 활자화시키는 그 일련의 행동의 되풀이가 아닐까 하고.

등단 소감에 '이제 시작이다. 인생의 유턴 지점을 찾았다'라고 썼다가 용감하다는 말을 들었다. 겁이 덜컥 났다. 정말 하고 싶은 일을 찾았고 그 길을 나아갈 거라는 의미의 말이, 이제 시작이고 앞으로 더 잘할 거니까 두고 보라는 식의 자신감으로 읽힐 수도 있다는 걸 예상하지 못했다. 그러함에도 여전히 '이제 시작이다'라고 말한다. 그리고 덧붙인다. 갈 길이 먼 시작점에 선 의미라는 걸 먼저 밝히겠노라고.

2021년 한 해, 지면에 발표한 작품 일곱 편에 한 편을 더해서 첫 창작집을 내면서 문득, 책을 낸 뒤 혼자서 강원도를 여행했다는 어느 시인이 생각난다. 뭔가를 이뤘다는 성취감보다 민망하고 부끄러워 낯선 곳을 정처 없이 헤맸다는 시인의 말에 부러웠다. 자신의 이름으로 책을 내고도 왜 그랬나, 가진 자의 우월감 같아 잠깐 시샘도 했었다. 첫 단편집을 내는 이 시점에 그 시인의 말이 떠오른 건, 아마도 부합되는 어떤 마음 때문일 것이다.

어쨌거나 소설을 쓰는 건 보이지 않는 것을 보는 눈을 가져야 한다고 생각한다. 그 일련의 행위를 멈추지 않기 위해 보고 느끼고 상상하는 것에 시간의 더께가 더해지면서 점점 밝아지고 깊어질 눈을 기대한다.

노트를 편다.

'연필을 깎으며 하루를 시작한다.' 쓰고 나니 왠지 흐뭇한 마음이다.

부족한 글에 해설을 맡아 써주신 심영의 평론가님, 뒤표지 글을 써주신 정지아 작가님과 장마리 작가님, 홀로 걸어가는 패잔병으로 놓아두지 않고 채찍질과 위로를 지치지 않고 해준 '돌소공' 문우들, 그리고 나의 아이들에게도 감사의 인사를 전한다. 굳이 말하지 않아도 이 울컥하는 마음을 모두 알 거라 믿는다.

문득, 시거든 떫지나 말라는 말이 떠오른다. 누군가의 독자가 책을 읽어나가는 동안 둘 중의 하나이거나 어쩌면 그 둘 다의 의미를 떠올리게 되지 않기를 바라는 마음이다.

햇살 좋은 곳, 담양 '글을 낳는 집'에서
채정

차 례

등고선

기상 캐스터는 한낮의 온도가 35도까지 올라갈 거라고 했다. 삼복이 지났어도 불볕더위가 당분간 이어질 거라고. 그렇게 보도하는 그녀의 긴소매 원피스는 더위와는 무관해 보였다. 나는 그녀의 스카프에 눈길이 머물렀다. '색채는 구원이다'라고 말한 피카소가 생각났다. 몽환적인 느낌의 보랏빛은 인공적인 합성염료로는 얻을 수 없는 색이었다. 자연에서 얻은 색에 강렬한 조명이 반사되면서 이색적인 색채를 만들었다. 다소 밋밋한 그녀의 원피스가 보랏빛 스카프로 인해 돋보였다.

여름은 소나기가 흔한 계절이었다. 특히 길거리 행사는 날씨에 민감해서 날마다 날씨를 확인하고 덮개를 준비해도 어느 순간 흙냄새가 코끝에 느껴지면 허둥대기부터 했다. 특히 실크는 습기에 민감했다. 다른 천들도 미세하게 구김이 지면서 형태가 일그러졌다. 행사 기간은 보름이었고 이제 3일만 버티면 끝이었다. 행사장은 화랑과 화방

표구점들이 밀집된 곳이었다. 오래된 공방 또한 많아서 언제부턴가 예술의 거리로 불렸다. 가게마다 인도 앞까지 내놓은 각양각색의 오래된 물건들은 인사동 거리를 연상케 했다. 몇 년 사이 도청 분수대를 중심으로 축제가 부활하면서 사람들이 거리로 나오기 시작했다. 그렇게 젊은 층을 겨냥한 소품 가게들이 하나둘 들어서면서 활기가 살아났다. 편승하듯 몇 번 기획 행사로 길거리 판매를 시도했지만 적어도 찌는 듯한 더위와는 무관한 시기였다. 한 달 전, 이사장이 공방에 찾아와 말했다.

"곧 가을이 올 테니 앞서서 스카프전을 합시다."

예술이라는 장르에는 관심을 가지지만 예술품에는 관심이 없는 게 현실이라고, 이런 때일수록 일반인에게 친숙하게 다가가야 한다며 길거리 판매에 대해 장황하게 설명했다. 생색내듯 햇빛예술촌 천막과 현수막도 지원하겠다고 했다.

"중요한 건 단가인데……."

이사장은 생각에 잠긴 듯 손으로 턱을 매만졌다. 저렴하게 1, 2만 원 대에서 5만 원을 넘지 말자고, 그러잖아도 튀어나온 눈을 부라리며 말했다. 그건 원가도 안 되는 금액이라고 하자 염색 재료가 얼마나 한다고 그러냐며 재고떨이로 생각하라고 했다. 재고라는 말에 말문이 막혔다. 이사장은 잔뜩 일그러진 내 표정을 흘깃 보더니, 경제 논리는 생각하지 않고 예술가라고 자존심만 내세우니, 작가로 활동한 지가 10년이 넘었는데 그 모양 그 꼴이 아니냐며 끝내 하고 싶은 말을 다 했다.

이사장이 나갔다. 나는 얼룩덜룩 염색물이 밴 대야에 물을 가득 채웠다. 복도 난간에 놓인 제라늄 화분에 냅다 부었다. 화분에서 넘쳐난 물이 아래로 쏟아졌다. 반지하 사무실로 내려가던 이사장이 위를 올려다보며 소리를 지르는 걸 본 나는 숨듯이 공방으로 들어왔다. CD 플레이어에 〈The Lost Opera〉를 재생시키고 볼륨을 높였다. 키메라의 높은 음색에 속이 뻥 뚫렸다. 그녀는 팝페라 창시자였다. 누구도 생각지 못한 클래식에 팝을 조화시켰다. 유독 정통을 중시하는 클래식계에서 틀을 깼다는 말까지 들었다. 선구자로서 힘든 시간을 보냈을 그녀를 떠올리자 왠지 모르게 위로받는 느낌이었다.

행사장인 예술의 거리는 인도와 차도의 구분이 따로 없었다. 사람을 좇아가듯 바짝 붙어가는 자동차의 기척에도 길을 비켜주는 이가 없었다. 마음은 조급해도 방법이 없었다. 건물 벽에 바짝 붙여 차를 주차했다. 밤새 천막 주위에 어질러진 쓰레기를 치우고 트렁크에서 매대를 꺼냈다. 매대 조립에 이력이 붙을 만도 한데 손은 여전히 더뎠다. 혼자 끙끙대다가 땀에 들러붙은 머리카락을 쓸어 올려 고무줄로 질끈 묶는데 목이 선득했다. 깜짝 놀라 자라목을 하고 돌아보았다. 얼린 생수병을 흔들며 공 선생이 웃고 서 있었다. 그는 생수병을 내게 건네고는 한쪽 발만 겨우 세운 매대의 다리를 움켜잡았다. 로봇을 조립하듯 철커덕철커덕 순식간에 완성했다.

"괜찮아요?"

잘 견디는 중이라고 말하려는데 엄살 부리는 아이처럼 목이 멨다. 지금 상황이 전부는 아닐 거라며 위로의 말까지 건네는 그의 오지랖에 속절없이 눈물이 핑 돌았다. 공방으로 돌아가려던 그가 뭔가 생각난 듯 몸을 돌렸다. 고자질할 이야기를 찾아낸 아이처럼 입가에 웃음을 달고 말했다.

"아침에 한바탕 난리가 났다는 거 아닙니까."

할머니랑 이사장이 결국 싸웠다는 것이다. 이사장이 고추 한 바구니를 사 가면서 천 원을 준 게 발단이었다고 했다. 할머니는 3천 원이라고 말했지만, 이사장은 천 원짜리가 한 장밖에 없다며 지갑을 꺼내 보였다. 지갑에서 5만 원권을 발견한 할머니가 5백 원짜리를 합쳐 4만 7천 원의 거스름돈을 건네고 지폐를 받았다고 했다. 정당한 값을 요구하는 할머니의 당당함에 가슴이 뻥 뚫리는 것 같았다며 공 선생이 웃었다. 그 소란에 하나둘 공방 문이 열리고 지나가던 사람들도 흘끔거리자 이사장이 도망치듯 사무실로 들어갔다고 했다. 그래서 할머니께 엄지를 척! 세워줬다며, 흉내 내듯 엄지를 내밀었다.

할머니는 이곳의 터줏대감이었다. 햇빛예술촌이 간판을 올리고 만국기를 흩날리기 전부터 텃밭에서 거둔 푸성귀를 팔았다. 약을 치지 않아 농작물 상태가 좋은 편은 아니었다. 숭숭 구멍이 뚫리고 볼품은 없었지만 가치를 알아보는 단골이 많았다. 이사장은 미관을 해친다는 이유로 할머니를 무시하고 푸대접했다. 화장실 드나드는 걸 못 하게 하라고 은근히 작가들에게 전달하기도 했다. 한 달이 지나자 할머니는 관리비라며 만 원을 내밀었고 그때부터 당당하게 예술촌 일원이 되었다.

엄지를 추켜세운 공 선생의 손에 눈이 머물렀다. 손등은 쇠에 긁히

거나 불꽃이 튄 자국이 검게 남아 막일꾼 못지않았다. 상처는 시간이 지나면 아물어도 흉터로 남았다. 그런 흉터들이 그 사람의 포트폴리오였다. 내 시선을 느낀 공 선생이 장난하듯 손을 쫙 펴더니 앞으로 쭉 내밀었다. 나도 따라서 손을 내밀었다. 손 매듭과 손톱 선까지 염료 물이 들어서 여자 손이라고 말하기도 창피했다. 할머니의 뭉툭하고 나뭇등걸이 된 손을 보태면 못난이 삼총사 손으로 손색이 없을 터였다. 공 선생이 휘파람을 불며 공방으로 향했다. 익숙한 멜로디였다.

Dust in the wind, All they are is Dust in the wind……
바람 속의 먼지, 그것은 모두 바람 속의 먼지다……

저만치 가던 공 선생이 되돌아서 난감한 표정으로 머리를 긁적였다. 나는 억지웃음을 지으며 손을 흔들었다.

전시를 앞두고 정신없던 시기였다. 아이의 입술과 볼이 꽃잎처럼 붉어지더니 내뱉는 숨에서 단내가 났다. 바쁜 마음에 어린이집에 아이를 맡겼다. 시간 맞춰 약을 먹여달라고 부탁하는 것으로 엄마의 책무를 다했다고 여겼다. 아이는 일주일을 못 버텼다. 작은 입김에도 날아가는 먼지처럼 사라져버렸다. 너무 순식간의 일이어서 마냥 안고 있을 수도, 보낼 수도 없었다. 한번 맛본 아이의 감각은 쉽게 사라지는 게 아니었다. 주변에서 조심스럽게 위로의 말을 건넸다. 이 또한 지나갈 거라고. 나는 인정할 수 없었다. 뭘 어떻게 할지 구체적인 계획도 없었지만 내 아이, 내 분신, 내 살과 뼈였던 장미를 흐르는 세월에 묻어가듯 그냥 지나가게 할 수 없었다.

정오가 되었다. 햇볕은 쇠도 녹일 듯 뜨거웠다. 바짝 달궈진 지열이 올라오면서 체감온도는 더 상승했다. 냉방이 된 사무실에서 나온 직장인들은 긴팔 차림으로 그늘진 천막 아래를 지나갔다. 사원 카드를 목걸이처럼 매단 그들은 매대에 놓인 스카프에는 눈길도 주지 않았다. 바쁜 걸음들 사이에 멈춰 선 내가 어떤 흐름에 역행하며 사는 사람 같았다. 그 자리에 쭈그리고 앉았다. 매대 아래 처박아둔 피켓이 눈에 띄었다. 이사장이 건네준 피켓에는 내 프로필과 '천연 염색 스카프 파격 세일'이라고 인쇄되어 있었다. 지방 예술계에서 나름 유명 작가임을 내세우려는 이사장의 속셈이었다.

처음 예술촌에 입주하고 지방지에 실릴 때만 해도 내 모습은 빛이 났다. 서른, 열정을 표면에 내세워 질주하던 시기였다. 천연 염색과 섬유 조형 작업을 병행하면서 이 길로 들어선 지 어느덧 10년이었다. 천을 여러 번 겹친 뒤 테두리를 두른 몰라 기법으로 입체적이면서 자연스러운 무늬를 연출한 스카프가 호평을 받았다. 그런 호평에 한때는 우쭐했다. 하지만 그러한 호평이 예술적 가치를 인정하는 잣대는 될 수 없었다. 음식을 만들 때 정해진 레시피로 만들어도 조리 시간이나 불의 온도에 따라 맛이 달라지듯, 염색도 마찬가지였다. 천과 시간에 따라 염료의 농도와 작가의 컨디션에 따라 매번 달랐다. 그런 생각을 염두에 두고 옷이나 소품에 응용했지만, 예술과 대중의 경계에 머물렀다. 천연 염색을 지도했던 교수는 말했다. 스스로가 작가의식을 지니고 있을 때 남들도 예술적 가치를 인정한다고. 가짜 천연 염료를 들여 기계로 찍어낸 공산품들이 쏟아져 나오는 시대인 만큼 실용성보다는 작품을 만들려는 장인의 태도를 견지해야 한다고. 하지만 현실은 달랐다. 전시를 위한 예술 작품과 대중에게 팔기 위한 상품으로 나뉠 수밖에 없었다. 먹고사는 걸 배제할 수 없기 때문이었다.

해가 많이 짧아졌다. 입추가 코앞이었다. 어둠이 대기를 떠돌면서 거리에 정적이 맴돌았다. 점심을 걸러서인지 등이 휠 것 같았다. 장을 본 지가 언제인지 기억에도 없었다. 마트에 들러 저녁 찬거리를 사야겠다고 생각하자 맘이 급해졌다. 매대를 접어 차 트렁크에 넣었다. 소품은 상자에 담아 조수석에 놓고 스카프는 구겨지지 않게 뒷자리에 펼쳐놓았다.

장볼 시간이 지난 마트는 한가했다. 마이크를 쥔 직원의 호객 행위에 발을 멈췄다. 제주에서 막 올라온 은갈치 한 팩이 만 원이라고 했다. 한 팩을 집었다. 조림에 넣을 감자와 양파를 찾다가 장미를 보았다. 오늘의 세일 품목이었다. 현수막 아래 색색의 장미꽃이 양동이마다 담겨 있었다. 열에 들뜬 아이의 입술처럼 선홍빛이었다. 망연한 내 눈빛에 눈치 빠른 직원이 장미꽃 한 다발을 내밀었다. 얼떨결에 받아든 꽃 다발에 코를 박는데 울컥, 생목이 올라왔다.

흐르는 물에 갈치를 씻고 감자껍질을 벗겼다. 갈치와 감자가 양념장에 조려지는 동안 장미꽃을 손질했다. 잎을 한두 개만 남기고 떼어낸 다음 광목을 가늘게 끊어 한 송이씩 엮었다. 바람이 잘 통하는 창틀에 거꾸로 세웠다. 바람결에 느껴지는 장미 향에 코끝이 매웠다. 코를 훌쩍이며 뭉근하게 조려지는 갈치 냄새 나는 주방으로 돌아왔다. 불을 끄고 냄비째 식탁 위에 올렸다. 밥통을 열었다. 고소한 밥 냄새가 위를 자극했다. 아이를 보내고도 악착같이 살아나던 본능이었다. 밥을 입에 넣고 씹는데 목이 멨다. 소주를 꺼내 머그잔에 따랐다. 소주와 함께 갈치살에 밥 한 숟가락, 감자에 또 한 숟가락 먹다 보니 한 공기를 비웠다.

아이의 서랍장 앞으로 갔다. 미키마우스가 웃고 있는 서랍장에는 아이의 필체가 유서처럼 남아 있었다. 그리듯이 쓴 제 이름 장미……, 서랍에서 잠옷을 꺼냈다. 식탁 의자를 바짝 끌어당겨 등받이에 입혔다. 아이의 웃음소리가 좁은 공간을 가득 메웠다. 식탁에 놓인 엽서가 이지러져 보이더니 점점 뭉개졌다. 나윤이 말했다. 선배는 생각이 너무 많다고. 그렇다고 삶이 나아지지도 않는데……, 그 말이 맞았다. 죽을 만큼 생각을 많이 해도 어떤 결정이 쉬운 적은 없었다. 오히려 결정해야 하는 순간이 오면 한 발 물러서서 결론이 나기를 기다리곤 했다. 장미가 내게 올 때도 그랬다. 하지만 장미를 품에 안았을 때 다짐했다. 앞으로는 그런 삶을 살지 않겠다고, 물러터졌다는 말도 듣지 않겠다고. 그러나 이제 무엇을 위해 살아야 하는가? 뙤약볕에서 치르는 이따위 세일 행사가 무슨 의미가 있을까? 나는 색이 바랜 아이 잠옷을 종이 가방에 담으며 결심했다. 이틀 남은 거리 판매는 하지 않겠다고.

카페 조명이 지나치게 밝았다. 구석진 곳을 찾아 앉았다. 오늘따라 유난히 커 보이는 쇼핑백을 테이블 밑으로 밀어놓았다. 세븐, 이름에 걸맞게 일곱 명이 회원인 고등학교 동창 모임 날이었다. 거리 판매를 정리하고 이사장에게 곤욕을 치르느라 이차에 겨우 합류했다. 친구들이 우르르 소란스럽게 들어왔다. 진희가 앉으면서 쇼핑백을 흘끔 쳐다보았다. 음료 주문을 마친 친구들은 맥락 없는 수다를 이어갔다. 쇼핑백을 흘끔거리는 진희를 의식했기 때문일까? 다소 의기소침해진 나는 친구들과 섞이지 못했다. 공허하게 허공을 헤매다가 진희와 시선이 얽혔다. 무슨 말이든 해야겠다는 조급함에 말을 건넸다.

"스카프 잘 어울린다."

진희가 대답 대신 몽환적인 느낌의 보랏빛 스카프의 리본을 매만졌다.

"비 예보는 없었어?"

진희의 행동에 나는 엉뚱한 질문을 하고 말았다.

"비는 무슨."

"날이 너무 더워서."

진희가 피식 웃었다. 그리고 스위치만 켜면 자동으로 말하는 인형처럼 감정이 실리지 않은 목소리로 말했다. 사람들은 날씨 예보가 조금만 틀려도 전화를 해댄다고, 세금으로 운영되는 기상청이니 그 정도는 참아야 한다고 생각하는 국민의식이 참으로 한심하다고 했다. 진희가 아무리 제 일에 대해 투정해도 안정된 직장을 가진 그녀가 부럽다는 듯 친구들은 쳐다만 보았다. 언제 짐을 빼게 될지, 불안증에 시달리는 비정규직과 인정받지 못하는 예술가 앞에서 할 말은 아닌 듯했지만, 아무도 진희의 말을 끊지 않았다. 잠깐의 공백이 지난 후 진희가 가방에서 봉투를 꺼내 탁자 위로 던졌다.

"좀 늦었어. 우리 성의니까 받아."

말을 마친 진희가 구두코로 쇼핑백을 톡, 톡, 찼다. 금색의 앞부리가 불빛에 반짝 빛나다가 이내 사라졌다. 진희의 태도에 얼굴이 달아올랐다. 그대로 일어나 나가고 싶었다. 그렇다고 탁자 위 봉투를 덥석 집어 들기에는 자존심이 상했다.

전시 오픈 날, 진희가 보랏빛 스카프를 만지작거렸다. 이런 고혹적이고 몽환적인 색은 처음 봤다며 염색에 관해 물었다. 생각지도 않은 진희의 관심 표명에 나는 약간 흥분했다.

오배자는 염색 입자가 거칠고 타닌 성분과 기름기가 있어 천에 침투가 쉽지 않다. 그래서 오래 주물러서 염액을 침투시키는 게 가장 중요하다. 생강 모양의 주머니 속에 벌레 알들이 들어 있어서 촘촘한 망사로 거른 다음 염색해야 얼룩이 생기지 않는다. 오배자 2백 그램을 물에 가볍게 헹궈준다. 물 2천 시시를 30분 끓여서 색소를 추출한다. 고운체로 거른 다음 똑같은 방법을 두 번 거친다. 이때 물의 온도도 중요하다. 30도에 습윤시켜둔 섬유를 넣고 천천히 온도를 올린다. 50도가 되면 불을 끄고 30분간 잘 섞어줘야 원하는 색감을 얻을 수 있다. 하지만 매번 마음에 들지는 않는다고…….

진희는 이렇게 섬세하고 힘든 과정을 거쳐 만들어진 색이라는 데 놀라는 눈치였다. 진희의 진지한 표정에 기분이 들떴다. 보랏빛을 내는 데 중요한 철매염제에 후매염을 하는 설명도 덧붙이려는데, 진희가 스카프를 목에 두르며 어울리냐고 물었다. 진희에게 다가가 스카프를 굵은 리본 모양으로 묶은 다음 목 뒤로 엇갈리게 돌렸다. 스카프

양쪽 끝은 리본 매듭에 넣어 반대 방향으로 뺐다. 쉽고 간단했지만 예쁜 선물 상자를 장식한 리본 모양이 되었다. 진희가 거울을 보며 환하게 웃었다. 며칠 후 친구들이 스카프를 사겠다며 찾아왔다. 언젠가부터 공방까지 오는 거 성가시다며 모임 때 가지고 나올 것을 요구했다. 갈수록 가격을 깎고 1+1으로 달라고 하는 친구도 있었지만, 그동안 내게 힘이 되어준 건 분명한 사실이었다.

쇼핑백을 탁자 위로 올렸다. 스카프와 소품을 꺼냈다. 친구들이 듣든 말든 염색 기법과 천의 소재, 그리고 질감에 관해 설명하며 정성 들여 여섯 개를 포장했다. 마지막 자존심이었다. 그리고 친구들에게 골고루 건네며 말했다.

"선물이야."

눈치 빠른 진희가 호들갑스럽게 분위기를 띄우는 걸 들으며 봉투를 집어 들고 카페를 나왔다. 방향감각을 상실한 채 밤거리를 헤맸다. 극심한 무력감에 무릎이 꺾이고 발걸음이 뒤엉켰다. 이사장 말대로 재고떨이는 한 셈이었다. 하지만 차오르는 설움은 어쩔 수 없었다. 가로등 불빛 아래를 하염없이 걷다가 여행사 간판이 눈에 들어오자 걸음을 멈췄다. 출입문에는 배낭여행, 패키지여행, 그룹여행, 모든 여행 가능이라고 쓰여 있었다.

선배, 나 갠지스강에 왔어요. 강으로 가는 길. 꽃을 파는 행렬은 끝없이 이어졌어요. 사람들에 섞여 꽃을 샀어요. 강에 도착하자 살인적인 더위와 시체 태우는 열기에 정신을 차릴 수가 없었죠. 강가에는 배들이 늘어서 있었고 사람들도 줄지어 있었어요. 다비식을 보려는 사람들과 함께 배에 올랐어요. 강 가운데 도착하자 군데군데 쌓아놓은 장작더미와 꺼지지 않고 타오르는 불꽃은 더욱 맹렬했어요. 그때 인솔자가 촛불을 나눠주면서 소원을 빌라고 하더군요. 죽은 자의 마지막 의식을 보여주면서 추모가 아닌, 산 자를 위한 소원을 빌라니…… 사람들이 하나둘 눈을 감았어요. 나도 합류하듯 눈을 감았어요. 죽음과 삶에 관해 생각했죠. 시간이 얼마나 지났을까요. 문득 언젠가 선배와 본 유튜브 영상이 떠올랐어요. 거짓말처럼 내게 주어진 시간만은 잘 살고 싶다는 열망이 일었죠. 나는 먼저 떠난 그 사람을 애도한 뒤 이제는 살고 싶다고, 나 좀 살게 해달라며 꽃다발과 촛불을 강물에 띄워 보냈어요. 순간, 그동안 나를 잠식한 슬픔이 먼지처럼 사라지는데 나 자신도 믿을 수 없었어요. 선배, 인도는 그런 곳인가 봐요.

엽서를 읽은 후 나윤의 모습이 떠나지 않았다. 나윤은 나와 같은 길을 걷고 있었다. 때론 경쟁자이기도 했지만 서로 의지하며 힘이 되어주던 동지였다. 그림을 천직으로 여기던 애인이 극심한 생활고와 작품에 대한 질곡에서 벗어나지 못하고 자살을 하자 상실감을 견디지 못한 나윤도 손목을 그었다. 다행히 목숨은 건졌다. 언젠가 화가의 전시를 앞두고 찾아갔을 때, 나윤과 그가 유튜브 영상을 보고 있었다.

타는 듯 붉은 해가 떨어지기 직전이었다. 맨발에 두건을 쓴 남루한 행색의 사람들이 끝도 없이 어딘가를 향해 몰려갔다. 뭔가에 홀린 듯 걸어 갠지스강에 도착한 그들은 몸을 씻고 북을 치며 죽은 영혼을 보내는 의식을 행했다. 삶과 죽음을 다르다고 생각지 않는 듯, 이승에서 수고했으니 잘 쉬길 바라는 마음으로 느껴질 뿐 슬픔은 없었다. 인도

인과 행색이 별반 다르지 않던 그는 아, 나도 저곳에 가고 싶다고 말했다. 가슴속에 슬픔이 매설된 사람은 서로를 알아보는 걸까? 나윤의 외모도 그와 별반 다르지 않았다. 비쩍 마른 몸피에 안색은 창백했고 눈빛만 형형했다. 그 모습에 불안해하며 물었다. 정말로 그들은 삶과 죽음을 하나라고 믿는 거냐고, 혹시 죽음의 두려움 앞에서 의연하려는 필사적인 몸짓이 아니냐고…….

그때 그들이 했던 대답은 뭐였을까? 기억나지 않았다.

행사 기간에 비워둔 공방은 먼지가 수북했다. 알록달록 염색물이 든 앞치마를 두르고 걸레에 물을 적셨다. 염색 매대를 닦고 돌아서다가 현기증에 풀썩 주저앉았다. 손에 닿는 뭔가를 잡고 몸을 일으켰다. 투박한 광목의 질감이 익숙했다. 긴 나뭇가지를 벽에 고정하고 광목을 색색으로 염색한 뒤 좁은 폭으로 접어 길게 늘어트린 소품이었다. 아이는 광목 뒤에 숨는 걸 좋아했다. 아이가 숨어들면 광목이 들썩거렸다. 모른 척 고개를 돌리고 있으면 엄마를 부르며 제 위치를 알렸다. 아이의 흔적은 공방 곳곳에 남아 있었다. 염료 물이 담긴 대야에 천을 담그면 작고 오동통한 손도 함께 넣어 내 손놀림을 흉내 내듯 자박자박 누르며 나와 눈을 맞추고 까르르 웃던 아이. 할머니한테 산 고구마나 옥수수를 쪄서 아이와 마주 보고 앉으면 내 입에 먼저 넣어주고 먹던 아이. 염료를 손에 묻혀 공방 곳곳에 찍어놓은 손자국을 작품이라 우기던 모습까지…… 아이의 기억은 너무 생생했다.

싱크대 아래 밀쳐둔 대야를 꺼냈다. 코치닐을 덜어 망에 담았다. 깍

지벌레라고도 불리는 코치닐은 선인장에 기생하는 벌레였다. 산란 전의 암컷을 쪄서 말린 후 사용했는데 농도에 따라 분홍에서 선홍색까지 얻을 수 있는 염색 재료였다. 코치닐을 명반에 선매염한 후 물을 붓고 불에 올렸다. 물이 끓으면서 핏빛 같은 선홍색이 우러났다. 불을 끄고 찬물을 섞어가며 색을 조절했다. 아이의 잠옷을 꺼냈다. 염료 물에 담그고 얼룩이 생기지 않게 자박자박 눌렀다. 염료 물이 닿자 갈라진 손톱 밑이 아려왔다.

딱…… 딱…… 반복적으로 벽을 치는 소리에 밖으로 나왔다. '2호 채정' 입구에 달린 작은 아크릴 간판이 바람에 흔들리며 소리를 만들고 있었다. '색채의 뜰에서 놀다'라는 의미로 지도교수가 지어준 필명을 간판으로 내걸었는데, 철사로 얽어놓은 간판이 어설퍼 한쪽이 풀린 모양이었다. '10호 공근'으로 발을 옮겼다. 작업 중이던 공 선생이 고글을 쓴 채 눈을 똥그랗게 떴다. 내가 간판을 가리키자 고개를 끄덕이며 어서 나가라는 듯 손을 내저었다. 쇠를 자르는 소리는 언제 들어도 고약했다. 나는 바닥에 널브러진 쇳조각을 물끄러미 보았다. 저렇게 잘린 조각들은 곧 어떤 형태로든 되살아나 공 선생의 손길에 숨이 불어 넣어지고 작품으로 탄생할 것이었다. 내 아이도 저 쇳조각처럼 분리되었다가 누군가의 손길에 의해 형태를 잡아가고 숨이 넣어져 다시 내 품으로 올 수만 있다면…… 촉촉해지는 내 눈빛을 본 공 선생이 다시 손을 내저었다. 떠밀리듯 공방으로 돌아왔다. 염료 향 때문인지 눈이 매웠다. 환기를 시키려고 창문을 열었다. 저만치 할머니가 펼쳐놓은 보퉁이가 보였다. 밖으로 나갔다. 할머니는 환한 햇살 속에 앉아 호박잎 껍질을 벗기고 있었다. 할머니의 투박한 손길에 맑은 쇳소리를 내며 하얀 실이 벗겨졌다. 나를 흘깃 본 할머니가 호박잎 한 줌과 청양고추를 봉지에 담아 내밀었다.

"밥만 잘 먹으면 살아지는 게여."

나는 피식 웃으며 앞치마에서 천 원짜리 두 장을 꺼내 내밀었다. 할머니가 마수라며 침을 뱉고 이마에 붙였다가 꽃무늬 앞치마에 넣었다. 할머니의 과한 행동에 누가 먼저랄 것도 없이 웃었다. 호박잎을 데치고 청양고추를 다져 넣은 매콤한 양념장에 밥을 먹으면 할머니 말대로 오늘도 살아질 것이다. 봉지를 들고 돌아서는데 햇빛예술촌 아치형 간판이 햇빛에 반짝였다. 폐교를 구청에서 인수하면서 햇빛예술촌은 문을 열었다. 교실 벽을 허물어서 도예 체험장으로 만들었고, 염색이나 공예 체험의 학습장과 주민을 위한 편의시설도 마련했다. 그리고 정문 옆에 기역 자 형태의 조립 건물을 지어 십여 개의 공방을 입주시켰다.

이곳 폐교는 아버지의 일터였다. 어린 날의 나는 빗물이 고인 웅덩이에서 흙을 짓이겨 여러 형태의 모양을 만들고, 수분이 증발하면서 색이 변하는 걸 지켜보며 아버지가 퇴근하기를 기다렸다. 얼마 전까지는 어린이집 버스에서 내린 장미가 나비처럼 팔랑거리며 다가와 내 품에 안기던 곳이기도 했다. 처음 입주하던 날, 휘날리는 만국기를 보며 아버지가 교문에 서서 손을 흔들어주는 모습을 상상했다. 살아 계셨다면 나를 응원했을 아버지. 하나뿐인 딸이 이렇듯 가난하고 못난 작가로 남을 줄은 몰랐을 것이다.

"채정 선생!"

봉지를 들고 현관에 들어서는데 이사장이 불렀다. 여지를 주지 않으려는 듯 뒤를 돌아보는 내게 대뜸 말했다.

"공방을 옮겨야겠어요!"

"네?"

잠시 뜸을 들이던 이사장이 공방에 한 달에 3분의 2는 상주해야 하는 규정을 어긴 조치라고 했다.

"그건, 행사 때문에 그런 거잖아요. 그리고 이 자리는 구청에서 정해준 제 자리예요."

나도 모르게 말끝이 가팔라졌다. 이사장은 건물에서 나가라는 게 아니고 장소를 옮기라는 건데 왜 그렇게 예민하게 구느냐고 했다. 어디로 옮겨도 곰팡내 나는 지하보단 낫지 않겠냐며 지하에 있는 본인의 사무실을 가리켰다.

"그럼, 누구와 바꾸라는 거예요?"

헛기침을 두어 번 하던 이사장이 매듭 정이라고 말했다. 개량 한복에 올림머리가 잘 어울리는 매듭 정을 홀아비 이사장이 좋아한다는 걸 모르는 작가는 없었다. 갑자기 왜 이러는 걸까 생각하다가 얼마 전의 일이 생각났다. 공방으로 찾아온 이사장이 구청장 부인 생일이 곧 돌아온다며 전시할 때 메인으로 진열했던 작품을 만지작거렸다. 그건 스카프가 아니었다. 폭 1미터에 길이 1.5미터의 파티션으로, 말 그대로 작품이었다. 말뜻을 가늠하느라 잠시 머뭇거렸지만, 관습처럼 이어지는 갈취에 동조하고 싶지 않았다. 그래서 선물할 거면 원가로 드리겠다며 돌려서 말했다. 이사장이 떫은 감을 씹은 얼굴로 나갔다.

나는 반박보다 침묵을 택해야 했다. 부당함을 내세워 따지고 들면 손해라는 걸 너무나 잘 알고 있어서였다. 내년에는 이 자리도 잃을 수 있었다. 공방에 소속되지 못하면 행사장은 물론이고 초등학교 방과 후 수업도, 유치원 염색 체험학습의 기회도 얻을 수 없을 거였다. 여러모로 이사장 뜻을 거스를 상황이 아니었다.

공방을 옮기는 날 온종일 비가 내렸다. 이사장에게 하루나 이틀, 이삿날을 보류해달라고 말해볼까 하다가 구차해지기 싫어 그만두었다. 공 선생이 내 일처럼 나서서 도와줬지만 비는 그칠 듯하다가 이어졌고, 차양도 없는 계단을 오르내리며 짐을 옮기기는 건 쉽지 않았다. 짐의 대부분이 원단이어서 비닐로 꽁꽁 싸매고 푸는 일까지 보태져 밤 열 시가 되어서야 대충 정리가 끝났다. 시장기를 달래기 위해 공 선생과 포장마차에 들렀다. 나는 잔치국수는 손도 대지 않고 소주만 마셨다. 허겁지겁 국수 그릇을 비워낸 공 선생이 내 손에서 소주병을 낚아챘다. 자신의 잔에 술을 따르며 말했다.

"도시재생사업으로 달오름 동네에서 작가들을 모집한대요. 한쪽에 카페를 운영할 수 있는 공간도 제공한다는데 천연 염색이나 뜨개방, 퀼트 작가에게 우선권이 있다고 합디다. 여기야 관리비만 내면 되지만 생활에 보탬도 안 되잖아요. 대신 그곳은 보증금이 있나 봅디다."

나는 곰곰이 생각했다. 이사장 눈 밖에 나지 않으려고 애썼지만 내게는 행사장 연결도 쉽지 않을 거였다. 무엇보다 낯선 곳에서 새로이 시작하고 싶은 마음도 있었다. 바짝 의자를 당겨 앉으며 물었다.

"보증금은 얼마래요?"

2층으로 옮긴 공방은 기역 자 형태로 꺾인 딱 그 지점이었다. 그래서 온종일 햇볕이 들지 않았다. 작업하는 틈틈이 복도에 나가 해바라기하면서 난간에 턱을 괴고 할머니를 내려다보는 게 유일한 낙이었다. 위에서 보는 할머니는 마주 볼 때와 달랐다. 당당하고 강건한 모습이 아니었다. 머리카락은 빠져 숭숭 비어 보였고 가녀린 몸피는 햇살에 말라 금세라도 바스러질 낙엽 같았다. 그 모습에 따져 묻고 싶었다. 왜 그렇게 사느냐고, 자식들은 다 어디에 있느냐고. 하지만 그런 생각이 얼마나 경솔한 것인지 나 또한 장미를 보내고 깨달았다. 세상살이가 마음먹은 대로, 계획한 대로, 살아지는 게 아님을…….

할머니는 틈만 나면 졸았다. 고구마 줄기 껍질을 벗기면서도, 잘 익은 고추 꼭지를 따면서도 햇살을 등지고 앉아 자울자울 졸았다. 그럴 때면 고개와 구부정한 등이 오르락내리락했다. 그러다가도 손님이 오면 자동으로 등이 곧추 펴지며 환하게 웃었다. 얼굴에 퍼지는 주름의 곡선에서 가팔랐던 삶을 옭아맨 단단함이 느껴졌다. 단단함은 아픔이었다. 오랜 세월 굴곡진 삶을 살아온 사람에게 생긴 옹이 같은 거. 그래서 단단함은 또 다른 거룩함이기도 했다. 그렇게 푸성귀를 담는 할머니의 움직임이 땅의 높낮이를 나타내는 등고선 같았다. 그때 할머니 등에 노란 나비 한 마리가 사뿐히 내려앉았다. 나비는 한참을 머물다 느릿느릿 날아올랐다. 나비의 날갯짓은 노란 원복을 입고 팔랑이며 차에서 내리던 장미의 모습과 오버랩되었다. 수묵화처럼 무겁고 진중한 삶을 살아낸 가녀린 몸피의 노년과 나비처럼 팔랑이던 아이의 모습이 마치 생명의 순환인 듯 느껴졌다. 순간 가슴에 찌릿한 통증이 느껴지면서 섬광처럼 작품에 대한 구상이 떠올랐다. 작품의 이름은 등고선이었다.

공방으로 돌아와 스케치북을 펼쳤다. 손에 쥔 연필이 자꾸 미끈거렸다. 찬물에 손을 씻은 다음 도안을 스케치했다. 천연 염색이란 배경이 되는 색이라고 지도교수는 말했다. 천연 염색으로 섬유 조형 작품을 제작할 생각이었다. 옥사를 바탕색으로 하고, 울 · 린넨 · 명주로 등고선을 나타내고, 노방으로 나비를 만들어 회화적으로 표현하고……. 그러고 보니 일주일 남은 '천년의 세월' 공모전 마감이 생각났다.

옥사를 가로 30센티 세로 80센티 길이로 네 개를, 그리고 울 · 린넨 · 명주는 각각 크기가 다른 등고선 모형으로 스케치했다. 천을 자르기 위해 나그참파 향에 불을 붙였다. 불꽃이 일면서 향이 퍼졌다. 백단향과 허브가 섞인 향이었다. 아이를 떠나보낸 뒤 나윤의 권유로 질리도록 피우던 향이었다. 공모전에 작품을 보낸 뒤 갠지스강으로 떠날 생각이었다. 그곳에서 사람들에 섞여 몸을 씻고 북을 치며 아이의 잠옷을 태우는 의식을 행할 생각이다. 그렇게 제대로 장미와 이별한 뒤 내 삶을 살아갈 수 있을 것 같았다.

옥사를 반으로 접었다. 스케치한 선을 따라 향의 끝에 대고 움직였다. 재를 태우듯 끝이 타들어가면서 천이 나뉘었다. 향에서 나오는 열기와 긴장감에 손이 끈적였다. 먹을 꺼냈다. 먹을 가는 건 잡념을 몰아내는 일이기도 했다. 단조롭게 반복되는 움직임은 부질없는 생각들을 지우기에 좋았다. 미지근하게 열을 가한 물에 먹을 풀고 옥사를 담갔다. 세 시간이 지난 후 대야에 담아 옥상으로 올라갔다. 마침 햇볕이 좋았다. 건조대를 펴고 천을 널었다. 먹물이 떨어져 하얀 시멘트 바닥에 무늬를 만들곤 금세 사라졌다. 수묵화 느낌의 잿빛만 남았다.

공방으로 돌아왔다. 옥사가 마를 동안 오배자와 로그우드를 물에 헹궜다. 작은 먼지, 흙 한 톨, 꼼꼼하게 관리해야 순수한 색을 얻을 수 있었다. 울 린넨 명주를 염색물에 담갔다. 보라와 분홍, 그리고 중간색을 얻을 때까지 염색하고 그늘에서 말린 후 다시 담그기를 반복했다. 젖어 있을 때와 말렸을 때 색의 간극은 매번 예상을 벗어났다. 색이란 멈춤이었다. 색을 얻기 위해 가장 중요한 건, 염색 시간이나 건조, 그리고 결과에 욕심을 부리지 않는 것이었다. 삶도 마찬가지였다. 전시에 눈이 멀어 간만의 차이로 아이를 잃었던 걸 상기했다. 다시는 그런 실수는 하지 않을 거였다. 바늘쌈지를 꺼내 명암과 곡선을 살리며 손바느질을 했다. 할머니와 아이를 연결 짓듯 등고선을 이었다.

상자에서 메리골드를 꺼냈다. 적당량을 덜어 물과 함께 끓이다가 60도에 불을 끄고 식혀두었다. 노방을 물에 담그고 교반한 후 물기를 짰다. 끓인 물에 원단 무게만큼의 명반을 넣어 녹였다. 거름망으로 찌꺼기를 걸러낸 뒤 명반이 흡수되도록 잘 섞은 다음 천을 담갔다. 찬물로 수세 후 미리 끓여놓은 메리골드 염액에 담갔다. 20분 후 물에 헹궈서 말리는 작업을 아홉 번 반복했다. 물속에 잠긴 노란색은 잔물결이 일렁일 때마다 드러났다 숨었다 하면서 몽환적인 형광빛이 되었다.

곧바로 찬물에 수세한 뒤 건조대에 널었다. 창문을 열어 바람이 치게 했다.

건조된 노방을 자르기 위해 천을 고정하고 향에 불을 붙였다. 향을 쥔 엄지와 검지의 힘 조절이 중요했다. 향을 가볍게 잡고 나비 모양으로 스케치한 선을 따라 움직였다. 날개의 완벽한 대칭에 집중하며 한 땀 한 땀 새기듯이 천을 태웠다. 마침내 날개 여덟 개가 만들어졌다. 한 쌍의 날개를 마주 보게 놓고 몸과 더듬이는 철사로 고정했다. 눈은 투명한 유리알을 붙였다. 첫 번째 등고선에 앉은 나비가 두 번째 세 번째를 지나 네 번째 하늘로 날아오르듯 간격을 주며 고정했다. 나비가 날아오르는 길은 금색 메탈사로 터치하여 섬세하게 표현했다. 반짝이는 은색 실을 헝클어 아련한 아지랑이도 형상화했다. 고리를 만들어 네 개의 작품을 봉에 연결하자 드디어 작품이 완성되었다.

광목을 걸어둔 나뭇가지 위에 걸쳐놓듯 봉을 얹었다. 어느새 서쪽 창가로 붉은 기운이 스며들었다. 노을이 벽을 타고 올라와 광목 위까지 그득하게 차오르자 등고선에 앉아 있던 나비가 부르르 몸을 떨었다. 느리게 날갯짓을 시작하더니 어느 순간 훨훨 날아올랐다. 머리 위를 아련하게 맴돌던 나비가 노을 속으로 천천히 사라졌다. ■

엄마의 완장

"연락받고 오신 거죠?"

간병인이 문을 열어주면서 말했다. 나와는 몇 번 안면이 있는 얼굴이었다. 내 소매를 잡고 복도의 한쪽으로 간 그녀가 다짜고짜 휴대전화를 내밀었다. 얍삽한 호기심으로 흥분한 듯 얼굴이 발그레한 그녀를 보며 생각했다. 타인의 호기심이란 가벼운 풍선 같은 게 아닐까 하고. 작은 바람에도 쉽게 날아가는 대신 손에 쥔 순간에는 존재감이 분명하고 적어도 빵 터졌을 때 고막을 뒤흔들 정도의 위력은 있으니까.

동영상은 욕조에 물 채우는 소리로 시작되었다.

부옇게 김이 서린 욕실에서 노인이 환자복의 단추를 풀고 있다. 소매를 둘둘 말아 올린 간병인의 손은 믿을 수 없을 정도로 빠르다. 마른 수건을 챙기고 샴푸와 바스, 목욕 장갑을 손 닿는 곳에 둔다. 준비를 마친 간병인은 노인의 손놀림이 답답했는지 낚아채듯 단추를 풀고 옷을 벗긴다. 속옷을 입지 않은 노인의 알몸이 여과 없이 드러난다.

축 늘어진 젖가슴에 제 색을 잃은 까만 젖꼭지가 시든 열매처럼 매달려 있다. 바지를 벗길 때 몸을 약간 꼬던 노인은 팬티까지 벗겨지자 무방비 상태가 된다. 간병인의 팔에 온몸을 의지하듯 꽉 부여잡고 욕조 안으로 들어간다. 몸을 담그고 머리를 뒤로 젖히자 팽팽해진 목에 목젖이 볼록 불거진다. 샤워기에 젖은 짧은 커트 머리가 숨 죽은 배추처럼 축 늘어진다. 놀랄 만큼 빠른 속도로 머리를 감긴 간병인이 목욕장갑을 낀다. 바스를 두 번 펌핑한 뒤 목욕탕 때밀이처럼 양손을 탁탁 쳐 노인의 몸에 고루 묻힌다. 바짝 마른 몸피가 거품으로 인해 부풀려진다. 얼굴을 시작으로 몸 구석구석을 문지르는 간병인의 손이 지나갈 때마다 노인의 몸이 움칠움칠 흔들린다. 벌린 노인의 입에서 통증인지 쾌락인지 모를 신음이 간간이 새어 나온다. 간병인의 손은 민첩하다기보다 거칠다. 한 인간의 몸에 대한 예의 따위는 찾아볼 수 없다. 축 늘어진 젖가슴과 뱃가죽이 거품과 함께 흘러내린다. 사타구니를 씻기려고 한쪽 발을 들어 올리자 눈을 질끈 감고 있던 노인이 실눈을 뜬다. 초점을 잃은 흐릿한 눈망울은 어딘가를 헤매는 듯 지독한 외로움을 담고 있다.

그때 급하게 끄는 슬리퍼 소리와 함께 동영상이 끊긴다.

동영상은 거기까지였다. 성적 호기심은커녕 노후화된 인간에 대한 존경이랄지 동질감을 느끼게 할 동영상이었다. 잔상처럼 남아 있는 노인의 눈망울을 애써 떨치며 휴대전화를 건넸다. 간병인은 의미 모를 눈빛으로 나를 쳐다봤다. 별거 아닌 일에 유난을 떤다는 질책인지, 인간에 대한 기본적인 예의가 무시된 것에 치를 떠는 건지 알 수 없는 눈빛이었다. 보잘것없는 늙은 몸이 성에 굶주린 이성에게 눈요기가 되었기로 뭘 그리 큰일인 거냐고 흥분하던 수화기 너머의 선배 목소리가 귓가에 맴돌았다. 애써 여자와 남자를 배제한 채 말을 하던 선배는 자신의 배려를 일종의 과시처럼 내세웠다.

마음이 착잡해진 나는 병실로 향하던 걸음을 뒤로 미루고 밖으로 나왔다. 심호흡하듯 뜰을 거닐었다. 생각에 갇히지 않으려고 눈에 보이는 대로 훑어보았다. 오래된 가옥 몇 채를 감싸 안은 야트막한 야산, 2차선 도로와 연결된 하얀 신작로, 커다랗고 매끈한 바위에 새긴 '효(孝)요양원'이라는 고딕체의 글씨, 요양원 건물 뒤편에 지어진 아담한 살림집과 입구의 한 평이 될까 싶은 공간의 매점까지, 선배의 아성을 둘러보았다.

연못 앞에 놓인 벤치에 앉았다. 서릿대를 엮어 만든 담장 아래 만개한 철쭉을 눈으로 좇다가 미끄럼틀과 그네에 눈이 멎었다. 아마도 선배의 아이들을 위한 놀이터일 거였다. 그네를 매단 나무는 2백 년은 족히 넘어 보였다. 수없이 많은 벌레나 곤충이 기생하다가 죽었고 또 다른 새 생명을 품게 될 나무. 엄마는 저 나무를 보면서 하루를 시작하고 잠들었겠지. 나뭇잎의 모양과 크기로, 색이 변해가는 과정으로, 바람에 나부끼는 흔들림으로, 날씨를 점치고 계절을 보냈을 거였다. 오 헨리의 「마지막 잎새」를 즐겨 읽던 엄마는, 앙상하게 남은 나뭇잎 한 장을 보며 의식하지 못한 채 회한에 잠겼을지도 몰랐다. 그 또한 내 생각일 뿐이었다. 이제 엄마의 시각이나 사고는 나와는 다른 곳에 속해 있었다. 서로 다른 공간에서 머물다가 어느 교차점에서 겹쳐질지, 아니면 영원히 엇갈리다 말지조차 알 수 없는 일이었다. 그런 생각은 아득한 슬픔으로 다가왔다.

벨을 누르고 안으로 들어갔다. 긴 복도의 끝나는 지점에 있는 휴게실에는 휠체어나 의자에 앉은 노인들이 몇은 졸고 몇은 TV를 보고 있었다. 노인들은 한결같이 무표정했는데 외지인인 나를 보는 눈빛은 의외로 날카로웠다. 벽에는 '치매 전문 요양원'이라는 현수막과 함께 주로 치매에 좋은 약이나 건강식품을 선전하는 광고가 붙어 있었다. 엄마의 병실을 찾는 건 매번 헷갈렸다. 왼쪽에서 세 번짼지, 오른쪽에서 세 번짼지 방향을 잡지 못해 허둥댔다. 방문의 입구에 붙은 '홍실'을 확인하고 안으로 들어갔다. 입구의 화장실 열린 문틈으로 물소리가 새어 나왔다. 엄마였다. 점심을 먹은 뒤 양치하는 습관은 여전했다. 양치를 마친 엄마가 거울을 뚫어지게 쳐다보았다. 엄마는 언젠가부터 나이를 초월한 듯 표정에 생기가 넘쳤다. 언젠가 어버이날 집에 들렀을 때 안방 화장대에 찔레꽃이 흐드러지게 핀 달력을 붙여놓고 앉아 이제는 거울을 보고 싶지 않다고 한숨 쉬던 엄마는 이제 없다. 사람들이 거울을 보며 주름이 늘었네, 살이 빠졌네, 하는 건 아직은 젊은 거라고 말하던 엄마도 이제 없다.

거울을 보며 볼을 쓰다듬는 엄마의 손등은 그새 살이 올라 포동포동했다. 동영상을 떠올리며 헐렁한 환자복 속의 엄마 몸을 상상했다. 동영상 속의 노인과는 비교도 안 되게 탱탱한 몸일 거였다. 작고 둥근 어깨와 조금 처졌지만 아직은 탱탱한 젖가슴, 그리고 적당히 살찐 엉덩이까지. 만약 동영상에 찍힌 사람이 엄마였다면 어땠을까, 생각만 해도 얼굴이 달아올랐다. 직원들이 아무리 감시해도 이런 일이 또 일어나지 말라는 법은 없었다. 세수를 마친 엄마가 환자복 주머니에서 빗을 꺼냈다. 빗이 지나간 곳을 손으로 따라가며 정성을 다해 머리를 빗었다. 빗어올린 반백의 머리카락은 잘 마른 볏짚단을 묶어놓은 듯 정갈했다.

엄마는 머리카락으로 이마 가리는 걸 싫어했다. 이마를 가리는 건 세상을 그만큼 가리고 사는 거라고 했다. 그땐 몰랐던 걸 마흔의 나이에 이르러서야 비로소 알았다. 삶이 녹록지 않은 걸 알아버린 엄마가 내세우는 주술 같은 것이라는 걸. 아빠를 쏙 빼닮았다는 내 이마는 짱구였고, 갸름한 턱선은 엄마를 닮았다. 짱구 이마와 갸름한 턱선은 서구적인 미인을 연상시키지만 내 얼굴은 아니었다. 이마를 드러내면 짱구였고, 가리면 턱선만 날렵한 그저 그런 외모였다. 가끔 손가락으로 내 이마를 튕기며 이 정도 이마가 튀어나왔으면 가려주는 게 예의 아니냐고 친구들이 놀리곤 했다. 하지만 나는 끝내 앞머리를 내리지 않았다. 가끔 궁금하기는 했다. 대체 뭘 가리고 뭘 드러내야 잘 살 수 있다는 건지. 남들도 이런 자잘한 고민을 하면서 살아가는 건지…….

머리를 빗던 엄마가 갑자기 눈을 빛냈다. 장난기 많은 아이가 재미있는 놀이를 생각해낸 눈빛이었다. 손가락을 세워 머릿속으로 쏙 집어넣더니 그대로 내렸다. 손가락 사이에 낀 머리카락이 내려와 눈썹에 닿을락 말락 애교머리가 되었다. 머리카락에 물을 묻혀 이마에 붙인 다음 소매를 둘둘 걷어 올렸다. 반 뼘 정도의 폭으로 걷은 소매는 마치 완장을 찬 듯 보였다. 걷은 소매를 꾹꾹 눌러 각을 잡은 다음 고개를 외로 꼬고 활짝 웃는 엄마는 사팔뜨기의 눈동자처럼 텅 빈 동공으로 인해 초점을 알 수 없었다. 만족한 웃음으로 화장실을 나오던 엄마가 나와 마주치자 빠르게 사과했다.

"미안합니다."

나는 뒤로 주춤 물러서며 말했다.

"언젠간 가겠지. 푸르른 내 청춘, 그다음은 뭐게?"

"피고 또 지는 꽃잎처럼!"

"오! 우리 엄마 아직 짱짱하네!"

칭찬에 우쭐한 엄마가 나를 향해 씨익 웃었다. 갑작스러운 웃음에 해이해진 내가 팔짱을 끼려고 다가갔다. 엄마가 몸을 휙 돌리더니 '박순애' 옷장 앞으로 총총 걸어갔다. 다섯 평 정도의 방에 이불 세 채가 펼쳐져 있고 각자의 머리맡에는 미니 옷장이 있었다. 엄마는 꽃무늬가 화려한 이불 위에 털썩 앉으며 끙, 소리를 냈다. 발을 쭉 뻗어 옆에 펼쳐진 이불을 툭툭 치자 오수에 빠져있던 박 노인이 턱까지 흘러내린 침을 옷소매로 닦으며 눈을 떴다. 덩달아 방바닥에 앉은 채로 졸던 황 노인도 게슴츠레 눈을 떴다. 졸면서 놓친 바닥에 나뒹구는 뮤직박스를 허겁지겁 들어 품에 꼭 안았다. 나무 재질의 뮤직박스는 빙 둘러선 철도 중간쯤에 터널이 있었다. 기차가 지나가다 터널 입구에서 쐐액, 경적을 울렸을 뮤직박스는, 아무리 태엽을 감아도 기적소리도 음악도 나오지 않았다. 그런데도 뮤직박스를 귀에 대고 흔들어보고 뒤집어보고 골똘한 표정으로 쳐다보는 걸 되풀이했다. 대체 황 노인의 기억 속에 저장된 저 작은 물건은 어떤 상징으로 남아 있어 손에서 놓지 못하는 것일까. 궁금했지만 흐릿한 눈빛은 아무것도 말해주지 않았다.

"어디서 왔다요?"

아직도 몽롱한 꿈속인 듯 눈을 껌벅거리던 박 노인이 나를 보며 말했다. 내가 말없이 엄마를 꼭 끌어안자 입을 삐죽거리던 박 노인이 나를 향해 손을 까딱거렸다. 내가 다가가자 손을 힘줘 잡으며 말했다.

"저 백여시, 조심해. 나쁜 년이여!"

장난기가 발동한 내가 물었다.

"우리 엄마가 왜 나빠요?"

입술을 오물거리던 박 노인이 자신의 겨드랑이를 가리키며 말했다.

"여그서 새가 나와. 요새는 자꼬 더 나와. 근디 다 날아가부렀써!"

박 노인이 날아가는 새를 흉내 내듯 손을 휘젓다가 멈춘 곳에 그네가 매달린 나무가 한눈에 보였다.

"개비에 숨어붓나?"

몸을 일으켜 슬그머니 엄마 주머니에 손을 넣자 엄마가 매몰차게 박 노인의 손을 뿌리쳤다.

"거봐. 나쁜 년이지!"

박 노인이 의기양양한 표정으로 말했다.

그들의 표정과 대화에 가슴이 먹먹했다. 그들은 제각각 헝클어지고 어긋난 형태로 만나 함께 생활했다. 그런 중에도 묘하게 질서가 있었고 서로 소통했다. 함께 생활하면서 위계질서가 잡힌 걸까. 아니면 같은 세계에 속해서 교류가 가능해진 걸까. 잠시 멍하니 있던 엄마가 옷장을 열더니 피켓을 꺼냈다. 종이 상자를 잘라 테이프로 테두리를 촘촘하게 싸맨, 평소 꼼꼼한 엄마 성격을 그대로 보여주는 피켓이었다. '사과하라!'가 써진 피켓은 'ㅅ'과 '!'의 시작과 끝에 크레파스 똥이 뭉개져 있었다. 엄마가 앞장서자 황과 박 노인이 굼뜬 행동으로 따라 일어났다. 그들은 엄마를 맹목적으로 따랐다. 마치 알에서 깨어나 처음 본 오리를 엄마로 인식하고 따르는 백조 같았다.

문득 얼마 전 취재에서 만난 지역 맘들이 떠올랐다. '쓰레기 소각장' 건물이 올라갈 때부터 시끄럽던 여론이 시험 가동을 한다는 소문이 돌자 지역 맘들이 들고 일어났다. 안전을 제시하는 소각장 측의 데이터는 아무 소용이 없었다. 아무래도 면역력 문제가 대두되다 보니 아이를 키우는 맘들이 민감하게 반응하는 건 이해가 되었다. 그들은 아이들 실물 크기의 인형을 내세워 시위에 가담했다. 인형의 손에 들린 피켓은 주로 호소하는 언어가 적혀 있었다.

'숨 쉬며 살고 싶다!'

'아이들 호흡기를 보장하라!'

'쓰레기 연료 결사 반대!'

반면에 중장년층들은 시큰둥했다. 시민을 해롭게 할 시책을 정부가 허락할 리 없다는 믿음을 내세우면서 타 도시에서는 소각장 인근 주민들도 탈 없이 잘 산다며 지역 맘들 유난을 탓했다. 지역 맘들은 이중으로 싸워야 할 상황이었다. 회사 측과의 마찰도 마찰이지만 중장년층과의 대립 또한 만만치 않았다. 중장년층을 향해 자신의 안위밖에 모르는 사람들이라 질책하며 시위 현장에 나오는 그들의 몸짓은 비장했다. 선두의 구호에 팔을 올렸다 내리며 목이 잠기도록 구호를 외쳤다. 그때 휴대용 유모차에 앉아 있던 아기들이 엄마 행동을 그대로 따라 했다. 아직 돌쟁이거나 서너 살 정도의 아기들이 작은 입술을 벙싯거리며 팔을 좌우로 움직였다. 무심코 카메라에 담다가 아기들 움직임에 코끝이 시큰했다.

세상을 살아가는 일이 다 그렇다. 관점을 어디에 두느냐에 따라 시점도 달라지고 그에 따라 행동도 달라지는 것. 나는 직업상 주관을 벗어난 객관적인 관점으로 상황을 파악해야만 했다. 하지만 어디까지가 경계일지는 알 수 없었다. 그런 생각들은 자리를 잡지 못해 늘 머리를 지끈거리게 했다.

방을 나서던 엄마가 갑자기 돌아섰다. 옷장에서 작은 상자를 꺼내던 엄마가 괴성을 내질렀다. 익숙한 일인 듯 황과 박 노인은 고개를 외면했다. 엄마가 상자를 바닥에 내동댕이치며 말했다. 누가 새 다 날려 보냈어? 목울대를 깊게 자극하는, 한 번도 들어본 적 없는 걸걸한 목소리였다. 까닭 없이 박 노인을 짧게 노려보더니 코를 씩씩 불며 말했다. 한 번만 또 그러면 사탕 안 줄 거니까 그런 줄 알아! 분노하는 엄마의 발 옆에는 상자에서 쏟아진 막대사탕이 나뒹굴었다. 나는 엄마의 화를 식히려는 의미로 물었다.

"날 두고 간 님은 용서하겠지만, 다음이 뭐……."

엄마가 나를 흘깃 보았다. 턱을 치켜든 채 노려보는 엄마의 강한 눈빛은 강렬했다. 뭔가를 거부하듯 번득였다. 그 눈빛에 내 목소리가 잦아들었다.

"이제부터 멋진 우정의 시작이야!"

말을 마친 엄마가 막대사탕의 비닐을 벗겨 입에 넣더니 우드득 씹었다. 황과 박 노인이 동시에 손을 내밀었다. 사탕을 받은 그들은 듬성듬성 빠진 잇속이 훤히 보이도록 웃었다. 나는 그나마 폭력적이지 않은 환자들이 기거하는 방에 입소하게 한 선배의 배려에 감사했다. 사탕을 입에 문 엄마가 선두로 방을 나섰다. 허청허청 엄마 뒤를 따르는 그들의 입술은 쉼 없이 달싹거렸다. 주름 깊은 그들의 입술은 아침에 피었다가 석양에 오므리는 꽃잎 같았다. 엄마의 행동을 지켜보던 나는 혼자만의 생각에 잠겼다. 엄마의 말과 행동에는 어떤 의미의 잠재의식이 깔린 걸까? 과거의 삶 어느 부분이 복제되어 나타나고 있는 걸까?

내가 꽉 찬 열 살이던 삼일절 날, 징징대는 엄마가 싫다며 아빠가 집을 나갔다. 그날 이후였을까? 아니면 '이제부터 멋진 우정의 시작이야!'라는 우스꽝스러운 말을 남기며 자유를 선언한 아빠가 문제였을까? 그것도 아니면 엄마까지 나를 떠날까 봐 매사에 전전긍긍하던 내 존재가 문제였을까?

엄마는 그날 이후 기쁠 때 웃고 슬플 때 우는 걸 한순간에 멈췄다. 어떤 일에도 감정을 드러내지 않았고 끌려가지 않으려 버티는 삶을 살았다. 어쩌면 흔들리면서 버티기가 버거워서 스스로 옭아맨 것인지도 몰랐다. 독립적이고 자유롭던 성향의 아빠가 엄마의 사랑을 집착으로 받아들였듯이, 아빠의 성향으로 인해 엄마는 징징대는 사람이 되었을지도 모르는 일이었다. 나 역시 마찬가지였다. 엄마와 수직으로 공존

할 수밖에 없는 관계를 내세워 나 자신을 보호하느라 바빴다. 그래서 엄마의 삶에 대해 한 번도 생각해보지 못했다. 그래서일까. 엄마는 치매를 빌미로 지나간 생을 전생처럼 뒤로 두고 새로운 생을 다시 살아가려는 마음인 걸까. 그런 걸까…….

휴게실로 들어간 엄마가 피켓을 테이블에 올려놓고 책장에서 『선녀와 나무꾼』을 꺼냈다. 주변을 두리번거리던 엄마가 크레파스를 발견하곤 과하게 손뼉을 치며 웃었다. 빨간색 크레파스를 손에 쥔 채 책장을 넘기던 엄마가 한순간 진저리를 치듯 몸을 떨었다. 순식간에 눈물이 그렁그렁해지더니 두 발로 바닥을 쿵쿵 내려치며 울부짖었다. 눈물과 침이 범벅된 채 울부짖는 엄마를 본 나는 입을 틀어막았다. 쉽사리 멎을 것 같지 않던 울음은 다행히 짧았다. 손등으로 쓱쓱 눈물을 닦은 엄마가 자리에서 일어나더니 피켓을 추켜들었다. 황과 박 노인도 따라 일어났다.

엄마가 동영상을 보게 된 건 우연이었다. 그날 휴게실에 있던 노인들이 차례로 돌려봤다. 물론 동영상에 찍힌 주인공도 함께였다. 남자들은 낄낄거리며 웃었고 여자들은 무표정으로 봤다. 그리고 간병인이 동영상을 삭제한 것으로 마무리했다고 생각했다. 그런데 다음 날 『선녀와 나무꾼』을 보던 엄마가 울부짖었다. 놀란 간병인이 달려가자 엄마가 손가락으로 책을 가리켰다. 목욕을 마친 뒤 날개옷을 잃어버린 선녀가 몸을 잔뜩 움츠리고 있는 그림의 페이지였다.

엄마의 행동을 지켜보던 나는 익숙한 기시감을 느꼈다.

고등학교 2학년 때 나는 학생회 부회장이었다. 어느 날 여자기숙사에 문제가 발생했다. 기숙사 욕실에서 샤워하는 여학생의 동영상이 학교에 떠돌게 된 것이다. 딸을 둔 학부모들이 들고일어났다. 학교 측에서 가해 남학생을 찾아 동영상을 삭제했지만 이미 늦은 처사였다. 동영상은 순식간에 퍼져나갔다. 동영상은 유리창에 김이 서려서 여학생의 얼굴을 알아보기 힘들었다. 학교 측에서는 그 점을 포착하여 남학생에게 반성문을 받고 별 처벌 없이 마무리했다. 여학생들은 같은 이유로 반발했다. 얼굴을 알아보기 힘들다는 건 불특정 다수가 대상이라는, 즉 누구나 당사자일 수 있다는 거였다.

부연 창을 보여주는 것으로 동영상은 시작됐다. 쏟아지는 물줄기에 섞인 희미한 콧노래, 툭 튀어나온 이마와 작고 둥근 어깨, 손으로 목을 쓸고 내려오다가 젖꼭지를 톡, 건드린 장난스러운 손짓, 비 맞은 강아지가 몸을 흔들어 물기를 털듯 샤워 후에 머리를 흔들어 터는 몸짓까지…….

샤워 후 머리를 터는 건, 아빠를 흉내 내다가 몸에 밴 나의 오랜 습관이었다. 내가 머리를 흔들어 털 때마다 머리카락 날린다며 엄마가 퉁명스럽게 말했다. 누가 핏줄 아니랄까 봐…… 결국, 누군가 교육청에 투서했고 감사가 나올 거라는 소문이 돌았다. 그때까지도 학교 운영위원회가 없던 학교 측은 급하게 모임을 주선했다. 지원자가 없자 아이들과 똑같이 회장 부모는 회장, 부회장 부모는 부회장으로 임명했다. 나는 엄마에게 동영상을 보여준 뒤 회의 참석을 요구하는 공문을 펼쳐 보였다.

"얼굴도 못 알아보겠네……."

엄마의 말은 몹시 차가웠고 별일 아니라는 듯 시큰둥했다.

"엄마! 잘 봐봐. 누가 찍혔는지 똑바로 보라고!"

나는 원망 가득한 눈으로 엄마에게 대들었다. 매사에 시큰둥하던 엄마였다. 하지만 이건 다른 문제였다. 어떤 행동도 불사할 듯 길길이 날뛰는 다른 학부모와는 너무도 다른 반응이었다. 적어도 분개하는 마음으로 앞장서길 기대했던 나는 분노와 실망으로 몸을 떨었다. 그 날 엄마의 반응은 내 존재 자체를 거부하는 것처럼 느껴졌다. 그때부터 나의 모든 관점은 이분법으로 나뉘었다. 회의에 참석하는 부모와 아닌 부모, 자식을 사랑하는 부모와 그렇지 않은 부모, 이혼한 부모와 함께인 부모, 그런 생각에 집중하다 보면 빨리 나쁜 꿈속에서 깨어나고 싶었다. 아니, 차라리 폭죽 터지듯 빵! 터져 흔적도 없이 사라져버리고 싶었다.

내가 받은 상처와는 상관없이 학교 측에서는 가해 학생의 공개 사과와 창문을 코팅하는 것으로 마무리했다. 하지만 그날 엄마의 반응은 나를 단번에 열 살 무렵의 과거로 데려갔을 뿐만 아니라 아빠가 떠난 이래 또 한 번의 파국을 맞게 했다. 그때나 지금이나 거역할 수 없는 질서에 몸을 맡기고 체념하듯 살았지만, 사실은 삶의 나침반을 바꿔버린 것이었다. 그 또한 나의 선택이었다. 작은 일에도 목소리 톤이 올라가던 여고생 특유의 사랑스러움이, 다채롭던 표정과 매 순간 샘솟던 열정이 거짓말처럼 사라졌다.

무심한 태도로 일관하던 그 일이 엄마 내부에서 어떤 파장을 만든 걸까. 엄마의 기억 속에 어떤 무게로 남아 있다가 이제야 무자각적 반응으로 나타나는 걸까. 그런 생각에 한편으론 마음이 따뜻해지면서도 가슴이 몹시 아팠다.

사탕을 입에 문 그들이 몸을 움직일 때마다 끈적한 단물이 바닥으로 떨어졌다. TV 앞에 멈춰 선 엄마가 황과 박 노인에게 피켓을 나눠 주었다. 엄마가 피켓을 가슴께로 올리자 그들도 따라했다. 피켓이 TV를 가렸다. 순간 여기저기서 큰 소리가 터져 나왔다. 순식간에 휴게실은 아수라장이 되었다. 치매 환자인 그들은 제 몸을 가해하거나 손에 잡히는 대로 물건을 내던지며 소리쳤다. 엄마는 그들의 질책에도 아랑곳하지 않았다. 오히려 중심을 잡으려는 듯 보일락 말락 몸을 옆으로 흔들더니 노래를 불렀다.

언젠가 가겠지 푸르른 내 청춘 피고 또 지는 꽃잎처럼……

그러자 황 노인과 박 노인도 흥얼흥얼 노래를 따라 불렀다. 그들의 노래나 음률은 알 수 없었지만 낮은 웅얼거림은 사방으로 퍼져나갔다. 순간 정신이 번쩍 든 나는 휴대전화를 꺼냈다. 기자의 습성으로 사진을 찍고 동영상을 촬영했다.

"동영상, 봤지?"

선배가 이마를 찌푸리며 말했다. 나는 대답 대신 선배의 이마에 저렇듯 굵은 주름이 있었던가, 기억을 되돌렸다. 선배는 더욱더 미간을 모으며 눈에 힘을 주었다. 그건 '너도 봤으니 알겠지만 별거 아니잖아.' 동의를 구하는 표정이었다. 나는 말없이 고개를 끄덕였다.

"몰랐는데, 그동안 간병인들도 힘들었나 봐."

선배는 건조하게 말하려고 노력하는 사람처럼 표정 없이 말을 이었다. 취침 시간에 복도 불이 켜져 있으면 호되게 꾸짖는 건 예사라며, 누구 건지 모를 지팡이를 손에 잡히는 대로 들고 바닥을 두드리며 혼낸다고 했다. 노인들이 휴지를 마구 써댄다고, 물을 아끼지 않는다고, 보지 않는 TV를 틀어놓았다고 닦달한다고 했다. 심지어 배식원 얼굴에 식판을 엎어버린 적도 있지만 그 정도는 다 이해한다며 어떡하든 시위만 막아달라고 했다. 만약 시위가 계속되면 중급 치매 환자용 병실에 감금할 수밖에 없다고 겁을 주었다.

"감금, 이라고?"

그때까지도 상황을 쉽게 생각하던 나는 선배의 말에 눈을 동그랗게 떴다. 내 반응에 어이가 없다는 듯 선배가 말했다.

"동영상에 찍힌 노인은 괜찮아. 연고도 없고, 본인도 상관없댔어. 그런데 혼자서 난리를 치는 거야. 그러니 내가 미치겠는 거지!"

선배는 당연히 엄마 편이라는 듯 간격을 조절하며 말했다. 그렇게 내 마음을 얻은 다음 자기와 비슷한 결말을 끌어내려는 속셈일 거였다. 어머니가 온전치 못한 정신으로 저러는 건 분명 이유가 있을 거라고, 원인을 알아보라며 타협하듯 말했다. 그건 엄마의 시위가 만에 하나 밖으로 새어 나갔을 때를 염려하는 마음에서라는 걸 충분히 느낄 수 있었다. 나는 선배를 쏘아보았다. 뭐가 먼저이고 뭐가 나중인지 정확한 사태를 파악할 줄 모르는 선배는 요양원을 운영할 자격이 없었다. 국가가 인정한 '효(孝)요양원'이라는 현수막을 내걸고 환자를 늘려 이익을 좇는 것에 급급한 선배는, 고단한 삶을 살아낸 노년을 보살피기에는 부적절한 사람이 분명했다. 선배는 알고 있을까? 아무런 개념 없이 기본적인 인권을 방치한 결과로 한 사람의 삶이 유린되었고 그걸 무조건 은폐하려는 자가 선배라는 걸……. 나는 대화의 필요성을 상실한 채 벽시계를 올려다보았다. 시계의 초침과 분침을 물끄러미 보다가 불현듯 어떤 메시지를 전달받은 느낌에 어깨를 부르르 떨었다. 엄마로부터일지, 아니면 그 무엇으로부터일지 알 수 없었다.

"그러니까, 도원아. 엄마를 부탁해!"

나는 선배의 얼굴을 보면서 정말 모르겠다는 듯 말끔한 눈빛으로 물었다.

"그런데 선배, 당사자에게 사과는 한 거죠?"

일주일 동안 내린 비로 눅진한 날들이 이어졌다. 기상청은 뒤늦게 이른 장마를 예보했다. 5월 장마는 처음이라며 긴 장마가 될 거라고 덧붙였다. 아침에 감고 보송하게 말린 머리카락에 손을 넣으면 축축함이 묻어나왔고 귓속이 질척이는 느낌에 자주 면봉으로 닦아냈다. 사람들은 불만에 찼고 우울증 환자가 늘었다. 상황을 나누기 좋아하는 사람들은 비타민D 부족 현상이라고 말했다. 더러는 그럴 수 있다며 맞장구를 쳤고 더러는 별 유난을 다 떤다는 듯 외면했다. 선배는 여전히 전화로 엄마의 근황을 알려왔다. 선배와의 통화 내용을 곱씹으며 김이 서린 유리창에 '치매'라고 썼다가 서둘러 지웠다.

적은 연봉과는 상관없이 주변에 소소한 이야기들을 취재하고 활자화시키는 신문기자 일은 적성에 맞았다. 정치나 경제 같은 무거운 기사는 시민기자 단장인 정이 써줘서 가능하긴 했다. 신문사는 인터넷이 상용화되면서 존폐 위기를 몇 번인가 넘겼다. 그런 시기에 정부에서 수도권 인구 분산과 지역 일자리 만들기라는 도시 건설 취지를 발표했다. 열여섯 개의 관공서가 내려온다는 말에 논이고 밭이던 땅에 건물들이 들어서기 시작했다. 신축건물 3층으로 사무실을 옮긴 신문사도 덩달아 희망에 들떴다. 하지만 5년을 넘어선 지금까지 인구가 3만에 머물렀고, 주말이면 수도권으로 인구가 이동하는 현실에 평일을 제외하곤 유령도시가 되었다. 신문을 보는 집은 나날이 줄었고 일주일에 한 번 발행되는 신문 한두 면을 채우는 광고로 근근이 꾸려가는 실정이었다. 그래서 취재는 물론이고 잡다한 경리 일에 청소까지 하는 게 내 일이었다.

비는 잠깐 소강상태였다. 창문을 열다가 쓰레기 소각장, 다이옥신, 아무렇게나 떠도는 말들이 생각나 다시 닫았다. 이미 읽고 인정했던 회사 측의 데이터가 아무런 소용 없이 창문 열기가 꺼려졌다. 여론이란 그런 거였다. 내 의지와 상관없이 몸을 사리게 하는 것. 어떤 상황인지 대략 짐작은 가지만 그렇다고 세세한 부분까지 유추되는 건 아니었다. 눈으로 직접 보지 않고 잘 모르는 상황은 두려움으로 다가왔다. 엄마가 '치매' 판정을 받았을 때도 그랬다.

'치매'라는 말은 태어나 처음 듣게 된 말처럼 생소했다. 누구나 치매에 걸릴 수 있다는 걸 처음 안 사람처럼 공포로 다가왔다. 기사를 쓰다가도, 밥을 먹다가도, 넋 나간 얼굴로 치매라는 말을 곱씹었다. 어떤 날은 뜻조차 생각나지 않다가 어떤 날은 또 별거겠냐 싶기도 했는데 그건, 어려서부터 포기가 빨랐던 습관 때문인지도 몰랐다. 엄마가 '저나트륨혈증'으로 쓰러졌다는 전화를 받았을 때 놀라긴 했다. 쓰러지는 건 엄마 나이에도 가능했으니까. 하지만 치매는 아니었다. 아직 일흔도 못 된 나이였고 아무리 되짚어봐도 치매에 걸릴 만한 생활습관도 없었다. 고기보다는 채소를 즐겨 먹고, 책과 뉴스 다큐를 보며 생각이 녹슬지 않게 노력했다. 술은 가끔 마셨어도 담배는 피우지 않았다. 물론 그런 일상으로 치매에 걸리지 않을 거라고 믿는 건 어리석지만 어쨌든 하늘이 노랬다. 엄마가 살아오면서 내 존재를 부정하고 싶었을 여러 순간을 대신하듯, 공식적으로 나를 기억 못 할 세계로 들어갔다는 사실은 여전히 지독하게 나쁜 꿈속에 있는 것 같았다.

지난 주말, 모처럼 집에 들렀다. 엄마 병실에 기억될 만한 사진을 걸어주고 싶었다. 녹슨 대문에 키를 꽂았다. 엄마가 요양원에 입소하기 전부터 신문사 근처 원룸으로 거처를 옮겼으니 5년 만이었다. 안방으로 들어갔다. 침대, 화장대, 장롱, 엄마가 읽던 책들과 CD까지 모든 게 그대로였다. 앨범을 찾다가 방 한쪽에 세워진 캐리어에 눈이 갔다. 오래전 아빠와 함께 여행할 때 요긴하게 썼던 가방이었다. 캐리어는 묵직했다. 호기심에 열어보았다. 캐리어를 가득 채운 다양한 색깔의 잘린 천은 흉측했다. 엄마는 이걸 왜 여태 버리지 않고 둔 걸까?

가장이 된 엄마는 일자리를 구하는 데 전력을 다했다. 지인들이 일을 권할 때마다 거절의 이유가 많았다. 예를 들면 이런 거였다. 물건을 파는 곳은 사람들에게 끊임없이 자기를 낮춰야 하는 게 체질에 안 맞고, 보험 영업은 주변에 피해를 주는 일이어서 안 되고, 식당일은 체력이 약해서 힘들다는 식이었다. 그런 날이면 엄마는 가위를 손에 쥐고 거실 바닥에 질펀하게 앉았다. 순식간에 아빠 손수건이나 양말 속옷 양복이 조각났다. 그런 나날이 얼마나 지났을까. 허공에 부유하던 먼지가 바닥으로 가라앉고 집 안에 아빠의 흔적이 사라질 즈음, 엄마가 취직했다. 엄마는 사람이 살아가면서 발생하는 상황은 피할 수 없지만, 품격을 지키는 건 스스로가 할 수 있다고 했다. 품격은 그 사람을 나타내는 본질인데 그걸 사회적 시선으로 평가당하는 게 싫다며 엄마가 출근하기로 한 일터는 공장이었다. 나는 식당이나 보험 영업과 달리 공장에 나가는 게 어떻게 품격을 지킨다는 건지 알 수 없었지만, 엄마 말에 고개를 끄덕였다.

그렇게 공장에 들어간 엄마는 나날이 피폐해졌다. 새벽 출근과 늦은 퇴근으로 맑던 피부는 칙칙해졌고 눈 밑에 다크서클을 달고 살았다. 매사에 품격을 내세우는 엄마와의 일상은 어떤 폭력도 마찰도 없었다. 대신 숨통을 조이는 긴장감이 깔려 있을 뿐이었다. 그렇듯 평화를 가장한 시간이 쌓이고 쌓여 엄마와 나 사이에 공백을 만들었다. 엄마는 알고 있을까? 그런 이유로 내가 빠르게 철들었다는 것을. 어쩌면 가능한 것과 불가능의 가늠을 잘한 것일 수도 있었고, 안 되는 것에 대한 체념을 일찍 배운 것일 수도 있었다. 하지만 그 습성은 내 자아 형성에 지대한 영향을 끼쳤다. 시간이 흘러 내가 대학생이 된 어느 날. 엄마가 말했다.

"우리 고기 먹자. 음악도 좀 틀고!"

나는 신발을 신는 둥 마는 둥 밖으로 나갔다. 왠지 모를 흥분으로 마트까지 가는 발걸음이 날아갈 듯 가벼웠다. 카트에 삼겹살과 상추를 담고 소주를 두 병 담다가 두 병을 더 담았다. 거실 바닥에 신문지를 깔고 삼겹살을 구워 소주를 마셨다. 엄마의 요청으로 김창완 CD를 듣고 있었는데 때마침 〈청춘〉이 흘러나왔다. 소주 몇 잔에 금세 얼굴이 붉어진 엄마가 벽에 등을 기대앉더니 노래를 따라 불렀다. 키가 맞지 않아서 음정은 제멋대로였는데 놀랍게도 가사는 정확했다. 술에 취한 사람이 고성방가하듯 소리소리를 질렀는데 그 모습이 너무나, 이런 표현은 좀 이상하지만 너무나 싱싱하고 예뻤다. 붉어진 양 볼에 입술을 벙긋벙긋 벌리며 노래하는 엄마를 보며 문득, 나라는 존재가 엄마에게 무슨 짓인가를 한 듯한 생각에 기분이 묘했는데 그게 뭔지는 알 수 없었다. 다만 술이 확 깨면서 머릿속이 묵직해졌다. 내 시선을 느낀 엄마가 등을 곧추세우며 말했다. 마치 삶은 행운과 저주가 함께일 수밖에 없다는 걸 알아버린 표정이었다.

"흉측해?"

소주를 마시고 고성방가하듯 노래를 불러서 흉측하다는 건지, 아니면 흐트러진 모습이 민망하다는 건지 알 수 없었던 나는 고개를 저었다.

"흉측하지?"

다시 물었을 때 아까보다 더 세게 고개를 저었는데 이상하게 목이 멨다. 조금 전부터 뇌리를 떠나지 않던 어떤 생각, 어쩐지 나라는 존재가 엄마 인생을 가로막는 치명적인 무엇일지도 모른다는 생각이 좀 더 확실하게 들어서였다. 혹시라도 나를 떠나고 싶을 때 쓸데없는 죄책

감을 느끼게 하는 존재는 아니었는지, 누군가와 연애에 빠지기에 충분한데 감행하지 못한 건 아니었는지, 엄마의 내면에 잠재된 어떤 갈구를 숨기게 하는 존재는 아니었는지…… 그런 생각들로 나는 좀 슬퍼졌다.

그러니까 엄마는 지금, 누구나 살면서 한 가지쯤 잃고 살았을 그 무언가를 되찾는 중인 걸까. 마치 리허설을 마친 배우처럼 미흡한 부분을 되새겼다가 다시 제대로 하려고 스스로 삶을 분리한 걸까. 그런데 엄마가 잃었다고 생각하는 것과 복구하고 싶은 건 어떤 부분일까. 이제야 엄마의 삶을 되짚어보는 내가 바보 같았다.

일단 엄마를 설득해보라고 선배는 말했지만 설득이라니. 치매 환자에게 설득이라는 말이 가당키나 한가? 한 사람의 죽음이 죽은 사람에게는 사건이 아니고 남아 있는 사람에게 사건이듯이, 치매도 마찬가지였다. 본인은 아무것도 의식하지 못하는데 남은 사람에게는 혹독하고 생생한 사건이 되는 게 치매였다. 그런데 선배는 어리석게도 이 일을 한시적으로 지나가면 그만인 일이라고 가볍게 생각하고 있는 걸까?

왜였을까. 요양원을 나온 나는 이제 막 돋기 시작하는 초록 나무 앞에서 한참을 서 있었다. 어쩌면 입장만 바뀌었을 뿐, 엄마 또한 예전의 내 존재처럼 치명적인 사슬로 나와 맞물렸다는 생각이 머릿속에서 떠나지 않았다. 5월의 수액을 받아 점점 팽팽해지는 나무를 올려다보았다. 엄마가 날마다 눈 뜨면 마주할 나무였다. 아무런 의미 없는 웅얼거림과 총총거리며 오가는 하찮은 발걸음을, 그리고 잠깐의 묵직한 침묵으로 멍하니 창밖을 볼 때도, 찬란한 햇빛의 입자를 흔들어 위안이 되어줄 것이었다. 무엇보다 한밤중에 혼자 깨어났을 때, 무섭도록 짙은 어둠 속에서 어떤 석연찮은 기운에 막막해질 때, 그러다가 머릿속에 덧칠된 회색 막이 벗겨지면서 유리보다 맑고 투명한 기억들이 한꺼번에 쏟아지듯 달려들 때, 당황하지 않게 따뜻한 기운으로 북돋아줄 것을 의심치 않았다. 나는 손으로 가만히 나무를 쓰다듬으며 말했다.

엄마를 부탁해!

소각장에서 매일 두 시간씩 시험 가동을 시작했다. 잠깐 잠잠하던 맘 카페에서 난리가 났다. 일주일이 되기도 전에 아이들의 피부발진과 두드러기, 심지어 폐렴으로 입원한 사진들이 올라왔다. 어쩌면 그냥 감기일 수도 있고, 흔한 피부발진일지도 모를 증상을 내세우는 건 오버라고 말하는 사람도 있었지만, 어쨌든 함부로 판단할 수는 없는 일이었다. 다시 맘들을 주축으로 시위가 시작되면서 신문사에까지 전화가 빗발쳤다. 그들은 혁신도시를 살리는 정책으로 출산장려금을 다른 곳보다 많이 주면서 아이들 건강을 외면하는 게 말이 되냐며 호소했다. 게다가 소각장이 신문 한 면을 차지하는 거대 광고주라서 봐주는 거 아니냐는 막말까지 했다. 평소에 신문 한 부 팔아주지 않던 주민들이 만들어낸 말 잔치에 화가 치밀었다. 평소대로 인터넷에 올리지 왜 신문사를 상대로 따지냐고 말하고 싶은 걸 참느라 나야말로 피부발진이 올라올 지경이었다.

정과 이런저런 얘기를 나누다가 뜻밖의 사실을 알았다. 지역 맘들로 구성된 카페에서 특정 마트에 불매운동을 벌이기로 했다는 것이었다. 농부들이 생산한 농산물을 유통 과정을 거치지 않고 직접 판매해서 호응을 받던 마트였다. 다이옥신이 땅에 흡수되면 농작물에 직접적인 피해가 예상되는데도 정작 농민들은 둔감하다는 것이 이유라면 이유였다. 말은 그렇게 내세웠지만 결국은 반대 세력을 키우려고 농부들을 자극하는 거 아니냐는 내 말에, 그럴지도 모른다며 정이 고개를 끄덕였다. 그들도 처음에는 농민들에게 그런 사실을 알리고 우호적으로 동참을 원했는데 '우린 모른다'식의 발뺌이 괘씸죄에 걸린 것이라고 했다.

"불매운동 벌이는 마트에서 농산물을 사다가 들키면 어떻게 되는지 알아?"

내 대답을 기다리지도 않고 정이 엄지와 검지를 벌이며 빵! 총 쏘는 시늉을 했다.

"빵? 총 말이야?"

정이 고개를 끄덕였다. 나는 왠지 서글퍼졌다. 자기들 생각과 다르다고 해서 총을 쏘겠다는 말이 억지스럽다 못해 무서운 생각까지 들었다.

"그런데 불매운동 벌이는 곳에서 장을 본 건 어떻게 알지?"

진지해진 얼굴로 내가 묻자 정이 큰 소리로 웃었다.

"그냥 공포탄인 거지."

총 쏘는 행위는 정이 지어낸 몸짓이겠거니 생각했지만 웃음이 나오지는 않았다. 모성을 앞세워 물불 안 가리고 달려드는 그들을 이해할 수 없었고 한편으로는 놀라웠다.

"그런데 그들은 뭘 믿고 그렇게까지 강하게 나가는 걸까?"

내가 묻자 정의 표정이 갑자기 진지해졌다.

"영원할 거라고 믿는 거지."

"뭘?"

"모성 말이야."

모성이라니…… 나는 알 듯 말 듯 고개를 갸우뚱했다. 결국 불매운동 일주일 만에 농민들이 시위에 가담했다. 그들의 치명적인 약점이라도 쥔 듯 의기양양하던 지역 맘들의 승리라면 승리였다. 일단 3개월 시험 가동한 뒤 주민을 상대로 투표한 후 반대가 과반수 이상이면 가동을 중지하게 되니까 뭐라도 해보자고 발 벗고 나선 건 이해가 되었다. 하지만 목적을 위해 수단과 방법을 가리지 않는 맘들의 행동이 옳은 것인지는 여전히 의문으로 남았다.

삼각김밥과 커피로 늦은 점심을 먹는데 대표가 불렀다. 남은 김밥을 입에 넣고 일어서는데 반사적으로 눈 밑이 떨렸다. 마그네슘이 부족하다는 의사의 처방을 받았고 지금까지 약을 먹고 있지만 작은 긴장에도 초기 상태로 돌아갔다. 손끝으로 눈두덩을 두드리다가 대표 방을 노크했다.

"그러니까 일단 지난번 취재를 토대로 기사를 써봐. 소각장 측 데이터를 슬쩍 강조하면서. 무슨 말인지 알겠지?"

결국, 대표는 편을 정한 것 같았다. 나는 며칠 전의 시위 현장과 엄마 모습이 겹치자 머릿속이 혼란스러웠다. 네, 짧은 대답으로 방을 나왔다. 가벼운 스트레칭에도 머릿속은 개운해지지 않았다. 냉장고에서 얼음을 꺼내 남은 커피에 떨어트렸다. 찬 커피를 한 모금 마시자 비로소 머릿속이 맑아지는 것 같았다.

그날, 피해자를 보고 싶다는 내 말에 간병인이 '둥지'실을 가리켰다. 매점에서 산 홍삼 음료를 들고 방문을 노크했다. 괜찮다던 노인은 정작 속앓이를 한 건지 링거를 꽂고 잠들어 있었다. 밤송이처럼 짧은 머리 아래 이마에 파란 힘줄이 돋은 노인의 얼굴은 파리했다. 무연고라는 말을 들어서일까. 괜히 가슴이 울컥했다. 환자복 밑으로 드러난 손과 발, 앙상한 늑골 아래 등과 맞닿은 듯 홀쭉한 배, 살갗을 잡아당기면 쭉 벗겨지고 분홍 속살이 나올 것 같은 손등. 저렇듯 노화된 몸을 찍어서 동영상으로 돌려본 노인들의 성에 대한 그칠 줄 모르는 호기심에 고개를 흔들었다.

'둥지'실을 나오다가 엄마 병실을 들여다보았다. 엄마는 저녁밥을 먹는 중이었다. 손으로 고등어 가시를 발라낸 건지 생선 기름으로 번들거리는 손을 이불에 쓱쓱 닦은 엄마가 베개 밑에 숨겨둔 리모컨을 꺼냈다. TV가 켜지자 박 노인이 손뼉을 치며 웃었다. 황 노인도 뮤직박스를 끌어안으며 웃었다. TV를 보던 박 노인이 수저로 화면 속의 누군가를 가리키며 말했다.

"저 여자 남편, 집에 갔어?"

"아까까지도 밖에서 어슬렁거리고 있드만. 이제 들어갔으까?"

황 노인이 뮤직박스를 귀에 대고 흔들며 대답했다. 뼈만 앙상한 손등에 시퍼런 힘줄이 나무의 뿌리처럼 엉겨 있었다.

"집에 가면 저 죽을 걸 알랑가 모를랑가?"

박 노인이 고소하다는 듯이 말하자 황 노인이 금세 울 것 같은 표정으로 말했다.

"오늘도 안 가믄 어쯔까이."

말이 끝나기도 전에 엄마가 씨익 웃었다.

"이제부터 멋진 우정의 시작이야!"

엄마의 말에 방 안은 일순 정적이 찾아왔다가 금세 활기를 되찾았다. 그들은 아이처럼 웃었고 화면 속의 누군가를 향해 삿대질을 일삼았다. 고개를 뒤로 젖히고 웃는 엄마의 애교머리에 섞인 새치가 멋 내기용 브릿지 염색 같았다. 엄마는 이제 이마를 가린 것을 의식조차 하지 않았다. 주어진 삶을 잘 살아내고자 주술을 외듯 이마를 드러내던 엄마는 이제 없다. 그냥 한 톨의 밥알도 남기지 않고 길게 트림하는 엄마가 있을 뿐이다. 어쩌면 엄마는 새가 되는 연습을 하는 중인지도 몰랐다. 치매라는 병이 요구하는 극단적인 시간의 끝은 생명이 끝나는 시점일 거니까. 그래서 엄마가 연습 중인 날갯짓은 죽음으로 향한 위장된 욕망의 분출일지도 몰랐다. 푸드득…… 푸드득…… 날갯짓이 절정에 달한 날, 겨드랑이에서 초록빛 날개가 돋아나면서 무심하게 창밖의 나무 위로 날아오르려는 걸까. 내일이나 모레, 어쩌면 더 먼 시기의 어느 날에…….

후드득, 창문을 때리는 빗소리에 눈을 돌렸다. 하늘이 새카맣게 변한 걸 보니 비가 다시 내리는 모양이었다. 예기치 못한 장맛비처럼 엄마의 의식은 언제 또다시 팽팽하게 부풀려져 TV 앞에 설지 아무도 몰랐다. 나는 엄마의 평온을 기원하며 숨겨둔 『선녀와 나무꾼』을 대신할 동화책을 사야겠다고 생각했다.

대표의 지시에 맘이 바빠졌다. 기사를 쓰기 위해 지역 맘들이 시위하는 사진과 영상을 펼쳤다. 어떤 위험도 불사할 듯 비장한 그들의 표정을 보다가 문득 엄마의 동영상이 생각났다. 휴대전화를 컴퓨터에 연결했다. 연속적으로 찍은 사진을 훑어보다가 그중 한 장에 시선이 멎었다. 엄마의 왼쪽 팔에 완장처럼 접힌 소매를 클로즈업한 사진이었다. 사진 속의 엄마는 한쪽 눈을 찡긋했다. 누구를 향한 윙크일까, 생각하다가 섬광처럼 내가 해야 할 역할이 생각났다. 그건 내가 선택한 게 아니라 엄마에게서 혹은 누군가로부터 부여받은 사명처럼 다가왔다. 컴퓨터에 새 창을 열었다. '엄마의 완장'이라고 제목을 쓴 뒤 기사를 쓰기 시작했다. ■

나는 포기할 권리가 있다

무대 조명은 강렬했다. 세상의 빛을 모두 모아놓은 듯 환하고 눈부셨다. 가만히 손을 내밀면 뼈마디가 훤히 비칠 듯 휘황한 조명에 박은 오래전에 찍은 엑스레이를 떠올렸다. 흑백의 필름에 찍힌 어깨뼈는 엄지손톱의 절반만큼 제자리를 벗어나 다른 뼈를 누르고 있었다. 의사는 너무 오래 방치했다며 고개를 저었다.

투명한 컵에 담긴 얼음 알갱이 부딪치는 소리에 뒤를 돌아보았다. 박보다 머리 하나는 더 큰 청년이 무대를 보며 환호하고 있었다. 박은 청년의 손에 들린 음료에 온통 신경이 쓰였다. 흥분한 청년의 음료가 어깨를 스칠 때마다 통증으로 무기력해진 박이 이맛살을 찌푸렸다. 그러니까 고통 앞에 의연할 수 있는 사람은 아무도 없었다.

무궁화 삼천리 화려강산 대한 사람 대한으로 우리나라 만세

후렴구를 장송곡처럼 느리게 시작한 〈애국가〉는 곧 귀를 찢는 록으로 이어졌다. 빠르고 강렬한 비트에 귀가 먹먹했다. 흥겨운 음악에 반

응하듯 군중들은 박수와 환호도 모자라 몸까지 흔들어댔다. 밝고 환한 웃음, 그늘 없는 그들의 표정, 생동감 있는 몸짓까지. 박에게는 이 모든 게 이질감으로 다가왔다. 그런 박의 기분과는 상관없이 군중의 환호에 힘입은 음악은 더욱더 극으로 치달았다.

사람들에 섞인 박을 발견한 장이 손을 흔들었다. 시선이 마주치자 빈 의자를 가리켰다. 장을 외면하는 박의 옆얼굴은 오똑한 콧날과 강인한 턱선으로 인해 다소 예민한 듯 느껴졌다. 그도 그럴 것이 오늘 같은 날 이런 음악을 접하는 건 박의 취향이 아니었다. 계속되는 사람들의 환호에 가수가 무대 아래로 내려섰다. 등 뒤에서 쏘는 현란한 조명을 받으며 노래하던 가수가 깜짝 마술을 부리듯 시야에서 사라졌다. 강한 기시감에 박이 그대로 주저앉았다.

"정신 차려!"

작은 일에도 쉬 목이 타고 현기증이 이는 계절이었다 5월은. 놀란 목소리에 정신을 차려보니 흥분한 장이 코를 벌렁거리며 서 있었다. 박은 애초에 이 자리에 나오지 말걸, 후회했다. 언제부턴가 장은 박을 앞에 내세우길 좋아했다. 몇 년 전, 간첩단에 몰렸던 사람들의 보상 문제가 재거론되고 박이 매스컴을 탄 뒤부터였다. 박은 자잘한 행사 때마다 불려 다니는 것도, 잊고 싶은 기억을 헤집어놓는 것도, 불분명한 명목에 휩쓸리는 것에도, 자신의 의지와는 다르게 뭔가에 휘둘리고 있다는 느낌이 불편했다. 그건 보이지 않는 목줄에 매달린 듯 거추장스럽기까지 했다. 장이 이끄는 대로 못 이긴 척 의자에 앉았다. 깔끔한 정장 차림의 사람들 사이에서 박의 옷차림은 쉽게 눈에 띄었다.

"옷이라도 좀 챙겨 입지……."

장이 자신의 연회색 양복을 매만지며 말했다. 장의 샛노란 넥타이가 봄 햇살에 환했다. 박은 대답 대신 급한 주문을 마치고 오느라 미처 갈아입지 못한 자신의 옷차림을 내려다보았다. 일하기 편해서 입은 등산복과 운동화에는 먼지가 부옜다. 투덕투덕 옷에 붙은 먼지를 털었다. 뉘엿뉘엿 저무는 석양에 흩날리듯 먼지가 부유했다.

〈애국가〉가 끝나자 다음 곡의 자막이 대형 스크린에 떴다.

> 목련꽃이, 한낱 목련꽃이 진다 해도 무에 그리, 그리 슬프랴.
> 피었다가, 피었다 지는 것이 어디 목련꽃뿐이랴.
> 우리네 오월에는 목련꽃보다 더 하얗고
> 순결한 영혼, 영혼들이, 꽃잎처럼 아프게 떨어진 것을…….

〈목련이 진들〉이었다. 열여섯의 소년이 쓴 시에 곡을 붙였다는 가수의 부연 설명이 이어졌다. 여성 특유의 가녀린 목소리의 떨림은 서늘했다. 노래가 중반으로 접어들면서 점점 격해지더니 "꽃잎처럼 아프게 떨어진 것을"에서는 실제로 꽃잎이 떨어지듯 여백을 두며 노래했다. 노래가 끝나자 아나운서가 귀빈들을 소개했다. 마지막으로 유공자를 호명하자 박을 포함한 스물 남짓의 사람들이 자리에서 일어나 인사했다.

다섯 시에 시작된 공연은 일곱 시가 넘어서야 끝이 났다. 손나팔을 한 장이 '왕갈비탕'으로 모이라고 외치는 소리를 들으며 박은 그곳을 빠져나왔다. 인파를 헤치고 공방까지 오는 내내 노랫가락이 귓전에 남아 앵앵거렸다. 무궁화 삼천리 화려강산 대한 사람 대한으로……

공방에 도착한 박은 가슴께 높이의 간판에 까맣게 들러붙은 나방을 손을 휘저어 내쫓았다. 오동나무를 길게 잘라 '나무 뜰'이라고 글자를 새기고 그 위에 색을 입히던 오래전의 시간에 파묻힌 삶의 모진 풍상이 주마등처럼 스쳐 지나갔다.

이곳은 구 도청을 경계로 번화가와 주택가가 맞물린 구 시청 사거리였다. 하나둘 젊은 사람들을 겨냥한 술집들이 생겨나면서 낮에는 죽은 도시처럼 잠들었다가 밤이 되면 깨어났다. 새벽까지 쿵쾅거리는 음악 소리와 술에 취해 내지르는 고성방가로 인해 하루도 조용한 날이 없었다. 시간이 흐르는 건 변화를 예고하는 것임을 모르지 않았지만, 쏜살같이 변하는 시류를 따르기에 박은 너무 나이를 먹었다.

절반 정도 내려진 셔터를 올리고 안으로 들어갔다. 발을 내딛다가 하마터면 넘어질 뻔했다. 일이 있어 급하게 나간 걸까? 김이 마무리하지 않은 공방은 난잡했다. 대충 바닥을 정리한 뒤 안채로 들어왔다. 속쓰림을 동반한 허기로 속을 쓸어내리던 박은 장의 요청에 못 이긴 척 밥이라도 먹고 올걸, 후회했다. 냉장고를 열었다. 아내가 쓰던 양문형 냉장고는 혼자 쓰기에 턱없이 컸다. 텅 빈 냉장고에서 달걀을 두 알 꺼냈다. 놋그릇에 달걀을 깨트리고 들기름을 한두 방울 떨어뜨렸다. 랩을 씌워 전자레인지에 넣은 다음 1분에 맞추고 스위치를 눌렀다. 50초 후 흰자는 익고 노른자는 부드럽게 풀어질 수란을 상상하며 쓰린 속을 달랬다. 박은 이제 그런 나이가 되었다. 잦은 음주로 인한 것이든, 제

때 챙겨 먹지 못한 식사 때문이든, 속이 쓰리고 신물이 넘어오는 나이. 50초의 시간을 초과하지 않으려고 남은 시간을 눈으로 훑는 조바심까지……. 10초를 남겨두고 정지 버튼을 누른 뒤 수란을 꺼냈다.

소금 대신 조미된 김을 수란에 섞다가 어머니를 떠올렸다. 어머니는 시도 때도 없이 수란을 들고 방으로 들어왔다. 어머니가 들어오면 고소한 들기름 냄새가 코를 자극했지만 먹는 건 별개의 문제였다. 힘에 부친 듯 끙, 소리와 함께 박을 일으켜 세운 어머니는 벽에 베개를 세워 등을 기대게 했다. 마지못해 억지로 눈을 뜨면 방 안은 빙글빙글 돌았고 촉수 낮은 전등은 고문실을 연상시켰다.

빛에 가려진 그들은 2인 1조였다. 테이블 중간에 길게 늘어뜨린 전구를 사이에 두고, 앞에서는 질문을 뒤에서는 곤봉으로 바닥을 두드렸다. 일률적으로 들리는 탁, 탁, 소리는 위압적이었다. 눈앞에 바짝 들이댄 30촉 전구에서 쏟아지는 강렬한 빛에 몸이 뒤로 젖혀지는 순간 바닥을 치는 소리가 그침과 동시에 머리가 뒤로 당겨졌다. 똑바로 해! 보이지 않고 알지 못하는 것에 대한 공포는 극에 달했다. 그들이 원하는 답이 무엇인지, 어떤 행동이 똑바로 하는 건지 알지 못한 몸은 사시나무 떨듯 떨렸다. 빛을 감당하지 못해 눈을 감으면 뒤통수에 충격이 가해졌다. 억, 소리와 함께 앞으로 고꾸라져도 머리채가 잡힌 몸은 금세 곧추세워졌다. 전구와 눈싸움이라도 벌이듯 눈을 부릅뜨고 버텨야 했다. 하지만 아무리 용을 써도 구불구불한 나선형의 필라멘트를 보고 있으면 어느 순간 정신이 아득해졌다.

울컥, 생목이 올라왔다. 빈속을 타고 올라오는 건 쓰디쓴 물뿐이었다. 눈물이 그렁한 눈으로 놋그릇을 내려다보았다. 흰자에 둘러싸인 설익은 노른자는 깊은 우물 속에 빠진 둥근 달 같았다. 달 달 무슨 달 쟁반같이 둥근 달 어디 어디 떴나 태성이 머리 위에 떴지. 어린 시절 어머니가 불러주던 노래가 희미하게 떠오를 즈음 수저가 입술에 닿았다. 박은 차마 고개를 젓지 못했다. 입술을 달싹이면 입안으로 들어온 수란은 목으로 넘어갔다.

박의 몸을 칭칭 감고 있던, 절대로 끊기지 않을 것 같은 질긴 끈은 그렇게 서서히 끊겼다. 생존의 본능을 되찾기까지 어머니의 정성과 사랑이 있어서 가능했다. 그런 시기를 넘기고 가끔은 웃기도 하며 살다 보니 오늘에 이르렀다. 그러니 어떤 경우에든 살아갈 수 있는 능력을 지닌 게 사람이었다.

수란을 안주 삼아 소주를 마셨다. 시장기가 가시면서 몸이 나른했다. 지친 하루였다. 씻으려고 등산복을 벗던 박이 악 소리와 함께 어깨를 감쌌다. 육신이 살아 있는 한 계속될 고통은 혹독했다. 내려치는 곤봉과 발길질에 머리를 맞지 않으려고 필사적으로 몸을 움츠렸고 상대적으로 노출된 어깨는 부서지고 찢어졌다.

질끈 감았던 눈을 떴다. 파스 모서리를 손으로 떼어냈다. 땀으로 인해 접착력이 없어진 파스는 쉽게 떨어졌다. 파스는 떼기는 쉬워도 붙이기는 어려웠다. 벽에 파스를 세우고 가만히 어깨를 댔다. 잘 겨냥한다고 해도 파스는 제멋대로 엉겨 붙었다. 제대로 붙지 않은 파스를 떼어냈다. 문득 아내가 보고 싶었다. 아픈 부위에 손을 얹어 따뜻하게 풀어준 뒤 파스를 붙여주던 아내는 시도 때도 없이 술을 마시는 박을 이해한다고 말했다. 하지만 이해와 받아들이는 건 다르다며 힘들어하던 아내가 병을 얻었다. 박은 아내를 볼 때마다 죄지은 기분이었다. 아내를 떠올리자 이깟 통증이 뭐 대순가 싶어 파스를 구겨버렸다. 한참의 시간이 흐른 뒤 새 파스를 꺼내는 박의 눈시울이 촉촉했다. 대충 파스를 붙이고 옷을 입었다. 살을 파고드는 화끈한 열기에 눈을 감았다. 마침내 고통이 사라지면서 눈꺼풀이 무거워졌다. 잠들 수 있는 것에 감사하며 눈을 감았다. 금세 잠들 수 있을 거라는 생각과 달리 밤새 뒤척거리다가 새벽녘에 설핏 잠이 들었다.

김의 작업 소리에 눈을 떴다. 아침 8시였다. 김이 들어오고부터 생활이 편해졌다. 혼자서 일할 때는 새벽 5시면 어김없이 일을 시작했고 시장기로 허리가 접힐 즈음에야 밥을 먹곤 했다. 주문에 따라 밤을 꼬박 새기도, 어떤 날은 오전에 일을 마치기도 했지만 대체로 일을 놓지 않았다. 그래야 헛생각이 끼어들지 않았다. 밤에 자다가 깜짝 놀라 깨는 일이 허다했어도 낮잠을 자본 적도 없다. 잠재된 불안감이 언제 튀어나올지 몰라 철저히 경계하고 신경 쓰지 않으면 금세 일상이 흐트러졌다. 눈치만큼 몸도 빠르다는 말을 들었지만 의식하지 못한 사이에 행동은 점점 굼떠졌고 실수는 빈번했다. 배달할 물건이 바뀌거나 잘못 배달된 물건을 반품하는 경우로 낭패 보는 일이 허다했다.

한번은 두 시간 거리의 좀 먼 곳까지 배달 갈 때였다. 내비게이션 안내를 들어도 길을 인지하지 못했다. 갓길에 차를 세우고 전화를 했다. 길을 못 찾겠다고 말하자 고객이 말했다. '그거 고문 후유증이네요'. 박은 갑자기 몸에 힘이 빠지면서 사는 게 허망했다. 유공자끼리 서로 돕자는 취지로 고객을 소개받으면 그들은 박의 행동을 이해한다는 듯 쉽게 말했다. 하지만 자신을 알지 못하는 사람에게 듣는 위로의 말에 왠지 비굴한 느낌이 들었다. 배려인지 질책인지 모를 말에 그냥 본데없는 사람이려니 마음을 추스르는 것도 싫었다. 그런 식의 말에 내가, 또 우리가, 얼마나 쉽게 무너지는지 사람들은 알지 못했다. 모두가 알고 있는 시기를 함께 건너온 사람들은 뭐든 다 이해할 것 같고 감싸주리라 생각했지만, 자신의 이익과 연결된 채 타인을 이해하기란 어쩌다 만나게 되는 행운, 그 이상도 이하도 아니었다. 그런 박이 김을 만난 건 행운이었다.

"제 다리가 뺄 수 없는 증건데 왜 안 된다는 겁니까?"

"글쎄, 말씀은 알겠다니까요. 그러니까 증인이나 증거를 가져오라고 몇 번을 말합니까? 비슷한 시기에 다리를 다쳤다고 누구나 다 유공자가 될 순 없잖아요!"

정부에서 피해자에 관한 접수를 시작할 때였다. 급조된 사무실은 사람들로 인해 시장통 같았다. 사람들의 목소리는 점점 더 커졌고 가끔은 폭력으로 이어지기도 했다. 박은 일찍 접수를 마치고 장을 기다리던 참이었다. 자신의 피해를 증명하려고 진땀을 흘리는 김의 사연은 어쩌면 흔한 사례였다. 김과 접수자와의 간극은 좁혀지지 않았다. 길어지는 그들의 언쟁에 사람들이 혀를 차며 수군거렸다. 김의 사정이 딱하다는 동정인지, 억지를 쓴다는 비하인지 알 수 없었다.

그리고 오랜 세월이 흐른 뒤 김을 우연히 만났다. 공방 근처의 선술

집에서 장과 낮술을 마시던 중에 지나가는 김을 보았다. 처음 봤을 때부터 어쩐지 익숙한 느낌이어서 쉽게 알아봤다. 그날 합석한 김을 찬찬히 뜯어보다가 윤재를 떠올렸다. 좁은 이마를 드러낸 짧은 고수머리와 짙은 눈썹, 얍삽해 보이는 입술까지. 그날 일자리를 찾고 있다는 김에게 박이 함께 일하자고 말했다. 잘 알지 못하는 김에게 선뜻 청한 건 박으로서도 뜻밖이었다. 김은 흔쾌히 수락했다. 한쪽 다리가 불편한 김은, 기동력은 떨어져도 성실하게 시키는 일은 잘했다.

옷장 서랍에서 양말을 꺼내다가 방 안을 둘러보았다. 방 안은 단출했다. 낡고 추레한 책상과 아내가 결혼할 때 혼수로 가져온 8자짜리 장롱이 전부였다. 아내의 장롱도 많이 낡았다. 명색이 장인임을 내세워 가구를 만들었으면서 아내를 위한 장롱 하나도 만들어주지 못했다. 40여 년을 한결같이 톱과 대패와 사포, 그리고 망치와 끌만 있으면 그게 뭐든 뚝딱 만들었지만 정작 가족을 위해 땀 흘린 적이 없었다는 자각이 뒤늦게 들었다. 이 책상만 해도 손님이 주문한 걸 찾아가지 않아서 쓰게 된 거였다.

박은 책상에 놓인 액자를 물끄러미 보았다. 앳된 얼굴로 환하게 웃는 곤과 뚱한 표정의 건이 함께 찍은 사진이었다. 유공자가 된 날부터 〈애국가〉와 민중가요 사이에서 애국자인 양 살아가던 박은 아이들이 태어나자 '건'과 '곤'으로 이름을 지었다. 이름을 부를 때마다 왠지 우쭐해지곤 하던 시기였다. 하지만 건을 못 본 지 10년이 다 되었다. 이제 스물아홉이 되었을 건은 어디서 어떻게 살고 있을까. 박은 건의 여드름 성성한 얼굴과 웃을 때 드러나는 덧니를 떠올리며 가슴을 쓸었다. 박의 강압적이고 독단적인 행동에 건이 직접적인 피해자라면 곤은 간접적인 피해자였다.

가만히 있어도 땀이 줄줄 흘러내리던 여름이었다. 오래된 선풍기가 털털거리더니 거짓말처럼 멈췄다. 탁, 소리와 동시에 공방 안의 열기가 몸을 휘감았다. 줄줄 흘러내리는 이마의 땀을 손등으로 훔치며 스위치를 껐다가 켜보고 코드를 뺐다가 다시 꽂았다. 그렇게 선풍기와 씨름 중일 때 곤이 불쑥 공방으로 들어섰다. 고맙고 반가웠다. 그래서 활짝 웃었다고 생각했다. 하지만 생각과는 달리 눈앞이 흐려졌다. 슬쩍 손등으로 눈물을 훔치고는 떨리는 목소리로 물었다.

"여행은 어땠어?"

곤은 군대를 제대한 지 1년이 지나도록 복학하지 않았다. 박은 '공무원 시험 합격 역대 최대!'임을 내세운 학원 수강증을 끊어서 곤의 책상에 올려놓았다. 다음 날 곤이 사라졌다. 그렇게 여행을 떠난다는 쪽지를 남긴 지 두 달 만이었다.

두 살 터울이던 제 형이 사라진 이유를 박의 탓으로 여긴 반발이었을까? 곧잘 하던 공부가 바닥으로 곤두박질쳤고 게임과 담배에 찌들어 지냈다. 보다 못한 박이 담임과 상담한 뒤 국립대학의 '신소재공학과'에 원서를 냈다. 곤은 완강하게 거부했다. 그리고 사립대학 '미디어영상학과'에 원서를 냈다. 박은 포기하듯 유공자 서류를 내밀었다. 곤은 서류를 제출하는 대신 등록금 고지서를 내밀었다. 그렇듯 곤과 끝없는 실랑이가 이어졌다. 이상했다. 겁을 잔뜩 먹은 표정의 건과 달리 차분한 눈빛의 곤을 보자 맥이 풀리면서 타박할 힘이 사라졌다. 어쩌면 가능한 것과 아닌 것을 본능으로 감지한 건지도 몰랐다. 박은 등록금을 내주는 것으로 가장 노릇을 했다.

"아버지, 저는 취업하지 않겠어요."

곤은 사진을 찍겠다고 했다. 당분간 여행하면서 사람이나 풍경을 카메라에 담고 싶다고.

"그걸로 밥벌이나 되겠냐."

박의 조심스러운 말에 곤이 곧바로 반박했다.

"저도 제가 살고 싶은 대로 살 권리가 있어요!"

말을 마친 곤이, 산 입에 거미줄 치겠냐고 제 할머니 말을 내세웠다. 그랬다. 어머니는 어떤 상황에서도 용기와 희망을 놓지 않았다. 그게 어머니의 유산이었음을 나중에야 깨달았다. 사진을 찍으면서 공방 일을 배우겠다는 곤의 말에 다행이라고, 박은 생각했다. 곤의 얼굴이 편안해져서 참 다행이라고. 건을 향해 아비와는 다른 삶을 살라는 이유를 내세워 공부에 집중하라고 소리쳤을 때, 이걸 성적표라고 받아왔냐며 정강이를 걷어찰 때, 숨겨둔 야동을 찾아내 보란 듯이 불태웠을 때, 박은 제 안에서 나오는 폭력성에 놀랐다. 자신의 내면 어디에서 그렇듯 차갑고 독한 피가 흐르다가 표출되는 건지, 폭력을 행사할 때마다 참담했다. 건은 박의 닦달에 반항하듯 아내의 지갑에 손을 대고 불량한 친구를 사귀는 등 악순환이 반복되었다. 그 모든 상황을 다 알고 있었을 곤의 마음은 어땠을까. 자신만의 삶의 기준을 세우는 데 힘들지는 않았을까? 다그치는 박의 의견을 따를 수도, 그렇다고 사춘기에 접한 건의 행동을 받아들이기도 쉽지 않았을 곤…….

어디서부터 잘못된 걸까, 과거로 거슬러가다가 '사랑방'을 떠올렸다. 박이 단체에 소속되면서 뒷담화의 장소로 공방을 제공했다. 그들은 공동 화제에 대해 끝도 없는 논쟁을 벌이다가 마지막엔 항상 자녀교육에 관해 얘기했다. 주로 유공자의 자녀가 받게 될 가산점이나 특혜에 관한 내용이었다. 가산점을 고려해서 대학에 수시 원서를 내고, 공기업이나 사기업에 입사할 때 적용 범위에 대한 정보를 공유했다. 그들은 자신에게 주어진 조건을 제대로 활용하지 못하는 사람을 두고 제 밥그릇도 못 찾는 바보라며 무시했고 현실성이 부족한 사람으로 치부했다. 그들과 그런 얘기를 나누다 보면 금방이라도 아이들 진로가 결정된 듯 걱정이 사라졌다.

마침내 건이 수시로 대학에 입학했다. 박이 바라던 인 서울이었다. 학비 면제에 기숙사도 최우선으로 배정되었다. 기숙사비도 전체 금액의 10퍼센트만 냈다. 지방에서 서울로 유학 보내는 건 기둥뿌리를 뽑아야 가능하다는 식의 축하를 받을 때마다 박은 우쭐했다. 이 모든 게 사랑방에서 얻어낸 성과인 듯 느껴져서 저절로 휘파람이 나왔다. 뭔가를 해냈다는 생각에 뿌듯해진 박은 그들에게 한턱내려고 기회만 보고 있었다. 가끔 건과 연락되지 않는 게 걸렸지만 집 떠난 사내란 으레 그러려니 여겼다.

그러던 어느 날, 기숙사에서 연락이 왔다. 어쩌면 곤은 다 알고 있었던 듯 박이 통화하는 내내 앞에서 서성거렸다. 건이 '토토'라는 스포츠 도박에 빠져 주위 사람들에게 돈을 빌린 다음 도주했다고 했다.

"도박이요?"

되묻는 박의 몸이 휘청 꺾였다. 도박이라니, 도박이란 박의 사전에는 없는 말이었다. 게다가 건이 사라졌다고 했다. 매스컴에서 주워들은 내용을 증명하듯 도박은 철저하게 건을 유린했다.

사막에서 물을 찾는 심정으로 건의 흔적을 찾아 헤매다가 깨달았다. 사람들 대부분이 지구가 둥글다고 말해도 네모라고 믿는 사람도 있다는 것을. 지구가 둥글다고 믿던 박은 아직 옳고 그름의 판단이 부족한 건이 네모로 생각하는 걸 인정하지 못했다는 것을. 부자지간을 내세워 지구가 둥글다는 걸 끊임없이 주입했다는 것을. 자신의 강한 억압에 네모난 지구의 구석에서 웅크리고 있던 건이 마침내 튕겨 나갔다는 것을, 뒤늦게 인정했다.

박은 문득 사는 게 허탈했다. 이 모든 게 자신의 탓이라는 생각에 입술을 깨물었다. 대체 뭐가 문제였을까. 민주화운동에 목숨을 걸었던 자신이 그 취지를 벗어난 채 살아온 게 잘못이었을까? 그 뜻을 제대로 이어받는 삶을 살지 못해 아이들이 제자리를 못 찾고 어긋난 걸까? 술에 찌든 박을 만나 고통 속에 죽은 아내나 아이들에게 언행일치하지 못한 자신이 뭔가를 성취했다고 믿고 날뛴 어리석음의 대가일까? 박은 어머니 말을 새겨듣지 못한 걸 뒤늦게 후회했다. 어머니는 자식은 그대로 두면 뭐라도 되는 거라고, 생각이나 판단을 인정해주는 게 중요하다고 했다.

"나도, 약간 늦은 감은 있지만 버리는 삶을 살기로 했다."

포기하듯 선풍기 코드를 뽑으며 박이 말했다. 선풍기를 들고 밖으로 나가는 박의 팔뚝에 푸른 힘줄이 굵은 나무뿌리처럼 도드라졌다.

따라 나온 곤은 한결 어른스러워진 모습이었다. 지나가던 바람이 덥수룩한 곤의 머리카락을 흩어놓았다. 멀리 시선을 돌리는 박의 흐릿한 눈동자가 저무는 석양에 황금빛으로 물들었다.

박은 액자 속 건의 얼굴을 손끝으로 쓰다듬었다. 얼굴선을 따라 움직이다가 날카로운 느낌에 놀라 손을 뗐다. 유리에 실금이 가 있었을까, 손끝에 피가 맺혔다. 나뭇등걸이 된 손도 미세한 날카로움에 반응한다는 게 신기했다. 휴지로 손가락을 동여맸다. 휴지에 흡수되는 선명한 핏빛에 코가 먼저 반응했다. 울컥, 생목이 올라왔다. 서랍에서 초를 꺼냈다. 초에 불을 붙인 다음 심호흡하자 그제야 숨쉬기가 편해졌다. 후, 후, 숨을 내뱉으며 생각했다. 어쩌면 사람이 지닌 감각기관 중 가장 민감한 건 코가 아닐까 하고. 숨을 쉬면서 공기와 함께 들이키는 냄새 분자들이 후각 세포를 자극하고, 그 세포들이 뇌의 후각 중추에 신호를 전달해서 느껴지는 냄새. 하지만 기억으로 소환되는 냄새는 후각과는 달랐다. 그러게, 기억은 치유되는 게 아니었다. 잠재된 채로 있다가 작은 꼬투리에도 구겨진 종이처럼 부르르 떨며 분연히 일어나는 것이었다.

"어떤 마음이었나요?"

국가에서 뒤늦은 보상을 받고 난 어느 날이었다. 장의 추천으로 왔다며 지역 신문사 기자가 공방으로 찾아왔다. 쓸어올린 반백의 머리에 투명하게 실핏줄이 내비치는 이마를 가진 그는, 4월 말이었는데도 다소 두꺼운 트렌치코트를 입고 있었다. 오전 11시. 아직 햇살이 들어

오지 않은 공방은 서늘했다. 잇따라 코트 깃을 여미던 그가 취재를 부탁했다. 박은 지난 일을 다시 기억하는 것만으로도 속이 울렁거렸다. 용서되지 않은 과거를 말하는 건 또 한 번 기억을 뒤집는 일이기 때문이었다. 왜 하필 자신을 추천한 건지 장의 오지랖이 원망스러웠다.

"거룩함, 같은 마음이 있었나요?"

그가 다시 물었다.

"거룩함, 이라니?"

박은 세차게 고개를 가로저었다. 기자의 한마디에 자신도 모르게 말이 술술 풀려나왔다. 거룩함이란 단어조차 알지 못했고, 그저 그곳에 우연히 있었을 뿐이었다고. 그런데 그곳에 제자가 있었다고. 진지하게 자신의 삶에 임하던 제자가 피를 흘리며 죽어가는 걸 참을 수 없었을 뿐이었다고. 한 번 물꼬가 트이자 상대방이 누군지는 상관이 없었다. 박은 그날의 상황이 눈앞에 펼쳐진 듯 허공을 헤매는 눈빛으로 말을 이었다. 목적을 달성했다는 듯 입가에 희미한 미소를 보이던 기자가 흥분한 박을 제지했다. 길고 가느다란 손가락이 춤추듯 흔들렸다.

"진정하세요……."

어느새 40년 세월이 흘렀다. 공업학교 졸업할 시기에 직업학교가 생기면서 뜻밖의 기회가 주어졌다. 목공과 용접, 차량 정비, 창호 제작, 미용 등이 주종을 이루는 학교에 목공 강사로 채용된 것이었다. 강의 첫 시간, 나무의 향이나 껍질 나이테의 생김새에 관해 알려주려던 박은 그런 생각이 부질없음을 깨달았다. 학교에서 원하는 건 실습 위주의 수업이었다. 그만큼 먹고살기 팍팍하던 시절이었다. '서윤재'는 그때 만난 학생이었다. 작달막한 키에 다부진 체형이 박과 비슷해서 형제냐는 놀림을 받곤 했다. 말이 제자지 나이 또한 엇비슷했다. 윤재는 빨리 일을 배워 취직하려는 마음이 컸다. 말뿐만이 아니라 노력도 남달랐다. 옷이며 머리, 눈썹까지 부연 나무 먼지에 덮여 하교하곤 했다. 스물넷이 되던 봄, 입대를 더는 미룰 수 없게 된 박은 학교에 사직서를 제출했다. 날마다 터지는 최루탄 연기와 학생들의 구호를 귓등으로 흘리며 술집을 순례했다. 입영을 앞둔 시기에는 어떤 행동도 묵인된다는 듯 방종의 시간을 즐겼다.

전날의 숙취로 점심때까지 늘어지게 잔 박은 날이 어둑해지자 밖으로 나왔다. 그즈음 도청에서는 학생들과 군인들의 대치가 치열했다. 일반 시민들까지 합세하자 그를 제압하는 군인들의 폭력은 차마 눈 뜨고 보기 힘들었다. 박은 처음 본 낯선 풍경에 넋을 잃고 서 있었다. 그때 저만치 옆구리에 가방을 끼고 걸어가는 윤재를 발견했다. 밀집된 무리를 피해 길을 건너던 윤재가 군인들 눈에 띈 건 순간이었다. 찰나의 시간, 중심을 잃고 쓰러진 윤재의 머리에서 분수처럼 피가 터졌다. 가로등 불빛에 반사된 붉게 물든 머리카락은 붉은 반짝이를 뿌려놓은 것 같았다. 그 모든 일이 눈 깜짝할 사이에 일어났다.

그렇게 뜻하지 않은 상황을 맞이하고 무기고를 책임지게 되었다. 그날의 분노를 잊지 않고 제2의, 제3의, 윤재가 생기지 않기를 바라는 마음이었다. 시도 때도 없이 두려움을 넘어선 공포가 영혼까지 잠식했다는 등의 말은 삼켰다. 그런데 참으로 묘했다. 기자가 자꾸 거룩한 마음이었냐고 묻자 박의 머릿속이 복잡하게 얽히면서 어쩐지 그런 마음이었다고 믿게 되었다. 가슴이 뜨거워지면서 빼근하게 차오르는 느낌, 그걸 거룩함이라고 해도 되는 건지 모르겠지만 가슴이 뭉클했던 건 사실이었다. 그 감정은 사태가 점점 극으로 치닫자 더 단단해졌고 강인해졌다. 거친 호흡을 안으로 삭이며 상황을 파악하는 눈빛도 예리해졌다. 자신도 모르고 있던 능력이 표출되면서 이전까지와는 다른 존재가 된 것이었다.

순간, 구부정하던 박의 등이 꼿꼿하게 펴지면서 눈빛은 형형해졌다.

5월의 아침은 빛으로 출렁거렸다. 휘파람을 부는 김은 사포질에 여념이 없었다. 대패로 나무 표면을 밀고 사포질하는 일은 많은 시간과 체력을 소모하는 작업이었다. 사포를 끼워서 사용하는 그라인더만이라도 사자고 조르는 김의 말을 매번 묵살했지만 박도 알았다. 이대로는 얼마 못 버틴다는 걸.

김은 장롱을 만들고 남은 편백나무 자투리로 쟁반을 만드는 중이었다. 김이 자신의 이익을 위한 작업 중이라는 건 휘파람 소리로 알 수 있었다. 언제부턴가 김은 자투리 나무로 소품을 만들어 쏠쏠하게 부수입을 올렸다. 도마나 쟁반은 기본이고 모자걸이, 컵 꽂이, 주걱, 보면대 등 다양한 소품을 만들어 인터넷에 올렸다. 처음에는 박의 눈치를 보던 김은 주문이 늘자 점점 과감했다. 더러 나무 원판에도 손을 댔는데 박이 눈총이라도 하면 당당하게 말했다. '형님은 제대로 보상을 받았지만 나는 아무것도 없잖아요.' 귀에 연필을 꽂고 재단된 선을 따라 톱으로 자르고 대패로 밀고 사포로 다듬는 김도 어느새 베테랑이 다 되었다.

박은 장롱의 표면을 손으로 쓸었다. 밑동을 시작으로 대패질한 나무의 표면을 만지는 건 늘 새로운 느낌이었다. 거스러미가 일지 않은 나무의 결을 손끝으로 만지면 나무가 지나온 시간이 자신에게 옮겨오는 듯 기분이 좋아졌다. 이제 서랍만 만들어 넣으면 공정은 끝이었다. 원목의 질감을 살리는 무늬 맞추기로 시간이 오래 소요되었고, 한 쌍의 원앙을 끌로 새기고 그 위에 천연으로 색을 입히느라 일정이 좀 늦어졌다.

목재와 연장을 가지런히 늘어놓았다. 평소에도 연장을 소중한 보물 다루듯 아끼는 박이었다. 어젯밤 숫돌에 갈아놓은 대팻날을 옆으로 세워서 날을 확인하는 손길에 가벼운 흥분이 일었다. 신문지에 날을 대자 쓰윽 종이가 잘렸다. 이 맛이지 이 맛이야. 흥분한 박이 소리쳤다. 예전에는 날을 간 뒤 팔에 난 털을 밀어 날을 확인한 적도 있었다. 돌이켜보면 아찔했다. 그때는 그런 치기를 젊음인 양 여기며 살았다. 대패에 날을 끼우고 몇 번의 망치질로 단단하게 고정했다. 날을 잘 끼워 넣는 것도 묘수라면 묘수였다. 나무를 작업대에 고정한 뒤 몸을 숙였다. 어깨에 힘을 뺀 다음 대패를 쥔 손목에 힘을 주고 앞으로 당겼다. 대팻밥은 일정한 너비로 깎여 나왔다. 이만하면 만족이었다. 서랍 이음새는 주먹장 맞춤으로 할 생각이었다. 도브테일(dovetail)이라고도 불리는 주먹장은 비둘기 꼬리처럼 쉽게 빠지지 않게 촉에 경사를 주는 방식이었다. 은어로 암놈과 수놈이라고 불렀는데 안으로 파인 나무는 암놈, 돌출된 건 수놈이었다. 그 둘이 빈틈없이 맞물려야 시각적으로 매끈했고 잘 빠지지 않았다. 끌로 촘촘하게 촉을 파낸 다음, 암놈과 수놈을 끼워 맞췄다. 잦은 망치질로 이음새를 매끄럽게 마무리한 다음 김을 향해 말했다.

"이제 자네가 마무리하소!"

김이 하던 일을 멈추고 말했다.

"글쎄, 이참에 그라인더 좀 들여놓자니까……."

새 주둥이처럼 입술을 모아 휘파람을 불던 김이 말했다. 말을 그렇게 했을 뿐 사포질을 시작한 김은 금세 일에 빠져들었다. 80번 사포로 거친 표면을 제거하고 150, 220, 320을 거쳐 400번으로 마무리했다. 손끝으로 매끄러움을 가늠하는 김을 보면서 박은 생각했다. 저렇듯 일 처리도 깔끔하고 부지런한데 툭, 툭, 내뱉는 말로 깎이는 스타일이라고…….

사포질을 끝낸 김이 배고프다며 배를 쓸었다. 벌써 정오가 지나있었다. 식사를 주문한 박이 빗자루를 들었다. 바닥에 떨어진 대팻밥은 보기에도 예뻤다. 대패질은 정적인 작업이었다. 얇게 깎인 표면에 나무의 결이며 나이테가 그대로 나타나는 게 보기 좋았다. 그게 나무의 격이었다.

불쏘시개용 자투리 나무를 한데 모으다가 눈앞의 미세한 움직임에 고개를 들었다. 천장과 벽을 잇는 이음새에 쳐진 거미줄에 나방이 걸려 있었다. 촘촘한 거미줄에서 빠져나오려는 나방의 몸부림은 처절했다. 나방의 움직임을 지켜보던 거미가 그네를 타듯 줄을 흔들었다. 포획자의 여유였다. 지켜보던 박의 등줄기로 식은땀이 흘러내렸다. 튼튼하고 안전하다고 믿은 거미줄에 건을 올려놓은 것도, 몸부림을 지켜본 것도 자신이 아니었나, 하는 자각 때문이었다. 순간 빗자루로 거미줄을 내려쳤다. 바닥으로 떨어진 거미가 필사적으로 도망쳤다. 박이 빗자루로 거미의 통로를 막았다. 막힌 길을 인식한 거미가 방향을 틀더니 대팻밥 속으로 숨어들었다.

등 뒤의 인기척에 박이 손을 멈추고 돌아봤다. 언제부터 지켜본 걸까, 장롱을 주문한 손님이 묘하게 입술을 일그러트린 채 서 있었다.

"거미는 눈에 띄는 대로 밟아 죽여야지, 안 그러면 번식이 장난 아닙니다."

대답 대신 톱밥 위에 빗자루를 엎어둔 박이 손님을 장롱 앞으로 이끌었다.

"흠, 좋네요. 원앙 한 쌍."

박이 공정에 관해 설명했다. 손님은 이미 계산을 마친 장롱은 상관없다는 듯 김이 만든 쟁반에 시선을 고정한 채 말했다.

"이거 쇠로 손잡이를 만들어 붙이면 근사하겠는데요?"

"저는 미처 생각을 못 했는데…… 와, 대단하신데요."

언제 다가온 걸까, 김이 눈이 가늘어지도록 웃으며 말했다.

"쇠로 만들어 페인팅하면 멋이 달라져요. 이거, 손잡이 다시 만들어서 장롱 배달할 때 끼워주면 안 되나? 어머니가 좋아하실 것 같은데."

손님의 말이 끝나기가 무섭게 김이 박의 귀에 대고 물었다.

"형님, 수공비는 따로 계산해줄 거죠?"

"쇠붙이는 금세 녹이 슬어서 안 돼!"

박은 김을 나무라듯 다소 거칠게 말했다.

"거참 형님! 그냥 손님 취향을 존중하면 쉬울 걸 왜 복잡하게 그래요?"

박의 쏘아보는 눈빛에 김이 입을 다물었다.

손님도 돌아가고 한없이 느린 듯 느껴지던 햇살이 공방 안까지 밀고 들어왔다. 박은 잊고 있던 빗자루를 들췄다. 거미가 움칠하더니 믿을 수 없는 속도로 사라졌다. 밖에서 배달 오토바이 소리가 멈춰서고 헬멧을 쓴 청년이 음식을 내려놓고 돌아갈 때까지 박은 거미의 퇴로를 노려보고 있었다.

"형님, 아들놈이 나를 원망합디다."

반주로 마신 소주에 얼굴이 불콰해진 김이 입술을 일그러트리며 말했다. 얼마 전 텔레비전에서 유공자가 받는 혜택에 관한 프로그램을 보다가 아들이 따지듯이 물었다고 했다. 그때 유공자가 된 사람이 수천 명인데 아버지는 왜 비켜 간 거냐고. 공사 시험을 준비 중인 아들의 눈빛이 얼마나 절박했는지 모른다며 김이 안경을 벗었다. 눈물이 그렁한 김의 왼쪽 눈은 초점이 없었다. 흰자가 많은 전형적인 사시였다. 휴지로 코를 풀고 난 김은 아들 말도 일리가 있다며 그때 행동에 나섰던 사람들이 결혼하면서 비슷한 연령대의 자녀들이 출생했고, 같은 시기에 태어난 아들 또래의 아이들이 직접적인 피해를 볼 수 있다고. 그런데 그때 다리를 다친 아버지는 왜 유공자가 되지 못했는지에 대해

격분한 건 일정 부분 맞는 논리가 아니냐며 한숨을 쉬었다.

그 시기의 김은 사시로 인해 위축된 삶을 살았다. 당시 고등학생이던 김은 겨우 학교만 오갔을 뿐 방 안에 틀어박혀 지냈다. 그래서 시민들 참여를 독려하는 가두방송에도 움직이지 않았다. 그런 김이 밖으로 나간 건, 여동생의 늦은 귀가로 어머니가 등을 떠밀어서였다. 천변 부근에서 시간을 보낸 뒤 집으로 돌아가려던 김은 우연히 곤봉을 휘두르는 군인들을 보고 눈이 휘둥그레졌다. 그들은 그저 길을 가는 행인을 군홧발로 차고 곤봉을 내려쳤다. 어려서 천변에서 돌을 던지면서 놀던 김은 그들을 향해 돌멩이를 던졌다. 돌멩이는 정확히 그들의 어깨나 몸을 가격했다. 그 일은 묘한 흥분으로 다가왔다. 병신이라고 놀리던 학교 친구들을 향해, 자신을 사시로 낳아준 부모를 향해, 보통 사람들과 다르다는 이유로 손가락질하던 세상을 향해 지탄하듯 돌을 던졌다. 그리고 도망치다가 천변에서 미끄러졌다. 뒤를 쫓는 군인들 발소리에 바위틈으로 몸을 숨겼다. 숨도 못 쉴 공포로 인해 오른쪽 발목뼈가 부러진 줄도 몰랐다. 새벽녘 다리를 끌며 집으로 돌아와서야 다리가 퉁퉁 부은 걸 알았다. 병원은 엄두도 못 내고 얼음찜질과 진통제로 버티다가 사태가 잠잠해진 뒤 병원을 찾았다. 치료 시기를 놓쳤다는 의사 말에 김은 비로소 울음을 터트렸다.

"세상이 참, 지랄맞죠? 누군 다리병신이 되었는데도 요 모양 요 꼴로 살고, 누군 멀쩡한 사지 육신을 가지고도 유공자에, 보상금에, 호사를 누리니 말입니다."

호사를 누린다는 김의 말은 과했다. 보상금만 해도 그랬다. 보상금이 지급되었다는 보도에 이름도 모르는 시민단체에서 연락을 취해왔다. 그들은 교묘한 말로 기부를 종용했다. 처음에 망설였지만 몇 개의 단체에 기부하자 외려 홀가분했다. 사실 유공자 혜택도 별거 없었다. 국가가 지정한 병원에서의 치료비 면제와 국립공원 입장료 면제, 일 년에 한두 번 갈까 말까 한 영화관 할인, 그리고 몇 번으로 한정된 기차요금 반값 할인 정도였다. 다만 애들 학비를 면제받을 때는 달랐다. 아비로서의 뿌듯함과 오래전의 행동이 옳았다는 우쭐함은 분명 있었다. 유공자 자녀에게 주어진 가산점으로 인해 누군가에게 피해가 될 수도 있다는 생각은 하지 못했다. 그렇다고 박이 지닌 유공자 자격을 김에게 내줄 수도 없었다. 그게 현실이었다.

그 당시에는 젊음이 도전이었고 동시에 힘이었다. 그 중심에 자신이 서 있었다는 사실에 거룩해지기도 했고, 고통스러웠던 순간도 세월에 의해 깎이고 무뎌지는 것이 신기하기도 했다. 그 모든 과정을 지나왔다. 딱히 김의 푸념이 아니어도 박은 이제 편해지고 싶었다. 막연하지만 생의 끝점이 시시때때로 구체화되는 시점에 달한 자신의 나이나 아이들에 대한 미안함도 이유라면 이유였다. 이제는 그저 책에서 읽었거나 술자리에서 주워들은 이야기로 기억하고 싶었다. 박은 김의 등을 몇 번 토닥인 다음 자리에서 일어났다.

총회에 꼭 참석하라는 장의 성화에 공방을 나섰다. 느린 걸음으로 골목을 벗어났다. 어디선가 라일락 향기가 날아와 코끝을 간지럽혔다. 향기에 취한 듯 거리로 쏟아져나온 사람들은 활력이 넘쳤다. 분수대 앞에서 물을 끼얹으며 환호하거나 끼리끼리 모여 환하게 웃는 사람들 사이를 스치듯 지나 식당에 도착했다. '국가유공자의 집'이라는 스티커가 붙은 출입문을 열자 곤과 비슷한 또래인 장의 아들이 한달음에 달려 나왔다.

"아버님, 밤공기가 상쾌하죠?"

박은 적절한 인사말을 건네는 장의 아들이 부러웠다. 성근(誠勤)이 무뚝뚝한 자신의 아이들과 굳이 비교하지 않아도 참 잘 키웠다는 생각이 들 만큼 의젓했다. 수고한다며 등을 토닥인 뒤 안으로 들어갔다. 예약된 방의 문을 열자 40, 50명쯤 되는 사람들의 시선이 박을 향해 쏟아졌다. 팔을 번쩍 드는 황의 옆자리에 비집고 앉았다. 장이 자리에서 일어나면서 박을 향해 한쪽 눈을 찡긋했다. 예상대로 위원장에 선출된 모양이었다.

위원장 임기가 얼마 남지 않은 연말이었다. 사람들은 여전히 사랑방으로 모여들었다. 건의 사건 이후 그들과의 합석이 시들해진 박은 일을 핑계로 빠졌다가 늦게서야 합류했다. 흥분할 때의 습관으로 코를 벌렁거리는 장의 모습에 박은 자신의 짐작이 맞았음을 확신했다. 아니나 다를까. 자신의 감정을 숨기지 못하는 장이 눈이 감기도록 웃으며 말했다.

"저야, 여러분들이 밀어만 주면야, 뭐든 다 할 각오가 된 놈입니다."

박이 조심스럽게 제동을 걸었다.

"이런 얘기는 부담스러우니 다른 곳에서 합시다."

"우리끼린데 뭐 어때? 얘길 마저 마칩시다. 우리와 생각이 같은 사람을 요직에 앉히는 것도 매우 중요한 일이니까."

황이 장과 눈을 맞추며 말했다. 박이 이마를 찌푸리자 눈치 빠른 장이 입술에 손가락을 세우며 말했다.

"쉿! 밤말은 쥐가 듣고 낮말은 새가 들으니 조심해서 나쁠 건 없어요. 우리끼리 마음이 통했으니 그걸로 됐습니다."

그날처럼 양 볼이 팽팽하게 부푼 장이 말했다.

"…… 감자나 고구마, 토란 같은 땅속 줄기식물을 같은 공간에 심어 놓으면 뿌리가 하나로 얽힙니다. 그래서 다른 식물들과 구분이 안 되죠. 각각 다른 씨앗이 파종되어 뿌리를 내리는 순간, 하나가 되는 겁니다. 우리도 마찬가집니다. 모두가 하나로 뭉쳐야 힘이 강해지고 뭔가를 이뤄낼 수 있다는 걸, 몸으로 보여준 우리가 아닙니까? ……감사합니다. 이렇게 제게 힘을 실어주셨으니 제 한 몸 뼈가 부서지게 노력해서 예전의 영광을 되찾도록 열심히 하겠습니다!"

말을 마친 장이 건배를 제시했다. 건배주를 단숨에 마신 박은 갈비탕을 그릇째 들고 마셨다. 따뜻한 국물이 들어가자 쓰린 속이 풀리는 것 같았다. 갈빗대를 양손으로 잡고 뜯으려던 박이 손을 멈추고 말했다.

"황 선배, 기억나요? 우리가 고문을 당하던 도중에도 식사 때면 음식이 배달된 거?"

"당연하지! 그걸 어떻게 잊어? 우리는 굶주린 개처럼 침을 흘렸고 우리를 의식한 그들은 더 쩝쩝거리며 밥을 처먹었지."

"그래도 개중에는 괜찮은 사람도 있었어요. 우리를 의식한 듯 조용히 먹자고 했죠."

"씨발! 갈빗대를 잡고 살을 발라 먹던 그놈이 화를 냈지. 저런 빨갱이 새끼들한테 배려를 왜 하냐면서."

박의 손아귀에서 국물이 뚝뚝 떨어졌다. 급 식욕이 떨어진 박이 뼈를 내려놓았다. 세월이 아무리 흘러도 어제 일처럼 생생한 기억은 참으로 지긋지긋했다. 물수건으로 손을 닦으며 장의 움직임을 주시했다. 테이블을 돌며 술을 권하고 건네준 만큼 받아 마신 장은 빠르게 취해갔다. 술기운을 빌려 과거를 회상하는 눈빛이 된 그는 말이 많아졌다. 코를 벌름거리며 오래전의 상황에다 더 극적으로 살을 붙여 재현했다. 자신의 기억 속에서 선택된 언어로 증언하느라 흥분한 얼굴은 귓불까지 빨갰고 눈빛은 기묘하게 빛났다. 횡설수설 뱉어내는 장의 말을 듣고 있던 박은 생각했다. 그때 우리를 지탱하던 자아와 공명심이 방향을 상실한 건 아닐까. 어쩌면 그게 우리의 한계이며 속성인 걸까. 어쩌면 잊고 살아도 좋을 그 시절을 상기시키는 건 이런 모임 탓이 아닐까. 그러다가 문득 깨달았다. 이렇게 유공자로 살아가는 한 원망과 상처 깊은 사람으로 살다가 죽을지도 모른다고. 그 시기에 얼마나 극적으로 대치했는지의 이력을 애국의 척도로 여기는 그들과 함께인 것도, 같은 공간에 속해 뭔가를 기억하고 반응하는 유대의 영역에 있는 것도, 이젠 벗어나 편해지고 싶다고…….

장이 넥타이를 느슨하게 푼 뒤 옆 사람의 어깨에 팔을 걸쳤다. 도미노처럼 왼쪽과 오른쪽으로 번갈아 쏠리며 한 몸이 된 그들은 〈애국가〉를 부르기 시작했다. 닫힌 공간에서 퍼지는 노랫소리는 우렁찼다. 평소의 엇갈림과 편 가르기를 내려놓고 예전의 동지로 돌아간 그들은 다시 노래로 하나가 되었다.

안채에서 희미한 불빛이라도 새어 나오길 기대했던 걸까. 평소처럼 캄캄한 공간으로 들어가던 박이 쩝, 입소리를 냈다. 곤은 아직 귀가 전이었다. 곤은 이 시간까지 어디를 떠돌고 있는 걸까. 어느 외진 곳에서 삶에 지친 영혼을 카메라에 담는 중인 걸까. 마음이 따뜻한 곤은 뭘 해도 잘할 거였다.

허청허청 방으로 들어간 박은 서랍 깊숙이 넣어둔 유공자증을 꺼냈다. 그 안에 자신의 40년 흔적이 녹아 있었다. 박태성 1957년 3월 10일생. 흑백사진 속 박의 눈빛은 형형했고 웃을 듯 말 듯 뭔가를 성취한 듯 표정에 자신감이 넘쳤다. 지갑을 꺼낸 박은 신분증 사이에 유공자증을 끼워 넣었다. 그리고 그동안 자신을 증명해준 것에 감사함의 표시로 몇 번 다독인 다음 뒷주머니에 넣었다. ■

시간을 건너는 법

여름이 지나고 있었다. 귀청을 때리는 말매미 울음소리는 징글징글했다. 찌르르르 찌르르륵 시도 때도 없이 울어대는 소리는 한 달 내내 들어도 익숙해지지 않았다. 수컷이 쉬지 않고 우는 건 구애의 행동일 거였다. 암컷과 달리 귀를 여닫는 기능이 있는 수컷은, 자신의 청각을 보호하기 위해 귀를 닫고 운다고 했다. 진화라고 하기에는 참으로 가증스러운 본능이었다. 본능에 충실하다고 말할 수 있는 경계는 어디까지일까. 생각만 해도 멀미가 났다.

반월보육원에서 음악이 흘러나왔다. 시골에서 살다 보니 주변의 소리나 빛의 움직임으로 시간이나 계절을 유추하는 버릇이 생겼다. 이제는 그 모든 걸 배제하고도 마당을 가로지르는 햇살의 폭만으로도 가능했다. 변하지 않는 것도 있었다. 이를테면 반월보육원에서 들려오는 음악이 그랬다. 음악 소리에 시계를 보면 여섯 시였고 끊기는 건 정확히 30분 후였다. 그건 불변의 법칙처럼 행해졌다.

오래된 스피커는 익숙한 간격으로 지직거렸다. 기분에 따라 어떤 날은 들을 만했다가 어떤 날은 신경을 긁어댔다. 안개에 젖은 해가 몽환적으로 떠오르는 아침, 바흐의 〈무반주 첼로 모음곡〉은 속엣것을 다 토해내라는 듯 감정선을 건드렸다. 다소 우울한 느낌인 첼로 음률에, 순식간에 깊은 나락으로 떨어지듯 기분이 가라앉았다. 침대에 누운 채로 손을 뻗었다. 휴대전화를 찾아 더듬거리다가 소주잔을 넘어트렸다. 남편이 마시던 잔을 소주병에 엎어둘 때마다 핀잔하듯 눈총을 주던 잔이었다. 잔에 어지럽게 찍힌 입술 자국을 망연히 쳐다보다가 어쩌면 회한일지도 모를 상념에 젖었다.

"늦지 마!"

휴대전화를 열자 문자가 떴다. 시누이였다. 떠나는 자에 대한 마지막 예의라며 사십구재 참석을 종용했다. 새삼 시누이의 집착에 신물이 났다. 물을 마시려고 냉장고를 열었다가 다시 닫았다. 언니가 간간이 조달해준 생필품이 동이 난 모양이었다. 주방 수도꼭지에 입을 대고 벌컥벌컥 물을 마셨다. 세수하다가 바라본 거울 속의 내 모습이 낯설었다. 삶을 알아버린 것 같기도, 반대로 아무것도 모르는 백치 같기도 한 얼굴이었는데 특히 눈빛이 낯설었다. 씻는 둥 마는 둥, 물 묻은 손으로 머리를 쓸어올린 뒤 모자를 눌러쓰고 밖으로 나왔다.

생각이 동하지 않은 몸은 천근만근 무거웠다. 언니 문자에 답을 할 걸 그랬다. 어젯밤 혼자 가겠다고 고집부린 게 후회되었다. 그런데도 생각이 바뀌면 연락하라는 언니의 마음에 가슴이 뭉클 젖어왔다. 오래전 결혼을 통보했을 때도 그랬다. 내가 결혼하겠다고 말했을 때, 엄마는 TV에서 방영하는 드라마를 보면서 발끝 치기를 하고 있었다. 숙면과 면역력 강화에 좋다는 말에 쉬지 않고 부딪치는 엄마의 엄지발가락 두 개는 부은 듯 튀어나왔다. 웬만한 일에는 발끝 치기를 멈추지 않던 엄마가 동작을 멈췄다.

"직업은?"

내 얼굴을 빤히 보는 엄마를 의식하며 '교사'라고 짧게 대답했다. 내가 계약직을 전전할 때마다 안정된 직장을 가진 남자와 결혼이나 하라던 말에 대한 반발이었다. 엄마는 한번 보자고 말한 뒤 발끝 치기를 계속했다. 그런데 예상치 못한 반대에 부딪혔다. 한 사람을 알기에 3개월은 너무 짧다며 아빠가 반대했고, 언니는 자존감 잃으면 끝이라며 다시 생각하라고 했다. 나는 엄마를 제외한 가족의 판단을 대체로 존중했지만, 이때만은 어떤 충고도 무시했다. 그리고 그에 따른 후회는 온전히 내 몫으로 남았다.

차고 옆에 널브러진 자전거를 흘깃 본 뒤, 차에 올라 시동을 걸었다. 배터리가 방전되지 않았나 걱정했는데 기우였다. 선운사까지는 한 시간이면 도착할 거였다. 시누이는 선운사 동백꽃에 관한 곡으로 인기를 끈 가수의 열렬한 팬이었다가 뒤늦게 불자가 되었다. 불자가 된 시누이는 마치 불교에 귀의한 사람처럼 생각하고 행동했다. 사십구재의 필요성에 대해 구구절절 설명하던 시누이는 아직도 나를 열 살 아래인 예전의 직장 동료 대하듯 했다. 인턴으로 입사한 은행에서 시누이를 만났다. 2년 후, 계약을 연장하지 못한 내게 밥을 사겠다고 했다. 밥을 먹으면서 동생을 소개하고 싶다는 시누이의 제안은 생뚱맞

앉지만 못 이기는 척 소개를 받고 결혼했다. 10년 전이었다.

선운사 주차장에 차를 주차하다가 벽화를 보았다.

'당신을 사랑합니다'

굵은 고딕체의 꽃말 아래 낙화하는 동백꽃이 그려져 있었다. 망나니 칼에 댕강 목이 잘려 뒹굴고 있는 듯…… 꽃은 생명력 가득한 핏빛이었다. 바람이 도왔을까. 흩날리며 낙화하거나, 낙화해서 바닥에 떨어진 꽃송이는 붉고 생생했다. 샛노란 암술을 보듬듯 꽃잎으로 켜켜이 둘러싸인 풍성한 겹동백과 노란 알고명 같은 수술을 가진 단아한 홑동백은 같은 듯 다른 느낌이었다. 가지와 잎을 생략한 굵은 나무둥치 열 개는 나란했다. 그중 한 나무만 가지를 뻗어내렸는데 가지 끝에 개화를 앞둔 봉오리는 손끝만 닿아도 톡, 터질 듯 부풀어 있었다. 같잖게 생성을 말하는 걸까? 손끝으로 더듬듯 만져보았다. 오돌토돌한 시멘트 감각에 손끝이 까슬했다. 주위를 둘러본 다음 벽 사이에 돋아난 풀을 뜯었다. 반으로 접은 다음 꽃봉오리에 문질렀다. 생성은 무슨 얼어 죽을…… 진물처럼 풀물이 스며들면서 순식간에 꽃의 형태가 구겨졌다. 생성도, 소멸도, 별거 아니었다.

풀물이 든 손을 바지에 쓱쓱 문질러 닦았다. 휴대전화로 시간을 확인했다. 아홉 시까지는 30분이 남았다. 늦어도 상관없다는 마음과 달리 조급해졌다. 바삐 걷다가 나무뿌리에 발이 걸려 하마터면 넘어질 뻔했다. 길까지 뻗어 나온 뿌리는 제멋대로 뒤엉켜 원래의 줄기를 찾기 힘들었다. 생존에 필요한 햇빛과 물을 보유하려는 것일까? 한낱 미물도 생존을 위해 저리 집착하는구나, 생각하다가 고개를 저었다. 내가 모르는 다른 이유가 있을지도 몰랐다. 예전과 달리 매사에 자신 있게 말하는 것이 주저되었다. 오랜만에 걸어서일까? 다리에 힘이 빠지면서 발목이 시큰거렸다. 잠시 쉬어야 할 것 같아 바위에 걸터앉았다.

남편의 장례가 끝난 뒤, 내 몸의 감각은 무딜 대로 무뎌졌다. 문이란 문은 다 걸어 잠그고 집에서 칩거했다. 언니를 제외하곤 누구도 집 안에 들이지 않았다. 어느 날 생필품을 가져온 언니가 우편물을 챙겨왔다. 숨이 턱턱 막힌다며 문을 죄 열어젖힌 언니가 선풍기 바람에 땀을 식히다가 생각난 듯 우편물을 뒤적였다. 남편 이름의 카드명세서를 내 앞으로 툭 던지며 말했다.

"그 인간, 어디에 얼마나 썼는지 봐봐!"

명세서는 특별할 것도 없었다. 밥을 먹거나 차를 마신 것, 통신요금으로 끝이었다. 그 사이에 '프렌치 캣'과 '바흐'가 있었다. 낯선 상호였다. 휴대전화 검색창에 '프렌치 캣'을 입력했다. 흰 털이 복슬복슬한 고양이가 분홍 리본을 머리에 달고 새침하게 웃는 캐릭터가 새겨진 아동복 브랜드였다. 아동복…… 나지막이 곱씹다가 고개를 흔들었다. '바흐'를 검색했다. 음악감상실을 겸한 와인바였다. 외출을 자제한 남편이 다녔다는 술집이 궁금했다. 어두워지기 전에 출발하라며 언니를 보낸 뒤 외출했다. 한 달 만이었다.

'바흐'는 도로변을 벗어난 주택가에 자리했다. 주변에 상가가 없는데다 간판 불빛까지 희미해서 찾기가 어려웠다. 외곽 전체가 검붉은 벽돌색 때문인지 선득한 기운이 맴돌았는데, 너와처럼 켜켜이 이어진 출입문까지 묵직하고 기이한 형태였다. 문을 열자 올록볼록 방음벽으로 둘러싸인 실내는 완벽하게 외부와 차단되었다. 밖에서 보기에는 낮은 단층 같았는데 안은 의외로 천장이 높았다. 그래서일까. 한쪽 벽면을 차지한 스피커에서 나오는 음악은 울림이 깊고 웅장했다. 바텐더의 인사를 받으며 DVD 화면이 정면으로 보이는 곳에 앉았다. 〈어두운 숙명〉을 노래하는 아말리아 로드리게스는 열정이 넘쳤다. 고인이 된 그녀의 존재는 음악으로 인해 영원할 것이었다. 와인을 한 잔 주문한 뒤 주위를 둘러보았다. 서까래에 달린 알전구는 상갓집 조등처럼 흐릿했고 입구에 매달린 인디언 추장은 두 눈을 부릅뜬 채 어딘가의 먼 곳을 노려봤다. 천장 난간에 놓인 조형물은 일정한 간격으로 날아가는 일곱 마리의 새와 그걸 잡으려는 고깔모자를 쓴 소년의 기형처럼 길어진 팔이 안타깝게 느껴지는 작품이었다. 꿈을 좇아가는 것인지, 허황하고 부질없는 세상사를 좇는 헛된 손짓을 표현한 것인지 각자의 관점에 따라 다르게 해석될 거였다. 뚫어지게 쳐다보는 내 시선을 의식한 바텐더가 크래커에 모차렐라 치즈를 얹으며 말했다.

"회색빛의 도시랍니다. 제목이."

말의 높낮이가 느껴지지 않는 말투였다. 이어서 저 작품을 좋아하는 단골도 있다고 했다. 단골이라는 말에 귀가 솔깃했다. 노래가 끝나자 귀에 익은 음률이 흘러나왔다. 바흐의 〈무반주 첼로 모음곡〉이었다. 음향기기의 차이일까? 집에서 질리도록 듣던 느낌과 달랐다. 사람의 소리와 가장 흡사하다는 첼로 소리는 살아 숨 쉬듯 가슴을 파고들었다. 와인과 안주를 테이블에 놓으며 바텐더가 황토로 만든 조각상을 가리켰다.

"조각상이 기이하죠. 조금 전에 말씀드린 단골이 자신의 자화상 같다고 한 작품이에요."

바텐더의 말에 내가 되물었다.

"자화상, 이요?"

조각상은 희화적이었다. 황토를 짓이겨 붙인 듯 표면이 울퉁불퉁 거친 조각상은 구부정한 등에 긴 팔을 늘어트리듯 바지 주머니에 넣고 어정쩡하게 다리를 벌리고 서 있었다. 얼굴에 기이한 느낌이 들어서 자세히 보니 어딘가 먼 곳을 보고 있는 눈과 환하게 웃는 입의 부조화가 도드라졌다. 왠지 선득한 느낌이 드는 얼굴이었다. 문득 남편의 책상 위에 놓인 액자가 생각났다. 어느 날 산책길에 나의 권유에 마지못해 함께 찍은 사진이었다. 하나, 둘, 셋에 활짝 웃으며 렌즈를 바라보는 나와는 달리 고개를 돌린 남편의 시선은 먼 곳을 향해 있었다. 사진을 액자에 끼워둔 건 남편의 의도된 행동이었을까? 먼 곳을 바라보는 남편의 광막 저편에는 어떤 세계가 있는 걸까? 그 세계로 통하는 길은 죽음밖에 없었던 걸까? 그러고 보니 고깔모자를 쓴 소년도, 남편의 자화상이라는 조각상도, 화장기 없이 붉은 광대뼈가 도드라진 묘한 느낌의 바텐더도, 눈을 부릅뜬 추장의 얼굴도 다 기묘했다. 갑자기 한기가 나고 소름이 돋았다. 와인을 한 모금 마신 뒤 지나가는 어투로 물었다.

"그 단골, 지금도 오나요?"

바텐더의 고갯짓에 자리에서 일어났다. 뭘 기대했던 걸까, 들어갈 때와 달리 나올 때의 발걸음은 허공을 딛는 듯 무게가 실리지 않았다.

택시에서 내렸다. 가로등 불빛 아래 현란한 날벌레들의 군무에 현기증이 일었다. 손을 휘저어 날벌레를 좇으며 허청허청 골목을 올라갔다. 집 안에서 뿜어져 나오는 불빛에 나도 모르게 가슴이 뛰었다. 초인종을 누르려고 손을 뻗다가 멈칫했다. 혼자가 된 뒤 밤이나 낮이나 불을 켜놓고 산 걸 깜박했다. 자괴감과 함께 비로소 혼자임을 실감했다. 황망한 마음으로 대문을 들어서다가 차고에서 흘러나오는 빛에 걸음을 멈췄다. 가로등에 반사된 노란빛은 참으로 따스하게 느껴졌다. 차고 앞으로 다가갔다. 언제 칠을 한 걸까? 낡은 자전거는 산듯한 노란색으로 단장을 마쳤고 뒷자리에는 방석까지 묶여 있었다. 차고 앞에서 멍하니 서 있자니 온갖 생각이 머릿속을 휘저었다. 발로 자전거를 넘어트렸다. 꽈당, 소리와 동시에 컹, 컹, 개가 짖었다. 산중의 정적에 익숙한 개는 작은 소리에도 민감했다. 개 짖는 소리에 박자를 맞추듯 자전거를 발로 짓밟으며 울부짖었다. 남편과 함께 산 지 10년이었다. 그 세월을 함께하면서 끝끝내 자신의 본능에만 충실한 채 살다 간 남편이었다. 혼자만의 세계에 갇혀 살면서 아무에게도 추레한 걸 내보이지 않고 떠난 것에 스스로 위안했을까? 분노가 거대한 짐승처럼 몸피를 부풀렸고, 그에 따른 울분의 표출은 기진한 채 주저앉을 때까지 계속되었다.

침을 모아 꿀꺽 삼키고 자리에서 일어났다. 다행히 걷는 데 무리는 없었다. 지난 시간에 자꾸 걸려드는 나를 추스르듯 주먹을 쥐고 심호흡을 했다. 산 중턱에 오르자 희미하게 독경 소리가 들렸다. 숨이 턱에 찰 즈음 숲으로 둘러싸인 안온한 암자가 나왔다. 도솔암이었다. 성큼 앞으로 다가간 나는 재 지낼 준비가 끝난 재단 위에 놓인 남편을 대신할 종이옷을 물끄러미 응시했다.

"맞죠, 그 동생분?"

"네……."

"세상에, 이게 뭔 일이래요."

보살과 얘기를 나누던 시누이가 손을 들었다 내렸다. 늦은 것에 대한 질책인 듯 나를 보는 시선이 곱지 않았다. 잿빛 개량 한복을 입은 시누이를 제외하곤 초로의 신사가 된 아주버님과 두 조카는 깔끔한 정장 차림이었다.

둥, 둥, 둥, 북소리와 함께 재가 시작되었다. 목탁을 두드리던 스님의 합장을 시작으로 우르르 엎드려 절했다. 나는 그들과 휩쓸리듯 섞이고 싶지 않았다. 아직 분노와 용서가 들쭉날쭉했고 남편에게 조의를 표하고 싶지도 않았다. 절에 화답하듯 들썩이는 종이옷만 길게 노려보았다. 형형색색의 상차림과 황금빛 종이옷은 축제의 서막을 알리는 듯 화려했다. 스님은 49일이 지나면 극락에 가든 지옥에 가든 환생하든 한다고 설법했다. 그래서 천도재는 극락세계에 가게 할 숭고한 의식이라고 했다. 그 말은 왠지 죽음을 미화하는 말처럼 들렸다. 그러니까 남편은 지금의 생과는 다른 문이 간절히 필요했다는 말인 걸까?

남편이 떠난 지금, 뒤늦게 심정을 헤아리는 나 자신이 비참하게 느껴졌다. 그렇다고 순리를 저버린 남편을 용서한 것도 아니다. 다만 자꾸 머릿속을 휘젓는 건, 상황을 바로잡으려는 노력 없이 남들도 그렇게 살아가는 거라고, 그러면서 정이 쌓여가는 거라고 믿은 구태의연함에 대한 후회였다. 한 사람의 죽음은 그런 거였다. 간 사람은 끝이었지만 남은 사람은 감내해야 할 사건이고 아픔이었다.

바람에 촛불이 꺼졌다. 보살이 불을 붙인 뒤 고인이 좋은 곳으로 가고 싶어 하는 몸짓이라며 노잣돈이 필요하다고 했다. 보살의 너스레에 시누이가 5만 원권 두 장을 종이옷에 꽂았다. 내 차례라는 듯 보살이 눈짓했다. 시누이의 잔소리에 준비해온 봉투가 떠올랐다. 짧은 순간 오만 가지 생각이 머릿속을 오갔다. 짧은 순간이었다고 생각했지만 정신을 차려보니 다음 순서로 이어졌다.

얼추 두 시간이면 된다던 재는 끝날 줄을 몰랐다. 목탁을 두드리며 기도하듯 쉼 없이 이어지는 불경 읽는 소리에 시간이 갈수록 몸이 딱딱하게 굳었다. 쓰러지듯 주저앉자 시누이의 날 선 시선이 느껴졌다. 장례식 때도 그랬다.

한 사람의 죽음에 대한 마무리는 생각보다 간단했다. 의사의 사망시간 통보와 부검 거부 서명으로 끝이 났다. 의사의 질문에 주로 시누이가 답했고 아내의 확인이 필요할 때만 고개를 끄덕인 뒤 장례식장으로 이동했다. 전광판에서 남편의 이름을 확인한 뒤 '분향 2실'로 들어갔다. 영정사진 속의 남편은 거뭇한 구레나룻과 먼 곳을 응시하는 눈빛이 생전의 모습 그대로였다. 수염이 많은 남편은 면도를 날마다 했고 뒷정리도 깔끔했다. 그런 성향 탓일까. 생의 마감도 그와 다르지 않은 완벽한 마무리였다.

장례식장에서의 시간은 평소와 달랐다. 아무런 의식 없이 멍하니 있다 보니 하루가 갔다. 그러나 시간이 갈수록 분노가 나를 잠식했다.

대체 왜 내게 이런 일이 생긴 것인지 이해도, 용납도 되지 않았다. 생각이 정리되지 않자 몸도 움직여지지 않았다. 남편을 염할 때도, 화장할 때도 보지 않겠다고 버텼다. 사람들이 수군거렸다. 갑자기 당한 일이라 그럴 거라 이해하던 사람들도 끝내 예정된 절차에 따르지 않자 눈초리가 달라졌다. 남 말하기 좋아하는 사람들은 남편의 죽음을 내 탓으로 몰아가는 분위기였다. 결혼식 이후 처음 본 먼 친척은 부검 얘기를 진지하게 꺼내기도 했다. 진실 규명을 마치 친밀함의 척도로 여기는 듯 그들의 시선은 집요했다. 그러거나 말거나 사람들 눈총이 싫었던 나는 어서 이 시간이 끝나기만을 원했다.

장례가 끝나자 뭐라도 찾아 사람들 앞에 내놓고 싶었다. 절박함으로 미친 듯이 집 안을, 서재를, 온통 뒤집었다. 그러다가 남편의 통장에서 '박소희'에게 후원한 기록을 찾았다. 첫 이체는 1년 전이었고 30만 원을 매달 후원하고 있었다. 끝끝내 나에 대한 배려가 없는 남편의 일방적인 행보에 분노가 치밀었다. 하지만 그 또한 내 입장인지도 몰랐다. 돌이켜보면 남편은 결혼할 때 할 법한 어떤 허황한 약속도 하지 않았다. 섹스할 때도 철저하게 피임했고 책임질 행동은 애초에 만들지 않았다. 그에 반해 나는 떠도는 사회적 통념과 짐작으로 결혼 생활을 꿈꿨고, 그 판단이 어긋난 것에 뒤따르는 참담함과 비통함으로 남편을 판단했다. 일상을 함께했다는 이유로 서로를 잘 안다고 생각했지만, 나와는 별개의 삶을 살아온 남편을 인정하는 것만이 내 몫으로 남았다.

시누이의 짧은 곡을 끝으로 재가 끝났다. 스님을 선두로 소각장으로 이동했다. 보살이 종이옷을 소각장에 내려놓더니 돌돌 만 종이에 불을 붙여 던졌다. 순식간에 종이옷에 불이 옮겨붙었다. 독경 소리는 고저를 넘나들었고 북소리에 힘이 실렸다. 종이옷은 활활 타오르더니 금세 재로 남았다. 마치 밤에 멀쩡하던 남편이 다음 날 아침 주검으로 남았듯 찰나였다. 믿기지 않았고 너무 아득해서 꿈인지 현실인지 헷갈리던 날이 떠오르면서 쓰러지듯 주저앉았다. 장례식장에서도 터지지 않던 울음이 끅, 끅, 봇물 터지듯 터져 나왔다.

"못난 놈……."

얼마나 울었을까. 시누이 넋두리에 정신이 들었다. 시누이를 올려다보았다. 원망과 분노 때문은 아니었다. 그런데 소매 끝으로 눈물을 훔치던 시누이가 나와 눈이 마주치자 표정이 돌변하며 끌끌…… 혀를 찼다. 시누이의 눈빛은 나를 향한 원망으로 가득했다. 그 눈빛은 내 안에 억눌린 감정의 소소한 선까지 깊게 자극했다. 이제 시누이를 더 볼 일은 없을 거였다. 이 시간을 끝으로 아무 연고도 없는 관계로 정리되었다고 되뇌며 몸을 추슬렀다.

재단으로 돌아왔다. 보살이 과일이며 떡을 덜어 주변으로 던졌다. 고수레! 고수레! 메아리로 되돌아오는 굵고 걸걸한 소리가 남편의 마지막 인사인 듯 다가왔다가 멀어졌다. 호응하듯 숲을 빙 둘러본 다음 모자를 눌러썼다. 시누이가 보살과 얘기하는 틈에 도솔암을 내려왔다. 허청거리며 얼마나 걸었을까. 매표소와 가까워지면서 희미하게 들리던 노랫소리가 점점 커졌다. 귀에 익숙한 노래였다.

선운사에 가신 적이 있나요. 바람 불어 설운 날에 말이에요……

떨어지는 꽃송이가 눈물처럼 하도 슬퍼서 당신은 그만 못 떠나실 거예요…….

익히 알고 있는 노래를 라이브로 듣는 절절함에 나도 모르게 빠져들었다. 사람들을 헤집고 앞으로 나갔다. 노래가 끝나자 등산복 차림의 관중 몇이 환호와 함께 손뼉을 쳤다. 혼자 뻘쭘하게 서 있다가 허공에서 가수와 눈이 마주쳤다. 뒤로 주춤 물러났다.

"뒤로 가지 마세요. 앞에 행운이 있습니다."

가수가 '심장병 어린이를 위한 모금함'을 가리키며 말했다. 그냥 가지 말고 복을 지으라고 했다. 복이라는 말에 멈칫했다. 주머니 속의 봉투가 생각났다. 죽은 자와 산 자를 위한 쓰임새가 별반 다를 것 같지 않았다. 봉투를 모금함에 넣었다.

"복을 지으셨네요. 축하합니다!"

가수의 멘트와 동시에 사람들이 휘파람을 불며 환호했다. 그런데 감사가 아니고 축하라니, 묘한 인사였다.

주차장으로 가다가 벽화 앞에 섰다. 아침에 짓이긴 꽃봉오리가 꿈인가 싶게 그대로였다. 순간 머리가 쭈뼛 서는 충격에 주위를 둘러보았다. 체크무늬의 베레모를 쓴 화가와 눈이 마주쳤다. 그는 색이 바랜 플라스틱 의자에 다리를 꼬고 앉아 내 움직임을 주시하고 있었다. 신문지가 깔린 바닥에는 막걸리병과 색색의 물감, 크기와 두께가 다른 붓, 일회용 접시, 은박지, 물통 등이 제멋대로 널브러진 채 놓여 있었다. 나는 벽화를 보는 듯 느릿느릿 옆으로 걸음을 옮겼다. 벽은 생각보다 길었다.

"벽화는 멀찌감치 떨어져서 보는 겁니다."

거리를 생각한 듯 큰 소리로 그가 말했다. 완벽한 서울 억양에 다소 느린 말투 때문인지 한 음절씩 끊어서 말하는 것처럼 들렸다. 나는 말 잘 듣는 어린아이처럼 몇 발자국 뒤로 물러섰다. 미처 의식하지 못했던 벽화는 어떤 흐름이 읽혔다. 생성과 소멸을 말하려는 걸까? 아침에는 망나니에게 목이 잘린 듯 보이던 동백꽃이 지금은 다르게 느껴졌다. 스스로 생을 마감한 듯 만개한 채 낙화한 동백꽃은 황홀할 만큼 아름답고 도도했다. 홀린 듯 보다가 문득 물었다.

"제 모습이 절정일 때 낙화하는 동백꽃이 그렇게나, 거룩한가요?"

무슨 말인지 생각하느라 잠깐 주춤하던 그가 호탕하게 웃었다. 입가에 남은 미소를 유지한 채 손으로 의자를 탁탁 내려쳤다. 홀린 듯 의자에 앉았다. 그가 종이컵에 막걸리를 채워 내밀었다. 기다렸다는 듯이 냉큼 받아 마셨다. 갈증 탓인지 막걸리가 달았다. 끄윽, 미처 의식할 새도 없이 트림을 내뱉었다.

"동백꽃의 마지막을 거룩하다고 표현하다니 놀랍군요."

"……"

"나도…… 갈 날을 미리 정해뒀어요."

소소한 일상을 말하는 듯한 말투와 표정에 나도 모르게 발끈했다.

"정말 다들 왜 그래…… 혹시 말기 암 환자예요? 아니면 삶을 놓고 싶을 만한 어마어마한 사연이라도 있어요?"

그가 베레모를 벗어 의자에 올려놓은 뒤 손등으로 땀을 훔쳤다. 손등이 지나는 곳에 골 깊은 주름 서너 가닥이 모습을 드러냈다. 오늘 도솔암에서 사십구재가 있다고 들었는데…… 그는 뒷말을 자르고 검정 정장 차림인 나를 빤히 쳐다보았다.

"…… 이런 말 낯설겠지만 이십 년 전에 결정한 겁니다."

조금 전과는 조금 빠른 억양으로 그가 말했다. 그러니까 흔히 하는 농담처럼, 나는 앞으로 20년만 살다 갈 거야, 그렇게 뱉은 말을 지금까지 안고 살아간다는 말인가. 그럴 거면 인연 따위는 맺지 말았어야지! 목까지 올라오는 말을 삼키며 퉁명스럽게 물었다.

"왜 사람들은 극단적인 선택을 하는 거죠?"

"아마, 두렵기 때문이겠죠."

"뭐가요? 어떤 두려움이 존재까지 부정하나요?"

"그건 모르지요. 지극히 개인적이니까."

미뤄놓은 작업을 시작하려는 듯 그가 몸을 일으켰다. 벽화 앞으로 가는 그를 보면서 그대로 일어나 집으로 가야겠다고 생각했다. 하지만 몸이 말을 듣지 않았다. 그렇다고 작업을 방해할 수는 없었다. 햇살은 머리를 녹일 듯 뜨거웠고 바람결은 나른했다. 저만큼 떨어져 있는 상수리나무 그늘에 놓인 벤치를 향해 느릿느릿 걸었다. '두렵기 때문이겠죠'. 그의 말이 귓전에 남아 앵앵거렸다. 벤치에 앉았다. 벽화는 멀찌감치 떨어져서 보는 거라던 화가의 말은 맞았다. 넓은 주차장 벽을 장식한 동백꽃은 장관이었다. 남편의 말에 의하면 두 번째 동백꽃을 본 셈이었다.

산 중턱 응달에 희끗희끗 잔설이 남아 있던 작년 봄이었다. 경수 씨

부부와 선운사에서 점심 공양을 한 뒤 동백나무 숲을 둘러보았다. 대웅전을 감싸듯 만개한 동백꽃은 핏빛처럼 붉고 농염했다. 시선은 숲에 두고 혼자만의 생각에 빠져 있던 남편이 동백꽃은 세 번을 봐야 제대로 보는 거라고 말했다. 나무에서 만개한 꽃 보기가 첫째이고, 바닥에 낙화한 꽃 보기가 두 번째이며, 어느 순간 가슴속에서 꺼내 보는 것이 세 번째라고 했다. 어느 시인은 송이째 떨어지는 동백꽃을 또 다른 '부활'이라고도 했다며 한 송이를 꺾어 들었다.

"나도, 이렇게 가고 싶어."

"나쁘지 않네."

마치 먼 훗날의 일이라는 듯 심드렁하게 경수 씨가 대답했다.

"더워지기 전, 새벽 공기가 상큼한 날……."

"뭘 또 그렇게까지 구체적이야?"

경수 씨의 굳은 표정을 보며 내가 말했다.

"아직 덜 큰 거죠."

"아무래도 그렇지?"

남편의 맞장구에 우리는 큰 소리로 웃었다. 선운사를 뒤로하고 걷다가 물가에 세워진 정자가 보이자 경수 씨가 쉬어 가자고 말했다. 우리는 정자에 올라 배낭에서 꺼낸 오이를 안주 삼아 막걸리를 마셨다. 막걸리가 한 순배 돌았을 때 저만치 아이 특유의 혀 짧은 종알거림이 들려왔다. 아빠 손을 잡고 뒤뚱뒤뚱 걷던 아이가 영차, 영차, 소리를 내며 계단을 올라왔다. 갑자기 등장한 아이의 존재에 일순 생기가 돌았다. 여기저기 통통 뛰어다니던 아이가 남편의 컵을 들여다보더니 우유! 우유! 소리쳤다. 한 번 시작된 아이의 우유 타령은 집요했다. 당장 우유를 먹지 못하면 금세라도 울음을 터트릴 기세였다.

"저건, 찌지야."

아빠가 어떤 말로 달래도 아이는 아랑곳하지 않았다. 그때 남편이 막걸리가 담긴 컵을 아이에게 내밀며 말했다.

"맛을 보면 금세 포기합니다."

아이가 호기심으로 눈을 빛내더니 컵에 닿을 만큼 손을 내밀었다. 순간 엄마의 표정이 일그러졌다. 어떤 상황이라도 아이를 지켜줄 듯 결연함이 느껴지는 얼굴이었다. 내가 머리로만 유추하던, 가슴속에 막연한 환상으로 남아 있는 영역이었다. 나는 시린 눈으로 아이와 엄마를 번갈아 쳐다보았다. 그런 나를 본 남편의 눈빛이 아련해졌다. 뭔지 모르게 생각이 많아진 얼굴이었다. 나만의 오해였나, 하마터면 그 눈빛에 흔들릴 뻔했다. 나는 생각을 털어내듯 말했다.

"또, 또 그런다!"

"왜? 틀린 말 아니잖아!"

남편은 여전히 생각에 잠긴 얼굴로 말했다. 나는 긴가민가한 감정의 차이를 생각할 틈도 없이 날카로워졌다.

"제발! 당신 생각을 강요하지 마!"

"나는 아무에게도 강요하지 않아. 그냥 선택할 기회를 준 거야."

분위기가 썰렁해지자 아이를 안은 아빠가 슬그머니 정자를 내려갔다. 분위기를 상쇄하려는 듯 경수 씨가 건배하자며 잔을 부딪쳤다.

지면을 달군 열기가 아지랑이처럼 피어올랐다. 더워도 너무 더웠다. 재킷을 벗어 등받이에 걸쳤다. 어디선가 불어올 한 줄기 바람을 기대하며 벤치에 몸을 기댔다. 그때 쿵쾅쿵쾅 울리는 트로트 소리와 함께 관광버스 한 대가 주차장으로 들어섰다. 왁자지껄 흥에 넘쳐 떠드는 등산객의 열기에 저절로 시선이 갔다. 문이 열리자 성급하게 버스에서 내린 사람들이 화장실로 가거나 담배를 피우기 위함인 듯 어딘가 으슥한 곳을 찾아 두리번거렸다. 그들은 누군가를 부르며 몰려가고 흩어지기를 반복했는데 이제 막 소나기를 만나 싱싱해진 나무처럼 생동감 있고 활력이 넘쳤다. 시끌벅적한 그들의 움직임에 생뚱맞게 가슴이 먹먹해졌다. 내 삶에 저렇듯 찬란하게 빛났던 순간이 언제였을까. 아무리 기억을 더듬어도 아득하기만 했다. 코까지 훌쩍이며 하릴없이 그들의 움직임을 좇다가 날 선 시선에 몸을 곧추세웠다. 시누이였다.

"올케, 너 아주 근본 없는 애구나!"

편의에 따라 올케였다가 정인이었다를 왔다 갔다 하는 시누이가 올케에 힘을 주며 말했다. 시누이의 눈빛에 바짝 긴장했지만 이내 고개를 돌려 외면했다. 시누이가 성큼 한 걸음 다가서며 팔을 걷었다. 사태의 심각성을 인식한 조카들이 시누이를 붙들었다. 다 큰 사내 둘의 힘을 어쩌지 못한 시누이가 질질 끌려갔다. 저만치 멀어지는 일행을 보며 땀으로 끈적해진 손을 바지에 문질렀다. 손바닥은 닦아도 닦아도 미끈거렸다. 나는 마치 분노 조절 장치가 고장 난 사람처럼 허둥대며 제자리를 맴돌았다. 금세라도 어딘가로 곤두박질칠 것 같은 두려움에 몸을 떨다가 저만치 막걸리병이 눈에 띄자 잰걸음으로 다가갔다. 바닥에 쭈그리고 앉아 남편을 따라하듯 두 잔을 연거푸 마셨다. 취기 탓일까? 복잡하던 머릿속이 하얗게 지워지는 느낌이었다. 남편도 빈속에 술이 들어가면 이런 기분이었을까?

우울증을 핑계로 남편은 이른 나이에 퇴직했다. 시골에서 살고 싶다던 남편은 주변에 보육원이 있다는 이유로 시세보다 싸게 나온 집을 계약했다. 야트막한 야산이 반원을 그리듯 감싸 안은 풍수답게 동네 이름이 반월이었다. 10호 정도의 집들이 적당한 간격으로 자리하고 있어서 그런지 한적한 시골살이에 안성맞춤이었다. 원래도 각자의 삶을 살았듯 반월에서도 크게 다르지 않았다. 어느 날 읍내에 나간 남편이 자전거를 사 왔다. 금세라도 탈 것처럼 하던 자전거는 차고에 세워둔 채 오랫동안 방치했다. 간간이 면 소재지로 장을 보러 나갈 때 내가 유용하게 사용했다.

마침 오일장 날이었다. 자전거를 꺼내며 남편에게 함께 장 구경 나가자고 말했다. 남편은 1초의 망설임도 없이 싫다고 했다. 나는 의기소침했다. 함께 장을 본 뒤 남편의 허리에 팔을 두르고 마을을 한 바퀴 돌고 싶은 마음을 거부당했기 때문이라고 생각한 그 순간이었다. 갑자기 가슴께에 뭔가가 얹힌 듯 답답해지더니 숨쉬기가 힘들어졌다. 지독한 체기였다. 주먹으로 가슴을 두드리고 바늘로 손을 따도 소용없었다.

남편은 혼자만의 공간인 서재에서 나오지 않았다. 특별한 볼일이 아니면 외출도 하지 않았다. 서재에 틀어박혀 〈무반주 첼로 모음곡〉이나 블루스, 느린 템포의 재즈를 들으며 책을 읽거나 사색에 잠겨 지냈다. 그런 남편을 억지로라도 이해하려고 했고 더러는 에두른 표현으로 질타도 해보았지만 소용없었다. 그래서 내 맘 편하려고 나와 다른 부분을 인정해주자고 포기하듯 마음먹었다. 그렇게 체념한 듯 살아온 날들이 곪아서 터진 듯했다. 10년 세월을 함께 살면서 아무런 공감대도 형성되지 못했다는 자각은 크고 깊었다. 그런 생각으로 가슴을 두드리고 또 두드렸다. 가슴에 피멍이 들도록 계속…….

"봄볕이 참 좋다. 자전거 타기 좋은 날이야."

어느 날 점심 약속이 있다던 남편이 자전거를 꺼내며 말했다. 이상했다. 남편은 그런 식의 감정 표현을 하는 사람이 아니었다. 대체로 단답형이었고 감정을 드러내지 않았다. 자전거를 끌고 골목을 내려가는 남편을 차로 뒤쫓았다. 색이 바래고 군데군데 칠이 벗겨진 자전거와는 달리 분홍 재킷과 청바지 차림인 남편의 뒤태는 산뜻했다. 면 소재지의 분교로 들어가 자전거를 세우고 벤치에 앉은 남편은 과거를 회상하듯 주위를 둘러봤다. 얼마나 시간이 지났을까. 수업 끝나는 멜로디와 함께 저만치 노란 원피스 차림의 아이가 깡충깡충 뛰어왔다. 마중하듯 뛰어나가 아이를 맞이한 남편은 아이를 번쩍 들어 자전거 뒷자리에 앉히고 자신도 올라탔다. 앙증맞은 아이의 손이 남편의 허리를 움켜잡자 둘이 머리를 맞대고 잠시 속닥거리더니 순식간에 시야에서 멀어졌다. 나는 아이의 등에 멘 가방에 그려진 고양이 캐릭터가 멀어지는 걸 멍하니 쳐다보았다.

귀가한 남편에게 따지듯 물었다. 남편은 아무 일도 아니라는 듯 물을 한잔 마신 뒤 컵을 싱크대에 놓으며 후원하는 아이라고 말했다. 남편의 당당함에 발끈했다. 그래서 차마 입 밖으로 내놓기 두렵던 말을 내뱉었다. 숨겨둔 자식이 아니냐고…… 남편은 단호하게 말했다.

"나는 내가 한 말을 번복하지 않아!"

남편의 말에 실망인지 안도인지 모를 한숨을 내쉬었다.

그러던 어느 날. 낮에 달궈진 열기가 식으면 밤에는 창문을 닫아야 하는 초여름이었다. 저녁을 먹기 전의 남편은 여느 때와 같았다. 휴대전화를 꺼내 그날 받은 문자나 카톡을 삭제한 뒤 전화기를 껐다. 내가 찌개를 끓이고 반찬을 꺼내는 동안 기러기 받침대 위에 수저를 놓은 남편은 식탁에 놓인 소주병을 집었다. 병에 덮인 잔을 뒤집어서 캬, 소리와 함께 연거푸 두 잔을 마신 뒤 원래대로 놓았다. 그래서 식탁 위에는 늘 먹다 남은 소주병이 놓여 있었다. 저녁을 먹고 난 뒤 남편은 서재로, 설거지를 마친 나는 안방으로 들어갔다.

새벽녘, 빗소리에 눈을 떴다. 문을 열자 집 안에 맴도는 찬 기운에 카디건을 걸치고 거실로 나왔다. 베란다로 난 문을 열었다. 비에 올라온 흙냄새에 코를 킁킁거렸다. 장마가 시작되려나 보았다. 누룽지를 끓이려고 냉장고를 열다가 식탁에 소주병이 없어진 걸 알았다. 누룽지에 물을 부어 레인지에 올리고 불을 줄여놓은 다음 서재로 갔다. 남편은 흔들의자에 길게 몸을 누인 채 잠들어 있었다. 고개를 외로 꼰 채 잠든 남편의 발 옆에 소주병이 나뒹굴었다. 또 잠을 설친 모양이었다. 조금 더 자게 두려고 돌아서다가 낯선 약병을 본 순간, 온갖 생각이 머릿속을 잠식했다. 남편 어깨에 손을 얹다가 철퍼덕 주저앉았다.

때마침 반월보육원에서 음악이 흘러나왔다. 음울하고 낮은 첼로곡이었다.

그렇게 떠난 남편은 살아 행했던 어떤 행동이나 실수도 따질 필요가 없어졌다. 뭐 하나 부족할 거 없는 남편에 대한 말들이 낭자하게 퍼지면서 상대적으로 내게 무언의 질시가 쏟아졌다. 떠도는 말 속에 아이의 부재는 진드기처럼 들러붙었다. 하지만 불임의 원인에 대해선 아무도 궁금해하지 않았다.

남편은 바쁘다는 핑계로 예식 준비를 나에게 일임했다. 지나고 보니 바빠서라기보다는 무관심의 표현이었는데 그때는 몰랐다. 예식장을 예약하고 웨딩드레스를 고른 뒤 약속 장소로 나갔을 때, 남편은 아이 갖는 걸 원치 않는다고 말했다. 충격이었지만 놀라지 않았다. 시누이가 얼핏 흘리듯 말했기 때문이었다. 시누이는 마흔이 된 남편과 아이를 생산하기에 어중간한 나이인 나를 배려하는 듯 말을 돌렸다. 말을 하면서도 나를 향한 탐색이 집요했는데 은행에서 오래 근무한 사람 특유의 딱딱함이려니 했다. 돌이켜보면 계약직을 전전한 나도 눈치가 없지는 않았는데 남편의 성향이나 시누이의 의도를 짐작하지 못했다. 오히려 과묵하고 진중한 성격이라고 여겨 결혼을 결정할 때 도움이 되었다. 그런데 남편의 성향을 알고 있었을 시누이는 왜 하필 나를 선택했던 걸까? 내가 계약직을 전전하는 사회적 약자여서 만만하게 여겼던 걸까? 혹시 서른다섯의 나이에 또다시 새로운 일자리를 찾아야 하는 것에 넌더리가 난 내 마음을 읽기라도 했던 걸까? 아니면 가족이 생기면서 남편이 달라지길 기대했던 걸까? 그런 건 아무래도 좋았다.

중요한 건, 아이 없이 살자는 말이 살면서 더러 잊게 되기도 하는 말이 아니라는 걸 그때는 몰랐다. 그렇게 혼자 남겨진 지금, 나는 너무 비참했다.

햇살이 벽을 타고 올라가면서 늦여름의 독기처럼 퍼져 있던 바닥의 열기가 식었다. 해가 서산을 넘어가기 직전, 작업을 마무리하려는 듯 화가의 손길도 바빠졌다. 일회용 접시에 은박지를 깔고 초록 물감을 묽게 풀어 남아 있는 붉은색에 고르게 섞었다. 붓을 들어 올려 물감이 떨어지는 간격으로 묽기를 가늠한 다음, 접시 테두리에 눌러서 물감을 덜어냈다. 얼마나 시간이 지났을까. 화가의 몸이 뒤로 물러섰다. 아, 그곳에 또 다른 생성이 있었다. 마치 포자를 퍼트리려는 듯 황갈색의 크고 단단한 열매가 있고 그 아래 나무뿌리는 열매를 감싸 안으려는 듯 일제히 위로 솟구쳐 올랐다.

무릇 모든 끝에는 시작이 있기 마련인 걸까? 그것은 다른 인연을 탐하는 게 아니라 본능을 거스르지 않는 거룩하고 숭고한 의식이었고 소멸을 넘어서는 생성이라는 생각이 들었다. 생성과 소멸 또한 상생이고, 원래가 하나인데 분리된 듯 따로 느꼈을 뿐이었다고. 나는 오랫동안 벽화에서 눈을 떼지 못했다.

언제 그친 걸까. 말매미의 울음소리가 사라졌다. 길가의 가로수는 하루가 다르게 노랗고 빨갛게 물들었다. 가을이 깊었다. 농염한 햇살이 거실로 들어와 발목을 타고 아랫배에까지 올라왔다. 몸에 따뜻한 기운이 돌더니 나른했다. 벌떡 일어나 창문을 열었다. 바닥에 낭자하게 떨어진 은행에서 심한 구린내가 풍겼다. 눈을 들어 바라본 하늘은 높고 푸르렀다. 가을은 유난히 하늘이 예쁜 계절이었다. 문득 자전거가 타고 싶었다. 바람막이를 걸치고 그새 헐렁해진 바지를 허리띠로 고정하고 모자를 눌러썼다.

자전거에 올랐다. 가볍게 살랑이는 바람에도 노란 은행잎이 우수수 떨어져 내렸다. 나무는 한 방향으로 조금씩 기울어져 있었다. 햇빛을 많이 보유하려는 건지, 바람 부는 방향으로 휜 건지 알 수 없었다. 이젠 궁금하지 않았다. 이유가 뭐였든 자연의 순리일 거였다. 구불구불 경사진 골목길을 내려가다가 저만치 보육원 앞에 쭈그려 앉은 여자아이를 발견했다. 따르릉, 따르릉, 경적을 울려도 꼼짝 않던 아이가 어느 순간 몸을 곧추세웠다. 나를 올려다보는 아이의 커다란 눈망울은 촉촉하게 젖어 있었다. 무슨 일이 있는 걸까. 자전거를 멈췄다. 작은 얼굴에 비친 슬픔을 눈으로 훑다가 아이의 가슴께에 새겨진 흰 털이 복슬복슬한 고양이 캐릭터에 눈길이 멎었다.

"매미가 죽었어요."

아이가 손으로 매미를 가리키며 말했다. 아이의 손을 따라 시선을 옮겼다. 날개를 가지런히 모은 채 죽은 매미의 몸은 수분이 빠져나가 작은 손길에도 바스러질 듯 투명했다. 나는 건성으로 고개를 끄덕여 준 뒤 다시 페달을 밟았다. 마을 길을 지나고 신작로를 지나 도로에 접어들었다. 얼마나 달렸을까. 문득 아이의 젖은 눈망울이 떠올랐다. 아이에게도 매미의 죽음은 충격일 거였다. 아이에게 제대로 된 작별 의식을 치러주고 싶었다. 자전거를 돌릴 유턴 지점을 찾아 두리번거리

던 나는 저만치 떨어진 신호등의 깜박이는 불빛을 향해 힘차게 자전거 페달을 밟았다. ■

징검다리가 있는 집

5일째였다. 선우의 애무에 몸이 뜨거워지는가 싶더니 또 어긋나고 말았다. 야릇하고 막막한 기분에 나는 조금 울었다. 그저 소통하지 못한 것일 뿐 아무것도 아니라고 건넨 위로의 말 저편에 깔린 저의를 모르는 척했다. 에이 씨, 들릴락 말락 내뱉은 혼잣말을 들은 까닭일까. 늘 그렇듯 누군가 정해놓은 선에 닿지 못했다는 생각에 한없이 바닥으로 추락하는 기분이었다. 별거 아니라고 생각했던 옆 방의 숨소리까지도 들릴 듯한 낯선 정적은 터질 듯 부풀던 욕망을 한순간에 푸르르 꺼지게 했다.

몸은 물 먹은 솜뭉치처럼 나른했고 빈 마음만 휑뎅그렁하게 남았다. 분위기가 어색한 듯 수건을 챙겨 밖으로 나가는 선우를 보지 않으려고 눈을 질끈 감았다. 툇마루에 앉아 숨을 고르는 선우. 댓돌 위에 놓인 슬리퍼를 신는 선우. 목욕탕 문고리를 잠근 뒤 다시 확인하는 선우. 커플로 산 트레이닝복 지퍼를 내리고 샤워기를 틀어 물의 온도를 확인하는 선우…… 소리로 움직임을 가늠하다가 목욕탕 문 열리는 소리에 이불을 머리끝까지 덮어썼다. 찬 기운과 함께 선우가 이불 속으로 들어왔다. 팔베개를 해주는 척 손을 뻗더니 겨드랑이를 간질였다. 결국, 웃음을 터트렸다.

"우리 빵빵한 오디오를 사자."

샤워하면서 나름의 방안을 모색한 건지 선우가 말했다.

"미안해……."

말하고 나니 조금 편해졌다.

"왜? 우리 둘 다 음악을 좋아하니까 당연하지!"

슬쩍 말을 돌리던 선우가, 새벽을 조심해! 장난스레 말하고는 잠들었다. 어둠에 눈이 익자 익숙한 정적이 느껴졌다. 창문에 일렁이는 나무는 나날이 몸집을 키우며 풍성해졌다. 부르르…… 낯선 소리에 방 안을 둘러보았다. 창가 쪽의 천장과 벽 이음새에서 풀기가 마른 벽지가 흔들렸다. 지독한 외풍이었다. 금세 코가 매캐해지더니 재채기가 이어졌다.

물소리에 잠이 깬 듯 몸을 뒤척이던 선우가 수건을 챙겨 밖으로 나갔다. 목욕탕에 들어가는 선우를 보며 냉장고에서 달걀 두 개와 베이컨을 꺼냈다. 커피가 내려지는 동안 달걀을 깨트리고 가위로 뚝뚝 자른 베이컨을 넣고 저었다. 인덕션이 달궈지자 프라이팬에 기름을 두르고 스크램블을 만들었다. 커피 향과 고소한 기름 냄새가 방 안에 가득했다. 바삭한 식감을 좋아하는 선우를 위해 식빵을 노릇하게 구웠다. 면도를 마친 말끔한 모습의 선우가 옷장 앞에 섰다. 모직 코트를 만지작거리다가 나와 눈을 맞추며 응? 했다. 나는 어, 라고 대답한 뒤 머그잔을 꺼내 커피를 따랐다. 진한 네이비 코트와 청바지를 입은 선우가 칭찬받기를 원하는 아이처럼 내 앞에 섰다. 멋있어! 선우가 만족스럽다는 듯 짧은 스포츠머리를 쓸어올리며 웃었다. 선 채로 커피를 한 모금 마신 뒤 스크램블을 먹던 선우가 엄지손가락을 추켜세웠다. 뭉툭한 엄지손가락을 보며 물었다.

"엄지손가락은 왜 그래?"

"이거? 알잖아."

선우가 손가락을 추켜세우며 말했다. 나는 선우 코에 맞닿을 듯 얼굴을 들이대며 말했다.

"모르겠어. 다시 말해줘."

선우가 내 코를 쥐었다 놓으며 말했다.

"제가요, 여동생이랑 터울이 없어요. 그래서요. 엄마 젖을 빼앗긴 뒤부터요. 손가락을 빨았답니다. 이렇게요. 쪽…… 쪽……."

장난스럽게 손가락 빠는 흉내를 내는 걸 보며 내가 말했다.

"나랑 똑같네……."

선우의 시선이 잠깐 내 엄지손가락에 머물더니 별일 아니라는 듯 어깨를 으쓱, 했다.

공터에 주차된 차까지 손을 잡고 나갔다 온 뒤 징검다리에 섰다. 새벽의 물세례에도 금세 뽀송뽀송해진 징검다리와 달리 바닥은 질척질척 윤이 났다. 순간 장난기가 발동했다. 슬리퍼를 벗어 징검다리에 올려놓고 맨발로 마당에 섰다. 흙의 감촉은 놀랄 만큼 차가웠다. 묽은 밀가루 반죽을 만지는 듯 부드러운 감촉의 흙이 발가락 사이사이로 새까맣게 올라오는 게 신기했다. 트레이닝복의 바짓단을 걷어 올리고 지신밟기를 하듯 징검다리를 빙 둘러 걸었다. 막 돋기 시작한 초록 잎들 위에 맺힌 물방울은 생의 축복인 듯 싱그럽게 반짝였다. 나무에서 떨어진 물방울이 머리를 적시고 키 작은 나무에 스친 바짓단이 젖었다. 찬 기운에 진저리를 치듯 몸을 떠는데 마루의 미닫이문이 덜컹거리더니 털모자를 쓴 할머니가 마당으로 나왔다. 인사를 꾸벅 건네자 할머니가 말했다.

"이 동네는 혼자 사는 노인이 많거든. 아침에 얼굴 보는 것으로 밤새 서로의 무탈을 확인하는 거야."

묻지도 않은 말을 한 할머니가 하얗게 언 내 발을 보자 감기 들겠다며 손을 내저었다. 할머니의 말에 적어도 이 동네에서는 혼자 고독사한 뒤 나중에 발견되는 일은 생기지 않겠구나 싶었다. 그런 생각은 왠지 마음을 훈훈하게 했다. 슬리퍼를 들고 목욕탕까지 겅중겅중 뛰었다. 대야에 뜨거운 물을 받아 발을 담그니 그제야 따뜻한 기운이 온몸에 퍼졌다. 방에 들어와 선배가 선물해준 CD를 틀었다.

'시와 음악으로, 아픈 세상을 구원하라!'

역시 독특한 선배였다. 평범함을 거부하는 취향처럼 음악도 특이한 걸 좋아했다. 지리산 가수라는 타이틀답게 노랫말과 음률에 청량함과 위로가 느껴졌다. 테이블을 치우다가 접시에 남은 스크램블을 한입 먹었다. 고소함이 사라진 스크램블은 베이컨 특유의 잔향이 남아 있을 뿐 아무런 맛이 느껴지지 않았다. 남은 스크램블을 버리고 설거지를 했다. 이불 속에 발을 넣고 꼼지락거리다가 잠이 들었다.

안채와 연결된 방문 두드리는 소리에 눈을 떴다. 3호 아주머니였다. 마루로 나오라는 성화에 밖으로 나왔다.

"여태 잤구나. 하긴, 밤새 신랑이 그냥 뒀겠어?"

아주머니가 야릇하게 웃었다. 내가 고개를 푹 숙이자 할머니가 말했다.

"오래 힘들어서 그래. 한 달만 푹 쉬면 몸속에 쌓인 독이 빠지면서 언제 그랬나 싶게 돼!"

할머니는 어떻게 나를 잘 아는 걸까, 신기했다.

"뭔 소리, 잠은 잘수록 늘어요."

아주머니의 말에 할머니가 하얗게 눈을 흘겼다.

"자네는 그 입 좀 조심해!"

햇살이 유리문을 뚫고 들어와 마루에 내려앉았다. 따뜻함에 몸이 녹아내리듯 노곤했다. 이곳에서 날마다 해바라기를 하면 하얗다 못해 창백한 내 피부가 거무스름하게 변할 것 같았다. 아주머니가 큰 양푼에 담긴 갖가지 나물에 고추장과 참기름을 듬뿍 넣었다. 창과 칼을 양손에 추켜든 전투사처럼 주걱을 들었다. 엉덩이를 엉거주춤 든 상태로 밥과 나물을 섞었다. 고개를 숙인 이마에 땀이 송송 맺혔다. 양푼으로 땀이 떨어질까 걱정하는 찰나, 아주머니가 손등으로 땀을 훔쳐 바지에 쓱 문질러 닦았다. 각자의 그릇에 밥을 푸던 아주머니가 할머니와 눈을 맞추며 2호 방을 턱짓했다. 내버려 둬! 할머니가 고개를 젓고는 각자의 그릇에 달걀프라이를 얹었다. 몸에 와닿는 햇볕에 등과 목덜미가 간질간질했다. 콧잔등에 맺힌 땀을 훔치며 밥을 먹었다. 밥은 진짜 진짜 맛있었다.

식곤증일까. 또 졸음이 쏟아졌다. 잠깐 잠들었다고 생각했는데 일어나보니 오후 세 시였다. 샤워하려고 속옷을 챙기다가 주춤, 손을 멈췄다. 겨우 일주일이 지났을 뿐인데 우리의 일상과 함께 물건도 섞이기 시작했다. 선우의 속옷 상자에 내 팬티가 놓여 있고, 내 영역인 옷장에 선우의 옷이 걸려 있었다. 각자 독립적으로 놓여 있던 물건이 자연스럽게 섞였다. 그런데도 이질감이 느껴지지 않았다. 이러는 게 가족이 되어가는 과정인 걸까. 그런데 수진이는 이게 뭐라고 끔찍하게 나와 섞이길 거부한 걸까.

수진이는 나와 일란성 쌍둥이다. 한 몸에서 열 달을 살았고 30년을 한집에서 살았다. 그런데도 우리의 속옷이나 물건은 한 번도 섞인 적이 없었다. 수진이는 그게 뭐였든 나와 섞이는 걸 끔찍하게 싫어했다. 얼굴과 몸의 체형이 똑같기 때문일까. 어떤 식으로도 비슷하게 보이는 걸 거부했다. 어느 해 명절, 가족이 모여 앨범을 보며 추억을 더듬던 날이었다. 돌 사진에 새겨진 '배수현' '배수진' 이름 아래 어두운 감색과 밝은 분홍색 옷을 입은 우리는 같은 듯 다른 느낌이었다. 쌍둥이는 대개 똑같이 입히는 건데 참 이상하긴 했어. 응? 고모가 아빠를 보며 말했다. 옆에서 과일을 깎던 엄마의 얼굴이 약간 붉어지더니 말했다. 애네들이 너무 똑같아서 구분하려면 그 방법밖에 없었어요.

수진이는 태어나면서부터 자주 아팠다. 원인 모를 고열이 시도 때도 없이 났다. 수진이를 잃게 될까 노심초사하던 엄마는 이유식을 한

입 먹던 날 환호했고 아장아장 걸음마를 뗄 때는 기쁨의 눈물을 흘렸다. 입이 짧은 수진이를 위해 엄마는 날마다 새로운 음식을 요리했고 한 입이라도 더 먹이려고 수저를 들고 쫓아다녔다. 유치원 다닐 때였나. 엄마가 베이컨을 넣은 달걀 스크램블을 만들었다. 고소한 기름 냄새에 끌려 주방으로 달려간 나는 눈을 빛내며 기다렸다. 엄마가 스크램블을 접시에 담아 수진이를 불렀다. 엄마, 나는? 수현이는? 치맛단을 붙잡고 올려보는 나를 흘깃 쳐다보았을 뿐, 엄마는 대답이 없었다.

돌이켜보면 베이컨이나 달걀을 아낄 정도로 가난한 살림은 아니었다. 아빠는 세무직 공무원이었고 우리를 끝으로 아이를 갖지 못했으니까. 그날을 시작으로 나는 울보가 되었다. 억울함을 표현하지 못해 울었고 우는 걸 이해받지 못해 체념하는 걸 배웠다. 아무리 울어도 엄마의 사랑은 아득했다. 엄마와의 거리감은 지병처럼 내게 스며들었고 점점 구석에 몰린 아이로 성장하게 했다.

엄마는 나쁜 사람이었을까? 아니면 몸이 약한 수진이를 편애하다 보니 나에게만 나쁜 엄마로 남게 된 걸까? 엄마의 무관심에 익숙해진 나는 폭력보다 더 무서운 건 무관심이라는 걸 어린 나이에 알았다. 엄마가 수진이를 위해 사는 동안 나는 엄마의 냄새가 밴 셔츠를 가슴에 품고 있거나 손가락을 빨았다. 그렇게 나뉜 엄마의 사랑은 완벽하게 비례했다. 매사에 자신 없는 성격을 가진 아이로 성장한 나와는 달리 수진이는 정상을 향해 빠르게 다다랐다. 어쩌면 수진이는 엄마의 사랑을 빼앗길까 두려워 더 악착같아지고 피나는 노력을 한 건지도 몰랐다. 그래서 자신이 생각하는 최정상에 발 빠르게 도달한 건지도…….

어떤 형태였든 인연으로 얽힌 삶은 야릇했다. 이미 얽혀 있는 인연이거나, 새롭게 형성될 인연도 뗄 수 없는 굴레라면 굴레였다. 이곳에 오게 된 것만 해도 그랬다. 오묘한 인연의 힘이라고밖에는 달리 표현할 말이 없었다.

"딱, 열 달만이야!"

할머니가 보풀이 잔뜩 인 스웨터 주머니에 손을 넣으며 말했다. 색을 알아볼 수 없게 낡은 털모자를 눌러 쓴 귀밑으로 흰머리가 아무렇게나 삐져나온 초라한 차림새와 달리 품위가 있었다. 내면을 투시하듯 쏘아보는 형형한 눈빛은 거역할 수 없는 위엄이 서려 사람을 꿰뚫어 보는 듯 힘이 느껴졌다. 이사했다는 선배 말에 혹시나 해서 왔는데 빈방이 없다는 말에 포기하고 나가려던 참이었다.

"지난번에 깔끔이 보러 왔었지?"

할머니가 나를 기억한다는 게 놀라웠다. 오래전, 그것도 딱 한 번 선배를 보러 왔을 뿐이었으니까. 그때 서글서글한 눈매며 갸름한 턱선이 자매라 해도 믿겠다고 말한 것까지 기억했다. 할머니는 잠깐 기다리라고 하더니 안채와 붙은 방을 가리켰다. 늦둥이로 얻은 아들 방이라고 했다. 군대 간 아들이 열 달 후 제대한다며 이렇게 시기가 맞은 것도 인연이니 그 방을 내주겠다고 했다.

방을 둘러보는데 할머니가 다짐하듯 말했다. 열 달 한시적이라고. 할머니의 언질이 아니어도 실업수당 지급이 끝나는 시점인 6개월 후에는 뭔가의 변화를 도모할 생각이던 나는 네, 라고 씩씩하게 대답했다. 나는 선우의 청혼을 미뤄오던 중이었다. 가족이라는 형태에 염증이 난 상태여서 새로운 시작에 자신이 없었다. 그렇게 우리의 만남은 2년을 넘기고 있었다. 어느 날, 술에 잔뜩 취한 선우가 직장 상사의 어떤 행동에 대해 흥분하며 말했다. 상대의 입장을 배려한 듯 조심스러운 말투였다. 그러지 않았을까 생각은 되지만 그래도 실망스러웠다는, 뭐 그런 말이었다. 이성을 잃을 만큼의 취기에도 상대방의 입장을 배려하는 태도에 뜻하지 않게 선우의 본성을 알게 된 느낌이었다. 늘 배려가 없이 직설적이던 가족들에게 질린 탓이었을까, 신선한 충격이었다. 사랑은 한순간에 훅, 온다는 말은 맞았다. 그 순간 선우의 굵은 바리톤 목소리가, 입꼬리를 올리며 웃는 입매가, 세련된 말투와 잘 단련된 몸이 새롭게 다가왔다. 아, 이 사람은 혹시라도 나와 등져도 나를 나쁘게 말하지는 않겠구나 하는 믿음. 그건 곧바로 신뢰로 이어졌다. 그래서였을 것이다.

"우리, 같이 살아보는 거 어때?"

어느 날 선우가 말했고 나는 단박에 선배의 단칸방을 떠올렸다.

"좋아. 일단 6개월만!"

우리의 살림살이는 단출했다. 책상이 놓였던 자리에 2인용 테이블을 놓고 거뭇하게 탄 장판은 침대를 대신할 매트로 가렸다. 냉장고를 어디에 놓으면 좋을지 의견이 엇갈렸다. 좁은 방 안에 들이는 건 싫다는 내 생각과 목욕탕 앞이라 사람들이 들락거리니 방에 두자는 선우의 생각이 대립했다. 결국, 선우의 의견에 따라 냉장고를 방으로 옮기고 각자의 짐을 정리했다. 안채와 통하는 방문 앞에 붙박이 행거를 설치한 다음 절반으로 나눠서 각자의 옷을 걸었다. 한 평이나 될까 싶은 뒷마당에 선우의 운동기구를, 마루에는 최소한의 주방용품과 세면도구를 담은 바구니를 놓았다. 대충 짐 정리를 끝낸 뒤 실감이 나지 않는다며 선우가 자신의 볼을 꼬집어달라고 했다. 나는 양 볼을 잡고 힘껏 꼬집었다. 선우가 아악, 소리를 내다가 얼른 입을 틀어막았다.

"아, 여기서는 이러면 안 되는 거지?"

선우의 엄살에 마주 보고 웃다가 문득 웃음을 멈췄다.

"왜? 왜 안 돼?"

"옆방과 딱 붙었잖아. 아마도 생중계 수준일걸?"

역시 선우는 배려가 많았다. 그 말을 들어서일까. 물건을 옮길 때도, 장난을 치다가 크게 웃을 때도 입을 가리는 등 행동이 조심스러워졌다. 이삿날은 중국집이라며 선우가 자장면과 고량주를 주문했다. 자축하듯 잔을 부딪친 우리는 금세 취했다. 서로 장난하듯 몸을 만지다가 어느 순간 성급하게 옷을 벗었다. 선우의 단단한 성기가 느껴지자 나도 모르게 아, 짧은 신음이 터져 나왔다. 순간 선우가 내 입을 틀어막았다. 그때 하필이면 잊어도 좋을 말이 떠올랐다. 생중계 수준일 거야……. 달착지근하게 부풀던 뜨거움이 순식간에 사그라들더니 빠른 속도로 굳었다. 갑자기 뻥 뚫린 공간에 혼자 놓인 듯한 허탈감에 선우의 손가락을 입에 넣었다. 뭉툭한 엄지손가락은 입안에 가득 찼다. 혀로 손톱의 이음새를 더듬는 동안 선우의 몸은 부드러워졌다. 그리고 낯선 침묵이 찾아왔다. 시간이 정지된 듯 한없이 느리게 흘렀다. 그러는 사이에 바람 소리가 귓가를 스쳤고 창문은 부들부들 떨었다. 창호지를 바른 방문은 희부연 달빛을 받아 을씨년스러웠고 길고양이의 울음소리와 어딘가를 갉아대는 생쥐의 움직임도 생생하게 들렸다. 낯선 소리는 계속 이어졌다. 나무가 서로의 잎을 부딪쳐 내는 바스락거림, 3호 방에서 들리는 트로트 소리, 돌아누울 때마다 내는 할아버지의 앓는 소리, 이 모두가 밤의 정적을 뚫고 선명하게 들렸다. 계속 몸을 뒤척이던 선우가 팬티를 찾아 입었다. 그리곤 쌕쌕 숨소리를 내며 잠들었다. 나는 창문에서 느껴지는 찬 기운에 몸을 움츠리며 뽁뽁이를 생각했다. 뽁뽁이를 붙이면 창문을 열지 못할까? 그러고 싶지는 않았다. 아, 암막 커튼이 있었구나, 생각하다가 설핏 잠이 들었다.

빗소리에 눈을 떴다. 낯선 공간에 잠시 어리둥절했다. 휴대전화로 시간을 확인했다. 여섯 시였다. 평소의 개념으로 이해하기에는 너무 이른 시간이었다. 이불 속에서 빠져나와 창가에 섰다. 빗소리로 여긴 건 물소리였다. 할아버지가 긴 호스로 화단에 물을 주고 있었다. 손가락에 힘을 주고 호스 끝을 누른 물줄기는 정확하게 조준되지 않아 사방으로 흩어졌다. 나무나 꽃뿐만 아니라 마당과 장독대 그리고 대문까지 물세례를 받았다. 물소리가 아침을 깨웠다. 새들의 지저귀는 소리에 이어 찬란한 아침 해가 떠오르기 시작했다. 그뿐만이 아니었다. 지루하도록 오래 물소리가 이어지는 동안 문간방을 시작으로 하나둘 방에 불이 켜졌다.

쏴아, 물기를 머금은 나무며 꽃들이 기지개를 켜며 일어났다. 화단을 잇는 돌 틈 사이에 파릇파릇 새싹이 돋았고 성급한 개나리도 꽃망울을 터트렸다. 잦은 물세례에 부식된 대문의 작은 구멍 사이를 빠져

나온 빛은 찬란했다. 그 빛으로 징검다리의 표면이 반짝반짝 윤이 났다. 두 뼘 정도 크기인 돌덩이 스무 개는 마당 한가운데에 길을 만들었다. 이제야 알 것 같았다. 마당이 질척이던 이유와 징검다리가 놓인 것도. 이유야 어쨌든 양옆으로 무성한 숲에 둘러싸인 징검다리는 인위적이지 않은 자연스러움과 운치를 자아냈다.

이곳은 'ㄷ' 자 형태의 집이었다. 기와집인 안채를 가운데로 왼쪽에 단칸방이 두 칸, 오른쪽으로 작은 부엌이 딸린 방이 두 칸 있었다. 대문 옆으로 화장실과 세탁실이 있었고 안채가 끝나는 지점, 즉 우리 방 앞에 목욕탕이 있었다.

6개월쯤 전이었나. 친하게 지내던 선배의 말에 놀러 왔다가 이곳의 정서를 본 나는 첫눈에 반했다.

"언제 한번 놀러와."

어느 날 카페에서 커피와 시폰케이크를 주문한 뒤 선배가 말했다.

머릿속이 너무 복잡하더라구. 뭘 할까? 뭘 해서 이 기분을 해소할까? 휴대전화로 여기저기 뒤지다가 우연히 시폰케이크 만드는 곳을 찾았어. 왜 있잖아. 문화센터에서 만 원, 재료비만 내고 케이크 만드는 체험 말이야. 거길 찾아갔어. 흔히들 케이크를 만들 때 버터는 기본으로 들어간다고 생각하잖아? 그런데 아니더라구. 버터 대신 식물성 기름과 달걀, 설탕 밀가루 베이킹파우더로만 케이크를 만들기도 하더라구. 맛을 봤는데, 굉장했지! 버터, 그거 없어도 맛이 기가 막히더라구. 그래서 시폰케이크에 푹 빠져버렸어. 그 솜털 같은 조직을 생성하려고 달걀 흰자가 단단해질 때까지 휘젓는데 글쎄, 머릿속의 잡념이 싹 사라지더라니까. 특히 아무 향이 나지 않아서 더 좋았어. 순수하달까 아님, 밋밋하달까. 나는 음식도 고유한 맛이 좋아. 맛있게 하려고 이것저것 섞는 거, 딱 질색이거든. 그러니까 순전히 기분 전환하려고 갔는데 거기서 뜻밖의 수확을 한 셈이야.

선배는 말하는 내내 포크로 시폰케이크를 떠먹었다. 나는 선배의 입술에 붙은 빵부스러기에 눈길을 주며 웃다가 고개를 끄덕이다가를 반복하며 커피를 마셨다.

선배의 말을 떠올리며 시럽에 절인 딸기나, 블루베리, 생크림, 등의 장식이 없는 시폰케이크를 고르느라 세 군데의 제과점을 돌아 겨우 샀다. 버스를 두 번 갈아탄 뒤 종점에서 내렸다. 10분쯤 걸어 선배 집에 도착했다. 열린 대문을 들어서자 곧바로 징검다리가 눈에 띄었다. 제멋대로의 크기로 놓인 돌은 조잡했고 울퉁불퉁 위태로워 보였다. 그런데도 이상하게 위용이 느껴졌다. 지극히 평범한 돌들의 나열이 왜 그렇게 느껴진 걸까. 양옆으로 우거진 숲으로 인해 홍해의 바닷길이 연상되어서였을까. 돌이켜보면 알 수 없는 일이었다. 어쩌면 끊길 듯 위태위태한 내 안의 뭔가를 이어줄 듯한 느낌 때문에, 그래서 '위용'이라는 말을 떠올린 건지도 몰랐다. 징검다리에 올라섰다. 순간 내 몸이 기우뚱 기울었다. 중심을 잡으려고 본능으로 팔을 벌렸다. 들고 있던 시폰케이크가 춤추듯 흔들렸다. 재빠르게 한 발을 옮겼다. 그제야 중심이 잡혔다. 징검다리 아래는 맨흙 같았다. 금세라도 지렁이가 꿈틀꿈틀 기어 나올 것 같은 마당의 질척함은 공포로 다가왔다.

"세상에! 너 징검다리 처음 보니?"

선배가 하얗게 질린 내 얼굴을 보며 말했다. 나는 선배에게 케이크를 건네며 물었다.

"한 달에 얼마를 내면 이런 집에서 살 수 있는 거예요?"

"얼마가 아니라 어떻게 하면, 이라고 물어야지!"

선배는 무슨 말인가 더 하려다가 씩 웃었다. 이어지는 선배의 대답은 이상했다. 원래는 10만 원인데 20을 내면 어떤 지출도 없이 살 수 있다고 했다. 나는 공과금이 얼마나 된다고 금액 차이가 배나 되는 거냐고 물었다. 선배가 말했다.

"편하잖아!"

"아무도 이의를 제기한 사람이 없어요?"

"당연하지."

"참, 이상한 곳이네."

선배가 새침하게 미간을 모으며 대답했다.

"생각해봐. 사람이 한 달을 살아가는 데 자잘하게 드는 돈이 얼마나 많은지 알아? 그런 일로 얽히는 거 귀찮잖아!"

사람들과 얽히는 거 싫어하고 본연의 재료 맛을 좋아해서 섞인 맛을 싫어하던 선배는 남자친구와 동거한 지 3개월 만에 헤어졌다. 나는 선배가 3개월밖에 못 산 걸 생각하며 지극히 도회적인 선우와 다소 감상적인 내가 잘 섞일 수 있을까, 걱정되었다. 단단하게 굳어진 달걀 흰자가 시폰케이크에 부드러움을 선물하듯 팔에 근육이 생기도록 오래 젓는 노력만으로 잘 어우러질 수 있을까, 의문이 들었다. 왜냐하면 나는 아무리 노력해도 풀리지 않는 세상살이를 이미 경험했기 때문이었다.

"어떻게 그런 집에서 살아? 넌 정말 이상해. 독보적이야!"

버스 종점 근처의 단칸방으로 독립하겠다는 나의 말에 수진이 말했다. 30분 먼저 나온 내게 언니 대접은커녕 내 머리 위에서 군림하던 평소 습관대로였다. 그 말 속에 감춰진 우월감을 나는 놓치지 않았다. 어려서부터 줄곧 일등을 놓치지 않던 수진이는 의사가 되었다. 수진이의 앞선 행보에 부모님은 나를 부진아 취급했다. 하지만 그들이 부진아 취급하는 내 삶에도 웃음과 기쁨, 그리고 환희의 순간도 분명 있었다. 정말 못 살 것 같은 불행한 삶은 세상 어디에도 존재하지 않는다는 걸 그들은 몰랐다. 가슴을 부풀게 하는 휘황함과 나를 속살거리게 하는 행복에 대해, 그들이 생각하는 삶의 잣대와 다르다고 해서 가치가 없지 않다는 걸, 약간 뒤처진 내 삶도 행복을 추구할 권리가 있다는 걸 인정하려 하지 않았다.

그렇듯 가족 모두는 자신들이 세워놓은 관점을 바꾸려 하지 않았고 스스로 만든 잣대에 눌려 허둥대며 살았다. 적어도 나는 그렇게 느꼈다. 수진이 엄마의 사랑을 빼앗기지 않으려고 피나는 노력을 한 건, 어쩌면 사랑받는 기쁨을 알아버린 사람이 상실의 이면까지 미리 파악한 뒤 전전긍긍하게 되는 수순일지도 몰랐다. 그러니까 이미 형성된 관점을 바꾸는 건 대단한 노력이 필요할 거였다. 삶이란 자신의 잣대로 살아가 되, 타인의 삶도 존중해야만 비로소 행복을 느낄 수 있다는 걸 알게 되기까지…….

점점 가족들과 섞이지 못한 나는 외톨이처럼 지냈다. 푹 잠들지 못해서 쉽게 피로를 느꼈고 자주 무력감에 빠졌다. 그럴 때마다 명치가 답답해지면서 숨이 가빴다. 뭔가의 돌파구가 필요했다. 그래서였을까. 선배의 집을 방문한 날, 이곳에서 살아보고 싶었다. 이곳이라면 날 서지 않은 내면으로 살아갈 수 있을 것 같았다. 뚜렷한 분별력을 내세우는 대신 무심한 듯 배려를 배우고 나만의 향기를 가진 사람으로 세상을 보는 눈을 키울 수 있을 것 같았다. 징검다리 때문이었다. 징검다리에 한 발을 올린 순간, 중심을 잡기 위해 숨을 고르고, 다시 한 발을 옮기기 전의 여백이 내겐 필요했다.

샤워한 뒤 빨래를 챙겨 밖으로 나갔다. 한낮의 창창한 햇살은 방마다 불빛이 품어져 나오던 밤의 빛과는 느낌이 달랐다. 암전인 듯 어둠으로 휩싸인 방들을 돌아보았다. 느닷없이 같은 주소로 엮인 사람들이 하루를 잘 보내고 돌아오길 바라는 마음에 피식, 웃음이 나왔다. 30년을 함께 살아온 가족에게도 가져보지 못한 감정이었다. 세탁기에 빨래를 넣고 휴대전화에 알람을 맞춘 뒤 밖으로 나왔다. 1호 방 앞에 한 짝이 나동그라진 슬리퍼를 가지런히 놓고 일어서는데 어디선가 두런두런 말소리가 들렸다. 2호 방에서 나오는 소리였다. 신발을 방에 들여놓은 걸까. 댓돌은 휑한데 희미하게 엎드린 사람의 그림자와 함께 말소리가 이어졌다. 가만히 귀 기울이니 라디오 소리도 들렸다. 라디오와 대화하는 그는 어떤 사람일까, 궁금했다. 헐렁해진 트레이닝복 주머니에 두 손을 넣고 그러잖아도 구부정한 등을 더 구부린 채 운동화 뒤축을 접어 신고 다니던 그를 떠올리다가 방으로 돌아왔다.

노트를 펼쳐놓고 방바닥에 엎드렸다. 노트는 여전히 백지 상태였다. 손가락 사이에 연필을 끼워 돌리다가 아침에 듣던 CD를 재생했다.

바람이 숲에 깃들어 새들의 깊은 잠 깨워놓듯이
그대 어이 산에 들어 온 몸으로 우는가
그대 이젠 울지마소 편안히 내 어깨에 기대소
그대 근심 두고가소 깃털처럼 가벼워지소

시에 곡을 붙여서일까. 반복해서 듣다 보니 몸이 가벼워지는 느낌이었다. 깃털처럼 가벼워진 내 몸이 붕 떠서 방 안을 부유하는 느낌에 스르르 눈을 감았다. 휴대전화의 알람 소리에 눈을 떴다. 세탁기에서 선우 팬티를 꺼내다가 잠들기 전에 팬티를 챙겨 입던 선우가 생각나서 혼자 웃었다. 철저하게 혼자만의 공간인 원룸에서만 살아온 선우는 이곳이 열린 공간 같아 불안하다고 했다. 그래서 팬티라도 입고 있어야 안심이 된다고.

선우는 긍정적인 생각을 가졌다. 매사에 최선을 다했고 게으른 걸 싫어했다. 삶을 살아가는 건, 사회적으로 정해진 틀에서 벗어나지 않되 최선을 다해 사는 거라고 했다. 삶을 열정적으로 살라는 것처럼 들렸지만 해석하는 관점에 따라 묘하게 숨이 가빠지는 말이었다. 그런 의미에서 진심으로 내 삶을 응원한다고 했다. 그러니까 내가 덜컥 회사를 그만둔 건, 선우의 응원에 힘입어서였다.

지방에 있는 대학에 입학한 나는 여전히 적응하지 못하고 부유했다. 그러다 만난 선우는 나의 대학 생활의 안내자 역할을 해주었다. 누구와도 스스럼없이 잘 지내는 선우의 잦은 연애의 증인이 되기도 했고 여러 군데의 동아리를 함께 드나들기도 했다. 매사에 남의 입장을 먼저 배려한 선우는 크게 고개를 끄덕이거나 엄지를 추켜올려 최고!라고 말하길 즐겨 했다. 그 모습을 오래 지켜본 나는 선우가 자기 주관이나 생각이 없는 건 아닌가 의문이 들기도 했다. 그보다 충격적인 건 추켜올린 뭉툭한 엄지손가락을 본 순간, 입에 넣고 싶다고 생각한 것이었다. 변태야 변태. 혼자 민망해져서 침을 꿀꺽 삼켰다.

졸업 후 선우와 나는 고만고만한 중소기업에 취업했다. 일 년쯤 지난 어느 날, 선우가 공무원 시험을 준비하고 싶다고 했다. 말릴 새도 없이 사표를 낸 선우는 삼 년 후, 시험에 합격했다. 선우의 행보에 용기를 낸 나는 부모님의 반대로 시작하지 못한 만화를 그리고 싶었다. 어려서부터 만화 보는 걸 좋아했다. 크고 초롱초롱한 눈망울을 가진 주인공의 모습에도 혹했지만, 마음씨 착한 주인공이 지난한 삶을 살아낸 뒤 그 속에서 마음 다치지 않고 행복을 찾아가는 과정을 그린 순정만화가 좋았다.

지난 시간을 떠올리자 마음이 급했다. 개키던 빨래를 밀쳐두고 상을 폈다. 이사한 날, 동네 교회에서 목사를 포함한 몇 사람의 교인이 찾아와 환대한 뒤 놓고 간 것이었다. 연필과 지우개를 놓고 노트를 펼쳤다. 네 컷짜리 만화에 담을 내용을 정리했다. 머리로는 구상이 끝났는데 막상 그리려고 하면 흔적도 없이 날아가버렸다. 잊어버리지 않기 위해 글로 남겼다.

1. 여자가 웃을 때마다 엄마의 시선이 치아에 와닿는다. 엄마의 표정만으로도 포개진 앞니를 못마땅해하는 걸 아는 여자는 언젠가부터 손으로 입을 가리고 웃는다.

2. 어른이 되어서도 여자는 여전히 입을 가린 채 웃는다. 어느 날 남자가 여자 손을 내리고 거울을 보여주며 말한다. 해답은 가까운 곳에 있으니 선택해!

3. 여자가 뚫어지게 거울을 들여다본다. 거울 속 여자의 치아는 앞니 두 개가 살짝 포개질 뿐 치열이 고르고 하얗다.

4. 지금까지와는 다른 삶을 살 거야! 여자는 앞니 교정을 위해 치과로 향한다.

나는 1의 장면에 나올 엄마의 모습에 대해 고민했다. 엄마와 닮게 그릴 것인지 새로운 이미지를 창출할 것인지. 또 그대로도 충분한 여자의 앞니를 교정할 건지 말 건지. 그런 쓸데없는 고민에 빠져 있다 보니 어느새 어둠이 내려앉았다. 그렇게 딱히 뭔가를 시작하지 못한 채 며칠을 빈둥거렸다. 저녁을 먹으면서 조급한 마음을 투정 부리듯 얘기하자 선우가 말했다. 일단 펜 가는 대로 그려봐. 시작하는 게 중요해! 선우는 빈둥거리며 시간 보내는 걸 싫어하는 타입이었다. 뭔가를 생각하면 바로 실천하고 그 안에서 답을 찾았다. 그런데 나는 느긋하게 즐기면서 사색하는 걸 좋아했다. 잠이 오면 자고 놀고 싶은 만큼 빈둥거렸다. 멍하니 창밖을 보며 한나절을 보내기도 하고 지는 해를 보며 시간 가는 줄 모르고 서 있기도 했다. 그런 시간 속에서 조금씩 마음속의 뜨거움이 사라지고 단단하던 응어리가 부드럽게 변하는 게 좋았다. 할머니 말이 맞았다. 내 몸에 쌓인 독기가 빠지고 있었다. 이렇게 쉬엄쉬엄 살다 보면 어느 순간 당당하게 내 길을 갈 수 있을 것 같았다.

그렇게 선우와 나는 지향점이 서로 달랐다. 그런데 서로 생각이나 성향이 다른 게 좋은 걸까? 아니면 같은 생각으로 한 방향을 보는 게 좋은 걸까? 서로의 다른 부분이 아직 신비감으로 남아서 관계가 유지되고 있는 걸까? 알 수 없었다. 중요한 건, 우리는 서로의 생각이나 성향을 존중하는 마음이 깔려 있었다. 그건 매우 중요했다. 존중하는 거, 그거 하나만으로도 우리가 함께일 이유는 충분하다고 믿었다.

우리는 아날로그식 디자인인 오디오를 보물 1호라 칭한 뒤 날마다 애착했다. 브리츠 BZ-T 8800이었다. 앰프가 내장된 진공관 앰프였는데 저녁을 먹고 클래식이나 뮤지컬을 들으며 맥주를 마셨다. 그리고 뒷마당에서 한 시간쯤 운동했다. 선우는 역기를 들었고 나는 줄넘기를 하거나 맨손체조를 했다. 운동을 좋아하는 선우의 몸은 근육으로 단단했다. 사람이 태어날 때 아름다운 몸을 선물 받았으니 최소한 지켜주는 게 당연하다고 했다. 선우는 이처럼 궤변을 늘어놓으면서도 언제나 당당했는데, 생각에 머무는 게 아니라 실천하기 때문이었다.

샤워를 마친 선우가 나를 으스러지게 껴안으며 몸을 부르르 떨었다. 열정이 담긴 눈빛을 보내다가 외면하는 나를 보고 포기하듯 잘 자, 라고 인사한 뒤 금세 고른 숨소리를 내며 잠들었다. 나는 또렷한 의식으로 희부옇게 창에 비치는 달빛을 보는 게 좋았다. 그렇듯 오래 깨어 있으면 왜소한 내 영혼에 통통하게 살이 오르는 것 같았다. 특히 만월일 때의 달빛은 교교했다. 둥치가 제법 큰 보리수나무 가지에 흘러든 달빛에 홀린 듯 한없는 사색의 시간을 보내는 게 가장 좋았다.

그렇듯 선우와 함께하는 시간은 아늑하고 행복했다. 주말에 늘어지게 늦잠을 잔 뒤 배가 고프면 가위바위보를 했다. 진 사람이 라면을 끓이거나 간단한 아침을 준비했다. 먹거리를 찾아 동네 주변을 어슬렁거렸고, 가로등 불빛에 길어진 나무 그림자가 창문에 일렁이는 걸 흉내 내듯 귀신 놀이를 하기도 했다. 이름 모를 새들의 노랫소리에 귀를 기울이거나 꽃이나 나무를 하릴없이 바라보는 것도 커다란 휴식이었다. 나는 점점 생기를 찾아가고 있었다.

열흘이 지났다. 선우가 출근한 뒤 잠들지 않은 건 처음이었다. 창문을 열었다. 얼굴에 느껴지는 찬 기운과 함께 햇살이 쏟아지듯 안으로 들어왔다. 담장에는 노란 개나리가 흐드러지게 피었고 동백나무는 붉은 꽃송이를 툭툭 떨궜다. 3호 방의 문이 열리면서 트로트 소리가 크게 들렸다. 찐찐찐찐 찐이야 완전 찐이야 진짜가 나타났다 지금…… 아주머니가 낑낑거리며 이불을 들고 나왔다. 이불을 빨랫줄에 널려고 두 팔을 올리자 꽃무늬 셔츠가 올라가면서 두툼한 튜브처럼 옆구리 살이 삐져나왔다. 요즘같이 가짜가 많은 세상에 믿을 사람 바로 당신뿐…… 음정과 박자를 무시한 채 노래를 따라부르며 엉덩이를 흔들던 아주머니가 긴 막대로 이불을 털기 시작했다. 햇살에 비친 먼지 입자가 허공으로 흩어졌다. 재빠르게 창문을 닫다가 주춤했다. 세 번이나 같이 점심을 먹은 사이인데 야박한 건 아닌지 잠깐 고민했다. 그렇게 우리는 가족이 되어가고 있었다.

그러고 보니 아직 이 집에 사는 사람들을 다 보지 못했다. 1호 방의 남학생은 거의 자정이 다 되어 들어왔고 아침 6시쯤에 나갔다. 직접 듣고 나는 걸 본 적은 없었지만 느낌이 그랬다. 지금 2호 방의 남자는 원래 1호에 살았는데 선배가 나가자 방을 옮긴 것 같았다. 어쨌거나 2호 방의 남자는 늘 고개를 떨군 채 나다녀서 매번 인사할 기회를 놓쳤다. 한 번은 안녕하세요, 인사를 건넸는데 흘깃 나를 본 뒤 다시 고개를 숙여버린 뒤로는 인사하는 걸 포기했다. 어쩌다 마주쳐도 슬쩍 몸을 비켜 지나가곤 했다. 3호 아주머니는 딱히 일을 나가는 것도 아닌데 생활을 어떻게 하는 건지 늘 씀씀이가 헤펐다. 몇 번 점심을 먹으면서 들은 얘기로는 상황을 가늠하기 힘들었다. 남편이 외항선을 타러 나갔다고 했다가, 친정이 부자여서 노후 걱정은 없다고 했다가, 시내 어딘가에 상가가 있어서 세를 받아 산다고 했다가, 종잡을 수 없었다. 어쨌거나 손이 큰 아주머니는 요리를 양껏 해서 나눠주고 맛있다는 말을 듣는 걸 좋아하는 걸 보니 정이 많은 사람인 건 분명했다.

노가다 일을 하는 4호 아저씨는 새벽에 일을 나갔다. 50대 초반 정도인 아저씨는 머리가 백발이었다. 아저씨가 일 나가는 기척은 가래침 뱉는 소리로 가늠했다. 방문을 열고 문턱에 걸터앉아 신발을 신으면서 카악, 목에 가래를 모은 다음 멀리 내뱉었다. 아침마다 행해지는 일률적인 행동임을 눈치챈 나는 아저씨의 방문이 열리는 순간 귀를 막고 기도하는 마음이 되었다. 가래침이 여린 나뭇잎이나 꽃잎에 떨어지지 않기를, 조금 더 떨어진 장독대까지 가지 않기를 빌었다. 그리고 텅, 대문 닫히는 소리에 귀에서 손을 뗐다. 아저씨는 일찍 나간 만큼 이른 저녁에 귀가했다. 그리고 잠깐 졸았다. 아저씨의 일어나는 기척에 3호 아주머니가 득달같이 방문을 노크했다. 밥상을 들고 4호로 들어가는 아주머니의 펑퍼짐한 뒤태가 실룩거렸다. 그리고 한참 시간이 지난 뒤 교태 섞인 비음이나 웃음소리가 흘러나왔다. 선우는 아주머니가 아저씨를 더 좋아하는 것 같다고 말했다. 왜? 내가 눈으로 묻자 선우가 짓궂게 웃었다. 그들이 함께 있는 방이 3호가 아니라 4호이기 때문인데, 대개 남자 방에 여자가 들어가는 경우 여자가 더 좋아할 거라고 했다. 나는 진부한 편견이라고 치부했지만 강력하게 부정하지는 않았다. 우리는 그 일로 의견이 분분했지만 어쨌든 외로운 사람들끼리 교류하는 건 좋은 일이라는 생각에는 일치했다.

그렇듯 모든 세입자는 서로 얼굴을 마주치지 않으려고 노력하는 듯 동선이 얽히지 않았다. 아침에 일어나는 대로 먼저 화장실이나 목욕탕을 이용했다. 몇 번 방의 문이 열린 다음 화장실 문이 열리는지, 화장실 이용 시간은 얼마만큼인지, 소리로 가늠했다. 아침에 눈 뜨면 화장실에 먼저 가는 사람과 씻기부터 하는 사람으로 나뉜다는 걸 알게 되었고, 화장실에서 나와 목욕탕으로 가는 걸음을 세며 대략의 머무는 시간도 가늠했다. 신기한 건 마치 암묵적인 순번이라도 정한 듯 아무와도 얽히지 않는다는 사실이었다. 서로의 출근 시간을 고려한 듯 차례로 나와 공동의 장소를 이용했다. 어쩌면 나처럼 상황을 파악한 뒤 나름의 순서를 정한 것인지도 몰랐다. 서로 배려하는 건 그뿐만이 아니었다. 아침과는 달리 밤이면 발소리를 줄인 채 화장실과 목욕탕을 드나들었다. 서로 공동체임을 잊지 않으려는 조심스러운 배려는 묘하게 가슴을 찌르르 울렸다.

모처럼 텅 빈 집의 정적이 느껴졌다. 3호 아주머니도 외출한 건지 트로트 소리도 멈췄다. 지나가던 바람만이 나뭇잎을 흔드는 나른한 오후였다. 나는 안채 마루에 앉아 다리를 앞뒤로 흔들며 해바라기를 했다. 쨍한 햇살에 마당의 표면은 꼬들하게 말라 있었다. 언제 나온 건지 지렁이 사체가 곳곳에 나뒹굴었고 공벌레는 느릿느릿 기어 다녔다. 어딘가를 향해 가던 공벌레가 작은 나뭇가지에 닿자 몸을 또르르 말았다. 위험을 감지한 눈 깜짝할 순간이었다. 문득 세상은 바삐 흐르고 있는데 나 혼자 멈춰 있는 건 아닌가, 조바심이 일었다. 벌떡 몸을 일으켜 뛰듯이 징검다리를 건넜다. 대문까지 간 다음 되짚어 돌아오다가 중간에 멈춰 섰다. 앞으로도 뒤로도 딱 절반인 지점이었다. 육십세를 삶을 구축하는 나이로 생각한다면 지나온 생과 남은 나의 생 같았다. 멈춰선 채 가만히 눈을 감았다.

'그렇게 쉬엄쉬엄 가는 게 오래가는 거여!'

낯선 소리에 눈을 떴다. 주변을 두리번거렸다. 화단 가에 엎드려 상추를 솎는 할머니의 모습이 눈에 들어왔다.

"할머니, 뭐라고 말씀하신 거예요?"

"응? 나 아무 말도 안 했어."

이상했다. 귀에 쟁쟁거리던 말은 형체도 없이 사라졌다. 할머니가 상추를 한 주먹 쥐고는 허리를 폈다. 상추는 아직 자라지 못한 여린 떡잎이었다.

"먹지도 못할 상추를 왜 솎아내세요?"

할머니가 주먹을 쥔 손으로 허리를 두드리며 말했다.

"너무 촘촘하면 다 죽어. 숨을 못 쉬거든!"

뭔가의 움직임에 고개를 돌렸다. 할아버지가 김이 모락모락 나는 들통을 들고 마당으로 나왔다. 팔을 휘저으며 걷는 걸음걸이에 물이 넘칠 듯 위태롭게 출렁거렸다. 내가 몸을 돌리기도 전에 할머니가 쫓아가 들통을 낚아채며 나무라듯 말했다.

"제발! 위험한 짓 좀 하지 말라니까!"

"무, 물이 아, 아주 조, 조금인데 뭐……."

한쪽 팔을 흔들거리며 할아버지가 웃었다. 입술이 한쪽으로 일그러지더니 턱으로 침이 흘러내렸다. 할머니가 재빠르게 손을 뻗어 쓰윽 훔치더니 스웨터에 문질러 닦았다. 그리고 수돗가에 쭈그려 앉아 대야에 뜨거운 물을 부어 찬물에 섞었다. 손으로 물의 온도를 확인한 뒤 할아버지의 목에 수건을 묶었다. 앉은뱅이 의자에 앉은 할아버지 머리에 물을 적시고 비누질을 하자 풍성하게 거품이 일었다. 할머니는 양손을 머릿속에 넣고 손가락에 힘을 주며 문질렀다. 마치 죽어버린 뇌세포를 살리기라도 하려는 듯 문지르고 지압하기를 반복했다. 할아버지의 끙, 앓는 소리에 할머니의 손이 멈췄다. 헹굼을 시작한 그들의 등에 뜨겁게 달궈진 햇살이 살포시 내려앉았다.

머리를 말린 할아버지가 보송보송한 얼굴로 비질을 시작했다. 내가 손을 뻗으며 달려가자 할머니가 고개를 저었다. 암묵적인 할머니의 제지에 손을 거둬들였다. 할아버지가 지나간 길에 곱고 가는 줄이 생겼다. 한없이 느린 비질에 토방이 말끔해졌다. 비질을 끝낸 할아버지가 팔을 흔들거리며 마루로 올라가다가 말했다. 바, 밥 줘. 할아버지의 말을 신호로 각자의 공간으로 흩어졌다.

3월의 마지막 주 일요일이었다. 이곳에서의 생활도 자리를 잡아갔다. 아침을 깨우는 할아버지의 물소리에도, 옆집에서 들리는 듯 가깝게 느껴지는 교회 종소리에도, 3호 방에서 나오는 트로트 소리에도, 목욕탕이나 화장실을 드나드는 사람들 움직임에도 무심한 채 늦잠을 잤다. 일어날 시간임을 감지하면서도 이불 속에서 뒹굴던 우리는 낯선 냄새에 코를 큼큼거렸다. 뒷마당에서 나는 매캐한 연기에 섞인 멸치 육수 냄새에 이불을 젖히고 일어났다. 타닥타닥 장작 타는 소리와 함께 안채 마루가 소란스러웠다. 무슨 일이지? 선우와 눈을 마주치며 물었다. 선우도 모르겠다는 듯 고개를 저었다. 우리는 여차하면 밖으로 나가볼 생각으로 안채에 귀를 기울였다. 잠시 후 할머니가 빽빽한 미닫이문을 탁, 탁, 손으로 내려쳤다. 몇 번 덜컹거리는 소리와 함께 문이 열리더니 사람들의 이름이 호명됐다. 방 호수대로 여드름쟁이, 핸섬이, 뚱땡이, 흰머리 그리고 이쁜이와 멋쟁이였다. 처음 듣는 이쁜이와 멋쟁이는 우리를 칭한다는 건 짐작으로 알았다. 후다닥 일어나 대충 씻은 다음 안채로 갔다. 마루에 놓인 음식을 본 우리는 눈이 휘둥그레졌다. 커다란 대소쿠리에는 삶아진 국수가, 낡은 가스 버너에 올려진 주전자에는 뜨거운 육수가 끓고 있었다. 그 옆으로 오이, 호박, 흰자와 노른자를 분리한 달걀 지단, 당근 등 색색의 고명이 뷔페처럼 담겨 있었다. 양은 대접 여덟 개와 시큼한 냄새를 풍기는 열무김치를 본 순간 배 속에서 꼬르륵 소리가 났다. 한가운데 놓인 화병에는 개나리와 매화가 꽂혀 있어 봄기운을 더했다. 건넌방 문이 열리더니 3호 아주머니가 김치전을, 4호 아저씨는 상자에 담긴 막걸리를 통째로 들고 나왔다. 한 가족처럼 스스럼없이 섞인 사람들의 표정은 해맑고 환했다.

"각자의 그릇에 먹을 만큼 담아! 남기면 벌금, 알지?"

할머니의 말에 할아버지가 말을 받았다.

"노, 노래하고 시, 싶으면 나, 나, 남겨도 괘, 괜, 찮아!"

사람들이 와르르 웃었다. 아마도 벌금이라는 게 노래를 부르는 건가 보았다. 어림잡아 눈으로 가늠한 뒤 아주머니 옆에 자리를 잡고 앉았다. 아주머니가 비닐장갑을 끼더니 국수가 담긴 소쿠리를 자신의 앞으로 끌어당겼다. 시범을 보이듯 대접에 과하다 싶게 많은 양의 국수를 담고 고명을 듬뿍 얹어 아저씨 앞에 놓았다. 아저씨가 손사래를 치며 할아버지 앞에 두려 하자 아주머니가 짧게 눈을 흘기며 허벅지를 꾹 눌렀다. 마치 지아비를 챙기는 아내 같았다. 그 모습에 선우와 눈을 마주치며 웃었다. 자신의 판단을 뿌듯해하는 듯 선우의 웃음은 다소 음흉했다. 다시 국수를 담던 아주머니가 명령하듯 말했다. 멍청히 있지 말고 고명 얹어! 아 그러는 거구나. 깜짝 놀라 위생장갑을 낀 뒤 국수 위에 색색의 고명을 예쁘게 올렸다. 그 일은 의외로 재미가 있었다. 장난하듯 색의 배색을 고려해가며 고명을 얹었다. 각자의 앞에 그릇을 놓아준 뒤 드디어 우리 차례가 왔다. 달걀을 좋아하는 선우의 국수에는 호박과 지단을, 내 국수에는 오이를 듬뿍 올리다가 슬쩍 눈치를 봤는데 아무도 내 행동을 눈여겨보지 않았다. 나는 괜히 기분이 좋아져서 어깨를 들썩이며 웃었다. 아저씨가 막걸리를 따라 잔을 돌렸다. 건배사를 하려는데 할머니가 잠깐만, 하더니 아주머니를 쳐다봤다.

"라디오 좀 끄고 와. 오늘은 다른 음악 듣고 싶어!"

아주머니를 대신해서 4호 아저씨가 일어났다. 안방 문을 연 할머니가 오래된 오디오에 테이프를 넣었다. 지직거리는 잡음과 함께 뜻밖에 하모니카 소리가 흘러나왔다. 우리는 서로의 얼굴을 보며 의아해했다. 할머니가 듣고 싶은 음악이 있다는 사실도 놀라웠고 그 음악이 트로트나 국악이 아닌 하모니카 연주라는 것도 의아했다.

"자, 건배합시다. 이쁜이랑 멋쟁이, 입주를 환영해!"

할머니의 선창에 큰 소리로 건배를 외친 뒤 원샷 했다. 여드름 성성한 고등학생이 확인차 잔을 머리에 털자 사람들이 와르르 웃었다. 〈Before The Rain〉을 시작으로 리 오스카의 하모니카 연주를 들으며 우리는 하나가 된 행복감과 막걸리에 취해갔다. 막걸리 한 잔에 볼이 발그레해진 할머니가 느닷없이 핸섬이를 지적하며 말했다.

"어이 조카, 노래 좀 불러볼텨?"

시선을 떨어뜨린 채 먹는 것에 집중하던 핸섬이가 순간 고개를 치켜들었다. 상관의 명령을 하달받은 군인처럼 몸을 곧추세우더니 오른팔을 불끈 들어 올렸다. 손목이 잔뜩 늘어난 트레이닝복 소매에서 마른 팔뚝이 수줍은 듯 올라왔다. 팔과 손등에 힘줄을 파랗게 내보이며 절도있게 팔을 올렸다 내렸다 하던 핸섬이가 노래를 시작했다.

"사랑도 명예도 이름도 남김없이 한평생 나가자던 뜨거운 맹세……

깨어나서 외치는 뜨거운 함성 앞서서 가나니 산 자여 따르라……"

난데없는 노래였다. 선우와 의아한 시선을 주고받는 동안 〈상록수〉로 이어졌다. 평소의 수줍음 많고 불안한 눈빛과 달리 당당하고 거침없었다. 이마는 땀으로 번들거렸고 허공을 보는 눈빛은 예리했다. 아주머니가 띄엄띄엄 핸섬이의 사연을 말해주었다.

"할아버지 막냇동생의 외아들인데 광준가 어디에서 치대 다니던 중에 군의관으로 군대 갔다나 봐. 원래부터 좀 심약했었는지 규칙적이고 수직적인 체제의 군대 생활을 못 버티고 탈영했대. 재판을 받고 육군 교도소에 수감됐는데 그곳에서 어떤 일이 있었는지 애가 저 지경이 된 거래."

아주머니가 끌끌 혀를 차며 앙코르를 외쳤다. 얼마나 시간이 지났을까. 낮잠 시간이 늦었다며 할아버지가 방으로 들어갔다. 우리는 남은 술을 각자의 잔에 따른 뒤 원샷했다. 아주머니를 도와 뒷정리를 하고 일어났다. 방으로 돌아오니 창문을 통과한 나른한 오후의 황금빛 햇살이 방 안에 퍼져 있었다. 햇살은 불콰해진 선우의 몸을 비추고, 모세의 기적이 펼쳐지는 그림이 인쇄된 작은 상에 펼쳐져 있는 내 작업의 흔적을 비추고, 선우의 아령과 한쪽에 쌓여 있는 닭가슴살 캔과, 선우의 트림에 여과 없이 배출되는 막걸리 냄새까지 숨김없이 드러냈다. 낮술에 취하면 아비 어미도 몰라본다는데 여기저기서 코 고는 소리가 낡은 집을 들썩였다. 하모니카 소리를 자장가 삼아 고른 숨소리를 내던 선우가 어느 순간 내 손을 잡았다. 막 선잠에 빠져들던 찰나였다. 단단해진 선우의 성기에 손이 닿자 내 몸이 반응했다. 뜨거운 기운이 하나로 얽히면서 우리의 들숨 날숨이 한데 섞였다.

남은 육수에 끓였다며 할머니가 방마다 콩나물국을 돌렸다. 후다닥 옷을 입고 두 손으로 콩나물국을 받아드는데 나도 모르게 딸꾹질이 나왔다. 딸꾹, 딸꾹, 할머니가 내 손등을 몇 번 토닥이고는 국물을 마셔보라고 했다. 낮술에 취해 뜨거운 섹스를 마친 뒤 해장국까지 먹고 나니 부러울 게 없었다. 세상이 만만해지면서 불쑥 삶에 대한 자신감이 생겼다. 그 밤에 나는 처음으로 네 컷짜리 만화를 완성했다. 쓱쓱…… 마치 연필이 종이 위에서 미끄러지듯 술술 풀려나갔다.

이곳은 버스 종점과 가까운 외진 곳이었다. 길고양이 지린내가 골목마다 진동했고 칠흑 같은 어둠이 순식간에 동네를 장악했다. 집들이 다닥다닥 붙어 있어 옆집에서 나는 냄새로 저녁 메뉴까지 알 수 있었고, 동네 개들이 어슬렁거리면 아무 집이나 밥을 주는 인심이 남아 있는 곳이었다. 어쩌면 내가 사는 동안 마지막이 될지도 모를 허름한 골목이 이어진 곳이었고, 그 흔한 편의점도 없고 좁은 골목 사거리 코너에 있는 구멍가게가 전부인 곳이었다. 가게 앞 평상에는 주름 골골한 노인들이 앉아 지나가는 사람들을 흘끔거리고 집 없는 개들이 노인의 발치께에 앉아 졸고 있는 곳…….

내가 이 집에 기대한 것은 별거 아니었다. 완벽하게 단절된 각자의 공간에서 자유를 만끽하고 싶었다. 그렇게 피폐한 일상에서 벗어나 새롭게 충전한 뒤 세상 앞에 당당하게 서기 위함이었다. 그런데 이곳에서 맞닥뜨린 건 뜻밖에도 거미줄처럼 촘촘한 인간적인 소통이었다. 그러게 사람에게서 받은 상처를 치유하는 건 아이러니하게도 사람이라 했던가…….

우리는 정확히 열 달을 산 후 이사했다. 그해 크리스마스 명목으로 모인 자리에서 나눈 마지막 인사를 며칠 후 신정에 되풀이할 만큼 사람들과의 관계가 끈끈해졌다. 유난히 눈이 많이 내린 한 해였다. 온기 없는 햇살 아래 눈은 굳기만 할 뿐 녹지 않은 상태로 그 위에 또 쌓여 갔다. 그렇게 절대로 녹지 않을 듯 단단하던 눈이 스르르 녹아내린 날, 우리는 이사했다. 이삿짐을 트럭에 실은 뒤, 선우와 손을 잡고 징검다리에 올라섰다. 중심을 잡기 위해 서로에게 기댔어도 저절로 몸이 기우뚱거렸다. 서로의 허리에 팔을 두르고 한쪽 팔을 나비처럼 펼쳤다. 그렇게 천천히 징검다리를 차례차례 건넜다. 대문을 나서는데 교회 종소리가 들렸다. 뎅그렁 소리에 처음 이사한 날 찾아왔던 교회 목사와 사람들의 환대가 떠올랐고, 뎅그렁 소리에 옆집 담을 타고 내려온 족제비를 보고 정신 줄을 놓아버릴 듯이 소리치던 날이 떠올랐다. 교회 종소리는 끊길 듯 끊길 듯 길에 이어졌고 나는 지난 열 달의 나날을 간헐적으로 떠올렸다. 끝날 것 같지 않던 종소리가 멎자 뒤를 돌아보았다. 붉어진 눈으로 할머니가 손을 흔들고 서 있었다. 나는 선우에게 손목을 잡힌 채 천천히 뒷걸음쳤다. 오래오래 할머니랑 눈을 맞춘 채 안녕을 고했다.

그 이듬해, 우리는 결혼했다. 그리고 신혼여행 다녀온 뒤 처음으로 네 컷짜리 웹툰을 인터넷에 올렸다. 엄마의 모습은 캐리커처의 형식으로 그렸다. 사실 조회 수가 무척 궁금했다. 하지만 아직은 확인하고 싶지 않았다. ■

청색 디딤돌

"저기 능선을 보세요. 기가 막히게 아름답지 않나요?"

'비 갠 하늘의 상쾌한 달'이라는 제월당(霽月堂)의 뜻을 설명하던 해설사가 능선을 가리키며 말한다. 나는 마루에 걸터앉아 굵은 나무 기둥에 몸을 기댄 채 하릴없이 새의 움직임을 눈으로 좇는다. 감나무 주변을 낮게 날던 새 한 마리가 감 한 개를 포착한 뒤 가볍게 올라앉는다. 주위를 둘러본 뒤 감을 몇 번 쪼던 새가 입 주위에 감을 묻힌 채 포르르 날아간다. 설익은 감은 새의 부리에 헤집어져 모양이 일그러지면서 과즙이 흘러내린다. 이제 감은 제대로 익지 못하고 시커멓게 썩어갈 것이다. 어쩌면 흘러내린 과즙이 주변까지 썩게 할지도 모른다. 저만치 날아가는가 싶던 새가 다시 돌아온다. 역시나 주위를 두리번거리더니 또 다른 감 위에 살포시 앉는다. 저런 나쁜 놈. 나도 모르게 몸을 곧추세우며 소리친다. 내 목소리가 컸는지 해설사를 향해 있던 사람들이 일제히 고개를 돌려 나를 쳐다본다. 나는 변명하듯 손가락으로 감나무를 가리키며 말한다. 아직 설익은 감을…… 여기저기 헤집어서 못쓰게…….

여전히 새는 감 주변을 배회하고 나는 새를 좇을 돌멩이를 찾아 주변을 살핀다. 비질 자국이 선명한 마당은 티끌 하나 없이 말끔하다. 돌담에 박힌 돌이라도 빼낼 듯이 노려보다가 허황한 눈으로 날아가는 새를 쳐다본다.

해설사는 '제월당'에서 보는 달이 얼마나 아름다운지에 대해 유독 열변을 토한다. 해설사의 말에 고개를 들고 능선을 본다. 달은커녕 아직 해도 지지 않았는데 달을 설명하는 게 마땅찮다. 해찰하듯 주변을 두리번거리다가 아이들 특유의 조잘대는 소리에 화들짝 놀라며 시선을 고정한다. 어디서 나타난 걸까. 남매인 듯한 아이 둘이 마당에 쪼그려 앉아 나뭇가지로 그림을 그린다. 아이들 등에 내려앉은 해 질 녘의 붉은 노을은 한 곳에 집중해서 쏘는 조명처럼 환하고 눈부시다. 발레슈즈와 비슷한 모양의 신발을 신고 짧은 원피스를 입은 여자아이는 인형처럼 깜찍하고 예쁘다. 반면에 사내아이는 평범한 청바지에 티셔츠와 운동화 차림인데도 의젓하다. 긴 나뭇가지를 손에 쥔 아이들은 팔자 모양의 구름을 그리고 그 아래 세 그루째의 나무를 그리는 중이다. 타원형의 동그라미 안에 마음대로 그려 넣은 나뭇잎이 어지럽다. 아이들은 마당이 한 장의 도화지인 양 협력해서 그림을 완성한다. 아이들의 움직임을 지켜보다가 괜히 명치가 답답해진 나는 숨을 모아 크게 내쉰다. 만약 시간을 되돌릴 수만 있다면, 결혼 생활을 이어갈지 아닐지 확신이 서지 않던 시기에 아이를 지웠던 걸 다시 되돌릴 수만 있다면, 그럴 수만 있다면 내 삶의 10년쯤을 맞바꾸고라도 되돌리고 싶어진다.

"저기 보이는 누각은 '대봉대'입니다. 이곳은 손님이 쉬어가던 곳이죠. 이곳에 오는 사람 누구나 손님이 될 수 있는데요, 봉황을 맞이하듯 손님을 모신다는 의미와 양산보 선생이 봉황을 기다렸다는 의미로도 해석합니다. 비록 벼슬을 버리고 낙향했지만 늘 성군(聖君)을 기다렸던 선생의 염원을 엿볼 수 있죠. 성군을 기다리면서 자신이 꿈꾸던 이상적인 세상에 대한 염원을 담아 손님을 맞이하고 시와 술잔을 나누던 곳이라고 합니다."

선생이 생각하는 이상적인 삶은 어떤 걸까. 이상을 향해 한 치의 오차도 없었을까. 묻고 싶었지만 말을 섞는 게 귀찮아 입을 다문다. 문득 내가 꿈꾸던 이상적인 삶은 무엇이었을까, 궁금해진다. 남편과 결혼을 결심했을 때 서로에 대해 잘 알 필요는 없다고 생각했다. 지금 알고 있는 것으로도 충분하고 나머지는 살면서 알아가도 괜찮을 거라고. 그러나 오류였다. 내가 안다고 생각했던 부분마저 사실은 제대로 알지 못하는 것일 수도 있다는 걸 계산에 넣지 못했다. 그러니까 나는 상대에 대한 내 생각만을 고수한 채 그게 전부라 믿었던 거였다. 익숙함을 잘 안다고 여겼고 거기에 시간이 더해지자 사랑이라는 말을 덧붙인 거였다. 내 생각이 빗나가는 게 두려워 철석같이 믿기까지 했다. 처음부터 오류로 시작한 관계는 어긋나는 게 당연한 결과인 걸까. 네 의지와는 상관없는 어떤 흐름이 내 인생을 관통해버린 느낌에 오소소 소름이 돋는다.

오늘도 소파를 벗어나지 않는 남편이 보기 싫어 무작정 밖으로 나왔다. 두어 시간쯤 담양 일대를 돌아다녔다. 죽녹원 치유의 숲에 들러 느리게 산책을 하고 뿌리로 장구채를 만든다는 오죽 앞에서 한참을 머물렀다. 자리를 옮겨 메타 프로방스 마을에서는 잡화점을 기웃거리다가 대잎 모양의 귀걸이도 사고 유명하다는 도넛도 샀다. 야외 테이블에 앉아 오가는 사람들을 구경하며 하나씩 먹다 보니 열 개가 든 상자를 다 비웠다. 빈 상자를 휴지통에 버리고 카페에 갔다. 커피와 초콜릿에 찍어 먹는 스틱형 페스츄리를 먹다가 목이 메서 커피를 한 잔 더 시켜 마셨다. 빈 접시를 멍하니 보고 있자니 민망해져서 카페를 나왔다. 어슬렁거리듯 골목을 다니다가 또 다른 카페에 들어가 달달한 캐러멜 마키아토를 한 잔 마셨다. 나중에 들른 카페는 약간 경사진 곳이어서 공기도 청량했고 오가는 사람들 구경에 시간 가는 줄 모르고 앉아 있었다. 직원의 눈총만 아니었으면 해가 질 때까지 있었을 거였다. 차에 올라 망연히 있다가 휴대전화에 '담양 가볼 만한 곳'을 검색했다. '담양'을 치고 다음 글자로 넘어가기도 전에 소쇄원이 떴다. 내비게이션에 소쇄원을 입력한 뒤 차를 출발했다.

주차장에 차를 세우고 도로를 건넜다. '소쇄원'은 입구부터 서늘한 기운이 느껴졌는데 조금 더 올라와서야 울창한 대숲 때문이란 걸 알았다. 도랑을 따라 올라오는데 길가에서 푸성귀를 팔던 할머니가 불러 세웠다. 바닥에 깔린 보자기 위에는 잘 익은 홍시와 늙은 호박, 끝물인 듯 억세진 가지와 절반쯤 익어 알록달록한 고추가 펼쳐져 있었다. 할머니는 부기를 빼는 데는 호박만 한 게 없다면서 까맣고 투박한 손으로 호박을 가리켰다. 할머니의 눈빛을 거절할 수 없어서 늙은 호박을 샀다. 나가는 길에 가져가도 되냐고 하자 할머니가 고개를 끄덕였다. 매표소에서 표를 끊은 뒤 도랑을 따라 걸었다. 도랑 옆에 놓인 나무로 얽어 만든 오리 집을 보니 반가움이 앞섰다. 아래를 살펴보니 역시나 도랑물에 떠다니는 오리가 보였다. 그 자리에 쪼그려 앉았다. 보통 관상용으로 키우는 건 원앙오리인데 머리와 목이 광택 있는 짙은 녹색인 걸 보니 수컷 청둥오리였다. 보통은 무리 지어 생활하는데 왜 혼자인 걸까, 생각하다가 혼자 시간을 보내고 있을 남편을 떠올린다. 순간 까닭 모를 오기가 발동하면서 혼자 유유자적하고 있는 시간을 방해하고 싶어진다. 길가에서 작은 돌멩이를 주워 던지려다 말고 슬그머니 팔을 내린다.

청둥오리는 유유자적 온순한 듯 보이지만 사냥을 할 정도로 포악한 면이 있다. 그래서 농장에서는 주로 북프랑스가 원산지인 '루안종'을 키운다. 참오리 종류로 체질이 강건하고 성질이 온순하기 때문이다. 1년에 약 80개 전후의 알을 낳고 부화한 후 3개월 전후에서 가장 좋은 고기를 얻을 수 있을 때 공장으로 넘겨진다. 사람으로 치면 백일잔치 즈음 생을 마감하는 것이다. 그런 사실을 알게 된 후, 참 가여운 생이라는 생각에 한동안 오리고기를 먹지 못했다.

다리가 저리다. 손가락에 침을 묻혀 콧잔등에 바르며 몸을 일으킨다. 발을 절룩거리며 걷다가 대숲 앞에서 발길을 멈춘다. 대숲에 이는 바람 소리는 스산하면서도 쓸쓸한 느낌이다. 벌써 겨울이 오려는 걸까. 이제 겨우 겨드랑이에 땀이 덜 나는데 어느새 그렇게 된 걸까. 풋풋하던 감이 홍시가 되도록 아직 선풍기도 들여놓지 않았고 에어컨 커버도 씌우지 않았다. 대체 무슨 생각에 빠져 사느라 계절이 바뀐 것도 모르고 산 걸까. 순간, 강한 배신감이 든다. 누군가를 향해 막 따지고 싶다. 나는 이렇게 한곳에 머물러 있는데 또 한 해가 가는 게 도대체 말이 되냐고…….

사람들 움직임에 휩쓸리듯 '제월당'까지 올라왔다. 우연히 들렀는데 뜻밖에 고요하고 사색적인 공간에 마음을 빼앗겨 시간 가는 줄 모르고 앉아 있던 참이다. 하나둘 사람들이 모여들자 어느 순간 개량 한복을 입은 여자가 해설사 명찰을 목에 매달고 짠, 나타났다. 제월당이라고 쓰인 현판 아래 한 평이 될까 싶은 방을 둘러싼 'ㄷ' 자 형태의 마루에 앉아 있던 사람들이 말 잘 듣는 학생들처럼 해설사의 말에 집중하게 된 것이다.

아이들도 발이 저린 걸까. 몸을 일으키더니 막대기를 물가에 던진 뒤 쪼르르 달려 '대봉대'로 올라간다. 아이들이 떠나버린 그림은 희미한 선으로 남았다가 사람들의 발걸음에 지워져 점점 흐릿해진다. 문득 해설사가 말한 능선을 올려다본다. 앞에 야트막한 야산이 있는지 아치형의 빼곡한 나무들 위로 파란 하늘이 보인다. 정말 산과 산을 이어주는 능선 하나는 기가 막히게 아름답다. 저 능선으로 달이 떠오르면 시린 달빛에 시라도 한 수 읊고 싶어질 것 같다. 맑은 날인데도 바람이 꽤 분다. 바람이 한 번씩 휘몰아칠 때마다 나뭇잎이 우수수 떨어져 내린다. 그때 해설사의 말을 가로채며 누군가 말한다. 걸걸하고 굵은 목소리다.

"그렇지, 이런 자연과 접해 살았으니 절로 시가 나왔겠지!"

말소리를 향해 사람들이 일제히 고개를 돌린다. 이마에 굵은 주름이 도드라져 보이는 등산복 차림의 노인이다. 아니 노인이라고 하기에는 과하고 중년이라고 하기에는 조금 나이가 든 아저씨다. 아마 10년 전쯤인 서른 즈음에는 외양만 보고 노인이라고 쉽게 말했을 것이다. 나이를 먹으니 타인의 나이를 가늠하는 기준도 달라진다. 얼굴 피부나 머리카락이 푸석거리지는 않는지 근육은 탄탄한지 꼰대인 양 막무가내로 자신의 생각을 주입하려는 건 아닌지 살펴본 뒤 나이를 유추하게 된다. 어딜 다녀온 걸까. 등산화에 황토색 흙이 잔뜩 묻어 있다. 노인이 운을 떼자 일행인 듯한 사람이 맞장구를 친다.

"다 팔자 좋은 양반들이나 가능했지 뭐. 요즘으로 말하면 금수저인 거지. 흙수저는 어림없어. 허리가 휘게 일해도 입에 풀칠하기도 힘들었을 테니까!"

그들의 대화에 막걸리 냄새가 섞여 나온다. 분산되는 분위기를 잠재우려는 듯 해설사가 말한다.

"선생님들, 이왕 소쇄원에 오셨으니 이곳의 기원 정도는 알고 가시는 게 좋겠죠? 양산보 선생에 대해서는 얼마나 알고 있는지 말씀해주실 분, 혹시 계실까요?"

질문을 던지면서 사람들을 둘러본다. 자신의 말에 누가 귀를 기울이는지 슬쩍 가늠하는 눈빛이다. 해설사의 시선이 커플인 듯한 남녀에게 고정된다. 사람들의 시선도 해설사를 따라 움직여 그들을 본다.

마루에 걸터앉아 흰색 스니커즈를 신은 발 네 개로 박자를 맞추듯 두 개씩 교차하던 커플의 다리가 주춤한다. 남자는 체크무늬의 남방과 청바지를, 여자는 긴 생머리에 꽃무늬 원피스를 입었다. 둘 다 세련미가 물씬 풍기는 차림새다. 해설사의 말에 시큰둥하던 남자가 집요한 눈길에 할 수 없다는 듯 선글라스를 벗어 머리에 올리며 말한다.

"해설사님이 설명하시면 한 수 배워가겠습니다."

나는 생기 넘치는 여자의 모습을 훑은 뒤 트렌치코트를 여며 볼록하게 튀어나온 뱃살을 가린다. 때마침 불어오는 바람에 여자의 하늘하늘한 치마가 올라가면서 건강한 다리가 드러난다. 집에서 입던 원피스에 코트를 걸치고 맨발에 운동화를 신은 내 모습을 훑어본다. 순간 질투인지 시샘인지 모를 감정에 공연히 머리카락을 쓸어올린다. 해설사의 말에 귀 기울이는 척, 아직도 감나무 주변을 날고 있는 새를 눈으로 좇는다.

"좀 묻어 가려고 했더니 안 되겠네요. 양산보 선생은 조선 중기의 선비셨습니다. 스승인 조광조 선생이 기묘사화로 죽임을 당하자 고향인 창평으로 내려와 은둔하면서 소쇄원에……."

"오다 보니 이곳 일대가 가사문학권으로 지정되었다는데 정확하게 가사문학이란 뭘 말하는 거요?"

노인이 불쑥 해설사의 말을 자르며 묻는다. 갑자기 말이 끊기면서 정적이 맴돈다. 해설자가 억지웃음을 웃은 뒤 말을 잇는다.

"아 네, 질문해 주셔서 감사합니다. 가사문학이란 고전문학을 말합니다. 고려 말과 조선 초에 걸쳐 발생한 시가 형식의 문학인 거죠. 정

극인의「상춘곡」이 가사문학의 효시이며 송순의「면앙정가」나 정철의「관동별곡」「사미인곡」「속미인곡」 등이 대표적 작품입니다. 덧붙여 말하자면 소쇄원은 조선 중기에 건축된 한국 전통의 별서정원으로…….”

“거, 누구냐. 프랑스 시인 프란시스 잠은「위대한 것은 인간의 일들이니」라는 시에서 이렇게 말합니다. 위대한 것은 인간의 일들이니, 나무 병에 우유를 담는 일, 살갗을 찌르는 꼿꼿한 밀 이삭을 따는 일, 암소들을 신선한 오리나무 옆에서 떠나지 않게 하는 일…… 방을 만들고 포도주를 만드는 일, 정원에 양배추와 마늘의 씨앗을 뿌리는 일, 그리고 따뜻한 달걀을 거두어들이는 일이라고 말이오. 내가 알기로는 양산보 선생도 나무와 숲을 돌보고 골짜기를 만드는 일에 열과 성을 다했다고 알고 있는데 왜 정작 중요한 건 빼고 업적과 유래에 관한 얘기만 늘어놓는 거요?”

지그시 눈을 감고 시를 읊는 노인의 옆 모습은 의외로 중후한 멋이 느껴진다. 옆에 있던 아가씨들이 오! 감탄사를 내뱉자 노인이 좌중을 훑어본다. 이 정도쯤은 아무것도 아니라는 듯 어깨를 으쓱하자, 남자가 노인을 향해 말한다.

“어르신, 어르신 말씀도 좋은데 그래도 해설이 끝나고 말씀하시면 안 될까요? 중간에 말을 끊으시니 설명이 이어지지 않아서요.”

노인이 고개를 치켜들며 사람들을 둘러본다. 마치 팬을 확보했다는 듯 당당한 표정이다. 큼, 큼, 헛기침을 몇 번 하더니 말한다.

“젊은 친구. 자네도 나이 들어봐. 생각날 때 말하지 않으면 금세 잊어버려. 그러니 바로바로 말하는 것이지.”

"그래도 해설사님을 존중해줘야죠. 좀 알고 있다고 상대의 말을 자르는 건 무례한 거잖아요."

남자의 질타에 머쓱하기는커녕, 니들도 나이 먹어보라는 듯 노인의 표정은 당당하다. 나는 노인의 당당함에 불쑥 얼굴이 붉어진다. 손부채질로 열기를 식히며 지난 생각에 잠긴다.

남편을 만난 건 술자리에서였다. 아니 그 말은 적합하지 않다. 그날 한 남자로 의식하기 시작했다는 게 맞다. 대학을 졸업하고 취업하지 못한 1년은 지옥 같았다. 부모님의 성화로 이상과 꿈과 포부가 쪼그라들 대로 쪼그라들었다. 외가 쪽 먼 친척의 소개로 '오리덕후'에 입사했다. 회사 이름으로 알 수 있듯이 오리를 키우는 농장과 그걸 가공하는 공장까지 갖춘 제법 규모가 있는 회사였다. 농장과 공장 규모와는 달리 사무실 직원으로는 사장을 포함해서 다섯 명이 전부였다. 영업을 전담한 김 과장과 보조인 박 대리, 그리고 경리를 담당하는 여직원인 조 대리와 보조로 입사한 내가 전부였다. 수습 기간으로 3개월이 지난 후 환영식을 빙자한 회식 날이었다. 회식이 끝나자 사장은 먼저 자리에서 일어났고 우리는 2차를 가기 위해 김 과장의 뒤를 따랐다. 까투리였던가, 투게더였던가. 샐러드를 곁들인 구운 소시지를 안주 삼아 생맥주를 마셨다. 각자의 앞에 빈 잔이 늘어갈 즈음, 화장실에 가려고 일어나던 박 대리가 갑자기 생각난다는 듯 말했다.

"승호라는 제 친구는 말이죠. 아무 데서나 소변을 보는 게 특깁니다. 술자리가 끝나고 밖으로 나왔는데 이 친구가 안 보이잖아요? 그럼 잠시만 기다리면 돼요. 금세 어디선가 쏴아, 시원하게 오줌 누는 소리가 들린다니까요? 사실 남자니까 한두 번은 웃고 넘어갔죠. 그런데 매번 습관처럼 그러는 거예요. 저는요, 길가든 건물 뒤든 가리지 않고 오줌을 싸는 그 친구가 가끔은 개처럼 느껴……."

"그게 사람이야? 개새끼 맞구만! 사람이면 생각이라는 걸 하고 살아야지……."

과장에게도 저런 면이 있었나, 새삼 찬찬히 뜯어보게 하는 말이었다. 작고 통통한 얼굴에 오목조목 생긴 이목구비로 특별할 것 없는 얼굴이었는데 키가 커서인지 전체적으로 스타일은 좋았다. 술을 물처럼 마신다는 것과 상대의 말이 끝나기 전에 치고 들어오는 습관만 빼면 괜찮은 사람 같았다. 어쩌면 스트레스를 많이 받는 영업직은 술자리에서 풀어야 한다는 박 대리의 사견에 고개를 끄덕인 탓이었는지도 몰랐다. 그 순간 정체를 알 수 없는 묘한 기분이 들었고 몇 번 과장의 얼굴을 훔쳐봤다. 스물다섯 살인 내 눈에 들어온 서른다섯의 남자는 사람 좋아 뵈는 얼굴로 바른말을 직설적으로 내뱉는 매력적인 사람이었다.

그렇게 술자리가 깊어가자 각자 싱글의 애로점에 관한 화제로 대화를 이어갔다. 누군가 다 알고 있는 그저 그런 사례를 얘기하면 우리는 큰 소리로 웃으며 맞장구를 쳤는데 그 분위기를 끝낸 건 과장의 한 마디였다. 절반 정도 남은 잔을 시원하게 비우던 과장이, 남자는 제때 성욕을 분출하지 못하면 우울증이 생긴다며 그게 난제라고 했다. 느닷없는 말에 황당해하다가 그건 성향의 문제지 남자만의 문제는 아니라는 말을 하려는데, 과장이 말을 이었다. 성욕 때문에 미쳐버릴 거 같다며 그래서 여자를 찾게 된다는 거였다. 말문이 막힌 조 대리와 내가 서로 얼굴을 보며 잠시 머뭇대는 사이, 그럼 일회성 만남인 거냐고 박 대리가 물었다. 과장이 고개를 저었다. 밥도 먹고 술도 먹고 선물도 사주고 할 거 다 한다면서 대신 딱 거기까지만 허용한다고 했다. 여자가 자신에게 애정을 느끼는 눈치가 보이거나 좋아한다고 말하면 그 순간 만남은 끝이라고 너무도 당당하게 말했다. 과장의 말이 끝나자 일순 정적이 찾아왔다. 분위기를 바꾸려는 듯 박 대리가 물었다. 여자를 만나는 건 자기와 맞는 사람을 만나 결혼하려는 게 아니냐고. 과장이 약간 퉁명스러운 표정으로 박 대리를 보며 말했다. 그럼 결혼 생각이 없는 남자는 여자를 만나면 안 되냐고, 그럼 대체 성욕을 어떻게 하라는 말이냐고 따지듯 되물었다. 과장의 어처구니없는 논리에 술이 확 깨는 기분이었다. 아무 데서나 오줌을 눈다는 이유로 개새끼라고 욕하던 좀 전의 사람이 맞는지 의심스러웠다. 황당해하는 내 눈빛을 의식한 건지 박 대리가 사태 수습에 나섰다. 똥 묻은 개가 재 묻은 개를 흉보는 게 아니냐는 조심스러운 질타를 끝으로 우리는 화제를 돌렸다.

아무리 생각해도 그날 알게 된 과장의 성향은 이해하기 힘들었지만 몇 달인가 지나서 우리는 사귀게 되었다. 이유는 잘 모르겠다. 그리고 결혼까지 골인했다. 사랑에 눈이 멀어 청혼을 받아들일 때는 그날의 일은 까마득히 잊고 있었다.

해설사의 말에 지난 생각에서 빠져나온다.

"네, 감사합니다. 편을 나누자는 건 아니지만 그래도 제 편에서 이해해주신 거 진심으로 감사드립니다. 그건 그렇고 다시 말을 이어가자면 이곳은 다듬지 않은 자연과 어우러진 조선 시대 특유의 조경문화를 대표하는 곳입니다. 2008년 5월 사적에서 명승으로 재분류되었고 명승 제40호로 지정됐습니다. 소쇄원의 소쇄(瀟灑)는 맑고 깨끗하다는 의미의 한자어인데 자주 쓰는 한자는 아니라고 합니다. 그리고 어르신 말씀대로 양산보 선생은 자연에 속해 살면서 나무 한 그루, 풀 한 포기에도 애정을 쏟으며 후손을 위한 공간으로 가꾸셨습니다. 오죽하면 '어느 언덕이나 골짜기를 막론하고 나의 발길이 미치지 않은 곳이 없으니, 이 동산을 남에게 팔거나 양도하지 말고 어리석은 후손에게 물려주지 말 것이며 후손 어느 한 사람의 소유가 되지 않도록 하라'는 유훈을 남기셨을까요."

누각의 난간에 발을 올리고 바닥에 드러누워 하늘을 보며 놀던 아이들이 한정된 장소에 지루해진 건지 물가로 내려간다. 높다란 다리를 건너 대나무로 이어진 홈통 앞으로 간 아이들이 쪼그려 앉는다. 해설사의 말에 의하면 찾아오는 선비들과 시를 지으며 술잔을 띄워 마셨다는 곳이다. 손으로 물장구치며 길게 이어진 홈통을 보던 남자아이가 재미있는 놀잇감을 떠올린 듯 몸을 일으킨다. 한달음에 제월당까지 올라온 아이가 아빠의 손에 들린 물총을 빼앗듯이 들고 뛰어 내려간다. 천천히! 아빠의 걱정 섞인 소리와 남자아이의 응, 소리가 오래도록 귓가에 남는다. 남자아이가 여자아이에게 나비 모양의 물총을 건넨 뒤 등을 돌리고 앉아 기차 모양의 물총에 물을 담는다. 여자아이가 슬쩍 곁눈질하며 오빠의 행동을 그대로 따라한다. 먼저 물을 채운 남자아이가 기차 물총을 들어 여자아이를 겨냥하며 소리친다. 꼼짝 마! 얼떨결에 팔을 추켜든 여자아이가 겁에 질린 눈망울로 쳐다본다. 그러다가 자신의 손에 들린 나비 물총을 생각한 듯 팔을 내리며 남자아이를 향해 물총을 쏜다. 기습적으로 물총을 맞은 남자아이가 받아라! 소리치며 물총을 쏜다. 그렇게 시작한 물총 놀이는 서로를 향해 쏘고 피하고 하느라 요란스럽다. 그 틈에 터지는 웃음소리는 청량하고 생기가 넘친다. 슈슉! 슈슉! 서로의 몸을 맞추지 못한 물줄기가 비처럼 내려와 바닥에 짙은 자국을 남긴다.

아이들은 개별적이다. 순간에 어디로 튈지 한 시도 눈을 뗄 수 없는 존재. 열 달을 몸에서 품고 세상에 내보내 하나의 개체로 성장하기까지의 과정을 지켜보면서 삶의 희로애락을 속속들이 맛보게 할 것이다. 육아에 지쳐 밤이 되면 죽은 듯이 잠드는 건 어떤 기분일까? 그렇게 잠들었다 일어난 아침의 햇살은 또 얼마나 빛이 날지…….

호칭을 바꾸는 게 익숙하지 않아서 사귈 때도 과장님이라고 불렀던 걸 결혼한 뒤 처음으로 현구 씨라고 이름을 불렀다. 갑자기 내지르는 남편의 큰소리에 깜짝 놀랐다. 지금까지 이어진 수직관계가 이름을 부르면서 수평관계로 바뀌게 되는 게 두려웠던 걸까? 남편의 큰소리에 그날 이후 되도록 호칭을 피했다. 그러다가 부부로서의 의견이 엇갈릴 때면 일부러 현구 씨라고 불렀다. 그럴 때마다 남편은 기함하듯 화를 냈다. 호칭에서 벗어나지 못하는 남편의 우월주의를 눈치챘을 때 몰래 아이를 지웠다. 모든 걸 처음으로 되돌리려는 심산이었다. 어찌어찌 그 시기를 넘긴 뒤에도 기대가 체념으로, 자책이 비명으로 바뀌면서 폭식하기 시작했다. 먹고 또 먹어도 허기는 채워지지 않았다. 그렇게 비틀거리며 살다가 보니 훌쩍 10년 세월이 지났다. 가끔 생각했다. 단지 호칭이 문제라면 그때 아이를 지우지 않았다면 이 상황은 벗어날 수 있지 않았을까? 은지 아빠라든지 영후 아빠로 불리면 문제가 아닌 게 되지 않았을까? 그런데 정말 아이의 존재가 그 모든 상황을 덮어버릴 정도의 힘이 있기는 한 걸까? 결혼한 지 10년이 되던 해인 작년에 집을 장만했다. 남편의 서재와 안방 그리고 방 한 칸은 아이의 공간으로 남겨두었다. 그 방의 주인을 과연 만날 수나 있는 걸까…….

"자, 이제 다른 측면에서 소쇄원을 볼까요?"

해설사가 'ㄷ' 자 형태의 마루 측면으로 이동하며 말한다.

"좀 전에 말씀드린 것처럼 이곳은 선생이 학문에 몰두하던 공간입니다. 그러니 안주인이 이곳을 얼마나 깨끗이 관리했겠어요. 천장이나 벽의 이음새는 거미줄 하나 없이 깨끗했을 것이고 마루는 광이 나고 방문에 난 작은 구멍에도 창호지를 다시 발랐을 겁니다."

해설사의 설명을 듣는지 마는지 여자는 셀카 찍기에 여념이 없다. 휴대전화를 든 팔을 길게 뻗어 얼짱 각도를 잡은 채로 찰칵, 남자의 볼에 입술을 대며 찰칵, 남자의 품에 몸을 말아 넣듯 안긴 채 또 찰칵. 그칠 줄 모르는 여자의 셀카 찍는 행동을 슬쩍슬쩍 훔쳐본다. 여자는 지금의 행복이 영원히 지속할 것을 믿어 의심치 않는 얼굴이다. 내 눈빛을 의식한 걸까. 고개를 들다가 나와 눈이 마주친다. 마치 뇌가 비상체제로 작동시킨 듯 모든 촉수가 그들을 향해 열려 있었다는 사실에 자존심이 상한 나는 한마디 툭 내뱉는다.

"이런 루저들!"

혼잣말하듯 작게 말했다고 생각했는데 순간 여자의 표정이 일그러진다. 나는 상황을 무마하려는 듯 엄지손가락으로 내 가슴을 가리킨다. 고개를 갸웃하던 여자가 어떤 환한 빛에 끌려 자신의 발밑을 내려다보더니 화들짝 발을 들어 올린다. 남자의 팔을 끌어당기며 호들갑스럽게 말한다.

"자기야, 여기 좀 봐봐. 무슨 돌이 이렇게 예뻐? 이거 발 올리면 안 되는 거 아니야?"

여자의 말에 남자뿐만 아니라 사람들이 일제히 고개를 외로 빼며 디딤돌에 시선을 고정한다.

"그러네. 돌에도 이렇게 아름다운 청색 빛이 나올 수 있나?"

"이거 건강에 좋다는 옥 아니야?"

커플의 대화를 듣고 있던 해설사가 말한다.

"그렇습니다. 그 청색 돌 지금 두 분이 발을 올리고 있는 돌에 관한 얘기를 할 건데요. 혹시, 이 청색 디딤돌의 유래를 아는 분 계시나요?"

사람들의 시선이 쏠리자 여자가 슬그머니 발을 옆으로 내린다.

"이 디딤돌에는 어떤 기운이 서려 있는데요. 이 청색 디딤돌에 맨발로 앉으면 돌의 찬 기운이 몸속의 화를 끌어 내려 머리가 시원해진다고 합니다. 몸의 수분을 끌어 내려 수승화강(水昇火降) 원리로 머리가 시원해지면서 가슴에 찬 화가 내려가는 원리죠. 그 실증인 분이 지금의 종부님 시어머니셨습니다. 그분은 날마다 우물에서 물을 떠다가 디딤돌을 씻은 다음 마루에 앉아 버선을 벗고 발을 올린 상태로 오랫동안 계셨다고 해요. 대대로 손이 귀한 집안에 시집 와서 아들을 못

낳은 구박을 이곳에 앉아 설움을 달래셨답니다. 이곳에 오래 앉아 있다 보면 찬 기운이 위로 올라가면서 가슴에 차 있던 화가 내려가는데요, 그렇게 차분해진 맘으로 아들을 낳게 해달라고 빌었답니다. 자, 여기서 퀴즈입니다. 이 돌이 유명해졌다는 가정하에 종부의 시어머니는 과연 소원을 이뤘을까요, 아닐까요?"

사람들이 이뤘어요! 합창하듯 대답했다. 사람들 반응에 신이 난 해설자가 목소리의 톤을 높이며 말한다.

"네, 바로 맞혔습니다. 소원을 이루셨습니다. 줄줄이 아들을 낳았죠. 그런 유래가 전해 내려오면서 언젠가부터 사람들이 이 청색 디딤돌에 올라서서 소원을 빌었답니다. 혹시 여러분 중에 수태를 원하거나 명치에 화가 찬 분은 맨발로 디딤돌에 올라가 소원을 빌어보세요. 혹시 압니까? 소원이……."

"힐링의 공간이었네. 말하자면 쉼터!"

노인이 해설사의 말을 자르며 말한다. 남자가 흘깃 노인을 쳐다보다가 포기했다는 듯 고개를 젓는다. 여자가 신발을 벗으면서 주위를 둘러본 뒤 말한다. 약간 흥분한 듯 발갛게 상기된 얼굴이 잘 익은 홍시 같다.

"아무래도 제가 가장 가까우니 먼저 올라가 볼게요."

여자의 행동을 보며 휴대전화에 수승화강(水昇火降)을 검색한다.

'신수(腎水)는 위로 올라가고 심화(心火)는 아래로 내려간다는 말. 옛 의학서의 기록에 의하면 수승화강이 잘 되어야 음양 균형이 이루어지고 몸의 생리적 기능이 정상적으로 유지된다고 한다. 찬 기운은 올라가게 하고 뜨거운 기운은 내려가게 해야 건강을 유지할 수 있는 게 한의학 원리'라고 쓰여 있다.

신발을 벗고 맨발로 올라선 여자의 발은 한 번도 햇볕에 그을린 적 없는 듯 투명하고 새하얗다. 디딤돌에 발을 올린 여자가 아이, 차가워! 소리친다. 여자의 외침에 남자가 주머니에서 손수건을 꺼낸다. 디딤돌에 깔려는 듯 손수건을 펴자 여자가 낚아채듯 빼앗으며 말한다. 아니, 이건 아니잖아! 영문을 모르겠다는 듯 몸을 일으킨 남자가 여자의 어깨를 감싸 안는다. 찬 기운에 적응한 듯 여자가 가만히 눈을 감는다. 뭘 염원하는 걸까. 한참의 시간이 지나도록 눈을 뜨지 않는다. 해설사가 다른 분도 올라가실 거냐고 묻는다. 그제야 여자가 눈을 뜬다. 철없어 보일 만큼 행복해 보이던 여자에게도 어떤 아픔이 있는 걸까. 눈이 촉촉하게 젖어 있다. 여자가 디딤돌에서 내려서자 노인이 황토색 흙이 잔뜩 묻은 신발과 양말을 벗고 맨발로 올라선다. 엄지발가락에 난 털 서너 가닥이 생뚱맞다. 뭘 기원하는 걸까. 노인의 눈자위가 파르르 떨린다. 아가씨 셋이 차례로 올라갔다 내려온 다음 내 차례라는 듯 해설사의 눈이 나를 향한다. 나는 고개를 젓는 것으로 대답을 대신한다.

해설사가 이제 '광풍각'으로 올라가자며 사람들을 이끈다. 광풍각은 '비 갠 뒤 해가 뜨며 부는 청량한 바람'이라는 뜻을 가졌…… 남자의 지적을 잊은 걸까. 노인이 해설사의 말을 또 자른다. 남자의 지적에도 노인의 습관은 절대 바뀌지 않을 걸 안다. 남편도 그랬으니까. 사람들을 따라 올라가는 척 뒤따르다가 마루에 걸터앉는다. 갑자기 찾아온 정적에 홀로 상상에 빠진다. 운동화를 벗고 청색 디딤돌에 올라선 다음 눈을 감는다. 맨발에 닿는 돌은 섬뜩함이 느껴질 정도로 차다. 아이, 차가워! 어리광부리듯 말한 뒤 어깨에 닿을 남편의 손길을 기다린다. 한참의 시간이 흘러도 남편의 손이 느껴지지 않는다. 남편을 올려다본다. 남편은 경멸이 담긴 눈빛으로 나를 쏘아보고 있다. 그 눈빛이 하도 포악해서 눈을 번쩍 뜬다. 주위를 두리번거리다가 가만히 한숨을 내쉰다.

시간이 얼마나 흘렀을까. 해설사의 말소리가 가까워지더니 사람들이 우르르 우물을 향해 내려간다. 우물이라는 말을 듣는 순간 급하게 요의를 느낀다. 생각해보니 커피를 두 잔이나 마셨고 집을 나온 후 한 번도 화장실에 가지 않은 게 생각난다. 우물로 내려가는 사람들을 비켜 반대편의 계단을 내려간 뒤 대숲을 오른쪽에 두고 다리를 건넌다. 왼쪽에는 아이들이 물을 채우던 홈통과 작은 계곡이, 오른쪽에는 울울창창 우거진 대숲이 있다. 아이들은 어디로 숨은 걸까. 금세 싫증을 느꼈을 물총 놀이를 그만두고 어느 구석에 숨겨진 놀잇감을 찾아다니는 걸까. 아이들 흔적을 찾다가 몸을 돌려 위를 올려다본다. 이곳은 어느 한 군데도 막힌 공간이 없다. 담장은 있어도 문은 없다. 그냥 누구든 지나가다가 쉬어가고 싶으면 쉬고, 가고 싶으면 가면 되는 곳이다. 그냥 그러면 되는 쉼터인 것이다.

저만치 화장실 표지판이 보이자 걸음이 빨라진다. 대봉대에 가려 보이지 않았을까. 화장실 건물 앞에 낡은 집 한 채가 을씨년스럽다. 대문 양옆으로 2미터쯤 되는 돌담 아래 이름 모를 꽃들이 피어 있고 마당 한가운데 놓인 돌확에 심어진 부레옥잠의 둥근 잎이 싱그럽다. 종부가 사는 집인 걸까. 가만히 살펴보니 이곳 또한 대문이 없다. 대발로 반쯤 방문을 가린 게 전부다. 발이 쳐진 마루에 음영이 짙다. 가려진 방문의 윗부분과 햇볕에 노출된 아랫부분에 밝음과 어둠이 공존한다. 댓돌 위에 뎅그렇게 놓인 고무신이 고즈넉하고 쓸쓸하다. 종부의 신발인 걸까, 생각하다가 문득 궁금해진다. 뭔가의 바람이 있을 때 그녀도 청색 디딤돌에 앉아서 시간을 보냈을까? 어느 시기에 자연스럽게 주어지는 게 오지 않을 때 그걸 구하는 마음으로 맨발로 선 채 가슴에 찬 기운이 서리도록 앉아 있었을까?

"꼼냥 마!"

느닷없는 소리에 걸음을 멈춘다. 등에 겨눠진 물총의 감촉을 무시한 채 몸을 돌린다. 네 살이나 되었을까? 가까이서 보니 그제야 나이가 유추되는 여자아이다. 오빠는 어디로 간 걸까, 혼자다. 아직 제대로 된 발음도 못 하는 아이의 어설픈 행동에 피식, 웃음이 난다. 꼼냥 마! 아이가 항복을 재촉하며 물총을 움직이자 나비가 딸깍거리며 흔들린다. 열에 들뜬 듯 희열에 찬 아이의 표정에 복부가 더 팽팽하게 부풀어 오른다. 아이를 뒤로한 채 화장실을 향해 뛰듯이 걷는다.

화장실에서 나와 두리번거리며 아이를 찾는다. 뒤뜰도 가보고 주방 쪽도 돌아본다. 혹시 몰라 화장실도 다시 둘러본다. 어디에도 아이는 없다. 항복! 항복! 약간 겁먹은 몸짓으로 두 팔을 들걸, 뒤늦은 후회에 가슴이 알알하다. 항복! 팔을 엉거주춤 들어 올리며 말했으면 아이의 표정이 들떴겠지. 승리를 쟁취한 듯 행복한 웃음소리가 낡은 집을 들썩였겠지. 어쩌면 아이 웃음소리에 덩달아 나의 입꼬리도 올라갔을

지도 모른다. 흥분한 듯 입술을 씰룩거리며 웃는 아이를 보면서 말이다. 그렇게 웃다가 낮은 돌담을 휘도는 바람 소리와 가을 햇살에 바래진 담쟁이잎, 반질반질 윤이 나는 마루와 댓돌에 놓인 신발을 감싸 안은 햇빛 조각들, 감나무 주위를 나는 새들의 움직임과 이름 모를 꽃들의 환호와 함께 문득, 아 이곳이 무릉도원이었구나, 생각했을지도 모르는 일이다.

이렇게 쉬어 가라고 선생은 이곳에 터를 다지고 낮게 돌담을 쌓은 걸까. 잠시 무거운 삶을 내려놓고 쉬었다가 다시 살아갈 힘을 얻으라는 의미로 어느 한 사람 후손의 소유가 되지 않도록 하라는 유훈을 남긴 걸까.

놓친 일이라도 있는 듯 빠른 걸음으로 제월당에 올라간다. 주변에 아무도 없다는 걸 확인한 뒤 청색 디딤돌 앞에 서서 운동화를 벗는다. 맨발로 디딤돌에 올라선 다음 마루에 걸터앉는다. 섬뜩한 기운에 등까지 찬 기운이 찌르르 올라간다. 가만히 눈을 감는다. 발바닥의 찬 기운이 혈관을 타고 올라가 팔에 얼굴에 오소소 돌기가 일어난다. 흠칫, 몸을 떨다가 찬 기운을 몰아내듯 손을 모은다. 오직 한 가지 염원을 떠올리려 집중한다. 그런데 아무리 떠올리려 해도 머릿속이 멍해지면서 아무 생각도 나지 않는다. 아이를 갖고 싶다는 욕망도 남편의 성향을 바꾸고 싶다는 간절함도 욕심이 아니었나, 의문만 인다. 그런 생각이 오가는 동안에도 자꾸만 머릿속이 멍해진다. 술에 취해 한 가지 생각을 3초밖에 할 수 없는 상태가 된 사람처럼 혼란스럽다가 금세 차분해지면서 도통 종잡을 수가 없다. 그러다가 어느 순간 혼란이 가시면서 평안해진다. 가만히 눈을 뜬 나는 소중한 것을 살피듯 주변을 둘러본다.

낮은 한옥에 맞춘 듯 야트막한 담장은 원래의 역할인 내부와 외부를 차단하려는 목적이 아니다. 적당히 경계를 구분할 뿐 자연스럽게 공간과 공간을 연결하는 역할이다. 그저 시각적인 변화를 줄 뿐 함께다. 이곳을 구성하는 명암도 마찬가지다. 밝음과 어둠이, 빛과 그림자가 서로 교차하듯 어우러진다. 어두운 대숲을 지나면 밝아지는 원림이 그랬고 계곡 건너 그늘에 숨은 광풍각과 햇살에 밝게 노출된 제월당이 그랬다. 이 모든 게 대조적이면서 또 어우러진다. 어쩌면 사람의 관계나 부부 사이도 그런 걸까? 차단하지 않고 자연스러운 경계를 사이에 두고 서로의 다름을 인정하는 그런 관계로 살아가는 게 좋은 부부인 걸까?

찬 기운에 적응한 건지 발바닥은 아무런 느낌도 없다. 정작 시린 건 제월당 마루에 앉아 바라보는 능선이다. ■

벽수

끙, 소리에 눈을 뜬다. 내가 낸 신음에 놀라 잠이 깨는 형국이다. 언제부턴가 움직일 때마다 몸이 소리를 낸다. 새벽은 푸른빛으로 오는가. 밤의 기운을 밀어내느라 힘겨운 듯 푸르스름한 색으로 창호지에 내비친다. 오늘따라 새소리가 맑고 청량하다. 석류꽃이 필 때면 찾아오는 녀석들이다. 때가 되면 잊지 않고 찾아와 주는 게 그저 고마울 뿐이다. 이불을 제치고 일어나며 끙, 소리를 내뱉는다. 그도 그럴 것이 평생을 하루도 쉬지 않고 일했으니 살은 물러지고 뼈마디는 닳고 닳았을 것이다.

아무리 조심해도 생겨나는 구멍들이 있다. 내 의지와는 상관없이 생겨나는 크고 작은 구멍들. 어쩌다 빠진 구멍이 까마득히 깊어서 세월이 훌쩍 지나 빨리 늙어지길 소망하며 살았다. 그런데도 살아가는 일은 또 다른 구멍을 만드는 일이다. 창호지를 바른 방문만 해도 그렇다. 챙겨서 나가려고 치워둔 물건을 놓고 가는 일이 허다해지면서 하루에도 몇 번씩 방을 들락거린다. 그렇게 여닫고 스치고 하느라 자잘한 구멍을 만들며 산다. 그런데 그 틈새를 비집고 나온 햇살의 작은 알갱이에 눈이 부시기도 하고 손을 뻗으면 따뜻한 기운이 번지기도 한다. 생각지 못한 데서 위로를 받고 살아갈 힘을 얻는 거, 그게 햇살이고 삶인 걸까.

자리끼로 둔 주전자의 주둥이를 입에 대고 벌컥벌컥 물을 마신다. 담배 한 개비를 꺼내 입에 물고 성냥을 꺼낸다. 세월이 흘러 흔한 게 라이터지만 성냥불로 담배를 배운 이후 지금까지 한 번도 바꾼 적이 없다. 라이터의 감촉이 싫어서라기보다 뭐든 쉽게 바꾸지 못하는 성향 탓인 것 같다. 담배에 불을 붙인다. 한 모금 빤 뒤 후, 내뿜고 나니 그제야 잠이 깬다. 하품이 연거푸 나오면서 의식할 새도 없이 눈물이 볼을 타고 흐른다. 옷 소매로 쓱쓱 닦고 나니 눈이 쓰리다. 그러잖아도 약해진 눈이 불에 덴 듯 따끔거린다.

문고리에 걸린 수저와 비녀를 빼낸다. '곰보 할매'라는 별명처럼 얼굴이 얽고 두꺼비처럼 생긴 할머니가 돌아가시자 기다렸다는 듯 뭇 사내들이 방문을 흔들었다. 그러다가 한 번은 문까지 부수고 들어와 난동을 부렸다. 파출소를 들락거리다가 오빠까지 알게 되었다. 오빠가 집을 수리하자고 했다. 가게에 딸린 방이 문제라며 이참에 주방도 현대식으로 바꾸고 튼튼한 자물쇠도 달자고. 나와는 나이 차가 많은 오빠 말을 대체로 거역하지 않았다. 하지만 창호지로 맞이하는 새벽 여명은 포기하고 싶지 않다는 말로 거절했다. 신발을 벗는 댓돌과 절절 끓는 연탄 구들이 놓인 방은 집 수리와 함께 사라지는 것들이니까. 그런 것까지 사라지고 나면 무엇으로 하루를 살아갈지, 자신이 없었다.

담배 한 대를 달게 피운 뒤 손으로 마른세수를 한다. 눈곱을 떼다가 뜨개질하다 둔 대바구니에 시선이 머문다. 예전과 달리 성폭행으로 인한 출산도 많이 줄었고 전체적으로 출산율도 저조하다고 우려하는 말들이 많은데도 버려지는 애들은 왜 그리 많은지. 보육원에 갈 때마다 가슴이 뻐근해지곤 한다. 얼마 전에 찾아간 보육원의 원장은 요즘엔 예쁘고 따뜻한 모자가 많이 나오니까 실 값을 기부하면 편할 거라고 했다. 원장의 말에 하마터면 눈을 부라릴 뻔했다. 물질과 마음도 구별하지 못하는 사람이 아이들을 돌보고 있다니, 한심한 생각이 들어서였다. 남녀의 비율을 몰라 대충 숫자를 정한 뒤 여자는 분홍으로 남자는 빨강으로 통일한다. 분홍색 모자에는 미리 만들어둔 꽃을 붙인다. 개나리 코스모스 작약…….

어머니는 작약꽃을 좋아했다. 내 위로 아이 셋을 홍역으로 잃고 난 뒤 담장에 심었다는 작약에 꽃봉오리가 올라오면 어머니는 시린 눈으로 하염없이 서 있곤 했다. 아이들은 꽃을 좋아한다기보다 색으로 구분하는 듯 빨간 꽃이 달린 모자를 좋아했다. 앞다퉈 모자를 고르는 아이들을 보면 왠지 모를 뿌듯함과 함께 기분이 좋아졌다. 그 맛에 힘든 줄도 모르고 뜨개질을 하는지도 몰랐다. 다음에 보낼 보육원은 원아가 열두 명인데 여자가 둘, 남자가 열 명이라고 했다. 남아선호가 원인인 걸까? 잘 모르긴 하지만 기분이 씁쓸하다.

오늘은 서시장이 아닌 공판장으로 갈 채비를 한다. 모처럼 바닷바람도 좀 쐬고 갯내음도 맡고 싶어서다. 바닷바람이 찰 걸 대비해서 바람막이를 걸친 다음 지퍼를 목까지 올리고 벙거지를 쓴다. 거울 앞에서 벙거지를 매만지다가 손톱에 올이 걸려 실이 툭 끊어진다. 실도 내 몸처럼 삭은 모양이다. 뜨개질의 생리는 코 한 가닥이 풀리면 줄줄 풀려버린다는 것이다. 코를 마무리 해줘야만 멈춘다. 하긴 마무리하지 않으면 풀려버리는 건 세상살이도 마찬가지일 것이다. 빠진 코를 메우다 보니 벙거지 군데군데에 무늬처럼 꿰맨 자국이 나 있다. 고흥댁은 그런 자국이 오히려 폼이 난다고 말해줘서 고맙고 힘이 나긴 했다. 나일 먹어도 여전히 얼굴에 기품이 남아 있다며 칭찬까지 곁들었다. 내 얼굴에서 기품이 느껴진다면 그건 어머니를 닮아서일 거였다. 어머니를 보게 될 날이 가까워서인가, 의식하지 않아도 지난날이 어제 일처럼 생생하게 떠오른다.

꽃을 좋아하던 어머니는 맨드라미 꽃대가 올라오고 나팔꽃이나 해당화로 꽃밭이 화려해지면 여린 꽃잎을 땄다. 석류꽃은 꽃잎이 두껍고 수분이 많아서 잘 마르지 않고 썩어버린다며 잎이 얇은 꽃만 땄다. 광목을 넓게 편 다음 꽃을 펼쳐놓고 차곡차곡 접었다. 물을 입에 머금고 푸우, 내뿜어 촉촉하게 한 뒤 광목 위에 편편한 돌을 올려놓았다. 물기가 증발하면서 서서히 마른 꽃은 방문에 붙일 장식으로 썼다. 창호지를 바른 문에 꽃을 붙이고 그 위에 창호지를 덧바르면 우리 집 특유의 방문이 되었다. 햇살에 비친 꽃잎을 보며 눈을 뜨는 아침은 뭐랄까, 공주가 된 기분이었다. 그런 상상으로 기분이 좋다가도 불현듯 소름이 돋곤 했는데 그건 공주에게는 반드시 시련이 닥쳐오는 책 내용 때문이었다. 그런 생각으로 표정이 굳다가도 동화에서나 가능한 얘기라고 치부하면 금세 기분이 좋아지곤 했다.

방문 열리는 소리에 새들이 포르르 날아오른다. 기둥을 잡고 댓돌 위에 놓인 신발을 신다가 녹슨 못에 걸린 똬리를 본다. 손 닿는 곳에 두느라고 기둥에 걸어둔 거였다. 똬리는 이따금 들르던 보따리장수에게서 샀다. 여자는 입담이 셌다. 보따리를 풀면서 얘기를 시작하더니, 누구네 집 개가 새끼를 여덟 마리를 낳았고 어느 집은 부부싸움 하다가 가보로 내려오는 도자기를 깨트렸다는 얘기까지 구성지게 늘어놨다. 얘기하는 사이에 물건을 펼쳐 보이며 쓰임새를 설명하면 뭐라도 사지 않고는 못 배겼다. 담양 어딘가에서 나오는 죽순잎을 꼬아서 만들었다는 똬리도 그때 산 것이었다. 실컷 구경하고 사지 않는 건 모진 일이어서 못내 하나씩 집어 든 물건이 집 안 여기저기에 널려 있다. 다른 건 몰라도 똬리는 유용하게 사용했다. 머리에 얹고 함지박을 이면 푹신해서 머릿속이 덜 아팠다. 근 30년을 함지박을 이고 다녔으니 머릿속에 옹이가 생기고 자라목이 된 게 당연했다. 이젠 다 옛일이 되었다. 세상은 빠르게 변했고, 변한 만큼 새롭고 편리한 상품이 속출했다. 변화에 무심한 나를 위해 오빠가 사 온 물건을 사용하면서 일상이 편해졌다. 오빠가 생활에 필요한 물건을 사 온 날은 누군가의 사진을 들고 오는 날이었다. 오빠는 물건의 쓰임새를 설명한 뒤 슬쩍 사진을 내밀곤 했다. 나는 낮게 으르렁거렸다. 마치 무형의 파괴력을 가진 기억을 감추고 있다가 작은 꼬투리에도 분연히 일어나듯 포악해졌다. 오빠는 내가 제풀에 꺾여 잠잠해질 때까지 묵묵히 지켜보다가 한심하다는 듯 말했다. 사람에게서 받은 상처는 사람에 의해 치유될 수 있다고.

그때 눈 질끈 감고 오빠 말을 들었으면 나도 달라졌을까? 지금보다는 나은 삶을 살 수 있었을까?

뭘 하느라 잊은 걸까. 빨랫줄에 걸린 옷가지가 을씨년스럽다. 이슬에 젖어 눅눅해진 옷가지를 걷는데 한기가 등을 훑고 내려간다. 바다를 낀 도시는 바람이 조금만 불어도 체감온도가 다르다. 특히 새벽바람은 몸을 상하게 할 만큼 차다. 젊었을 때는 걸음만 빨리 걸어도 금세 몸에서 열이 나면서 한기를 이겨냈다. 이제는 바람막이 옷과 벙거지로 바람을 막아도 시린 기운이 몸을 상하게 한다. 부엌 한쪽에 세워진 손수레를 밀고 나와 문을 연다. 밖으로 나가니 새벽 여명을 등지고 벅수가 웃고 있다. 한 푼이라도 아끼려고 싸구려 붓과 페인트를 사서 격자창 테두리를 노랗게 칠하고 유리 칸마다 '선이네 국밥'이라고 한 글자씩 써 붙인 뒤 장사를 시작한 게 엊그제 같다. 10년은 할머니의 일을 도왔으니 혼자 장사한 세월만 해도 40년이 넘었다. 그 세월을 살아오는 동안 술에 취한 사내들이 자고 가겠다고 버틴 건 손으로 셀 수도 없다. 얕보이지 않으려고 물건을 집어 던지기도 하고 욕지기를 내뱉다 보니 입에 욕이 뱄고 사납다는 소문이 돌았다. 오십이 넘어가면서부터는 하룻밤 욕정에 달려드는 사내도 없고, 살림 합치자며 끈덕지게 들러붙는 사내도 없지만 한 번 입에 붙은 욕은 떨어지지 않는다. 니미럴, 하긴 들러붙는 사내보다 더 지독한 게 내 팔자가 아니던가. 그러니 어찌 욕 없이 하루를 보낸다는 말인가.

오메, 내 정신 좀 보소. 습관처럼 혼잣말을 내뱉으며 수레를 문에 기대놓고 안으로 들어간다. 들통에 물을 채우고 행주를 챙겨 밖으로 나온다. 벅수의 모자를 벗기고 물을 끼얹으며 이름을 부른다.

"에라이, 벅수야!"

만만한 건 너뿐이라는 듯 이름을 부르자 특유의 큰 눈을 부라리며 벅수가 웃는다. 벅수는 마을 입구에 세워진 장승이다. 그러잖아도 불거진 두 눈을 부릅뜨고 분노로 벌름거리는 듯한 펑퍼짐한 코에 울퉁불퉁한 피부는 된장 냄새가 밴 듯 정겹다. 벅수는 여수에 세 군데 세워진 장승이다. 연등동 공화동은 나무로 된 장승인데 봉산동에 세워진 건 돌 벅수다. 이곳만 벅수골로 불리는 이유가 있었는데 그 기원은 잊히고 지금은 잡귀와 액운, 화마와 수마를 막아달라는 기원을 담아 마을의 수호신으로 세웠다는 것만 기억이 난다. 지금은 시대가 변하면서 그런 의미까지도 희미해졌다. 거칠고 자유분방한 생김새로 인해 그 시대의 전통 질서에 저항하는 힘으로 여기기도 했다지만 내가 보기엔 그저 바보 멍청이로 보일 뿐이다.

그런데 왜 벅수인 걸까? 벅수는 바보나 멍청이를 뜻하는 말이 아닌가? 마을을 지키는 수호신에게 벅수라는 칭호를 붙인 건 무슨 의미일까? 어쩌면 바보처럼 또 멍청이처럼 속에 담아두지 말고 단순하고 편하게 살아가라는 의미인 걸까? 의미야 어쨌든 벅수는 나의 수호신이자 벗이다.

"인자는 밥값을 해야제."

창호지에 긴 그림자를 만들며 할머니가 방문을 두드렸다. 밤새 아이가 칭얼거려서 겨우 잠이 든 새벽녘, 떠지지 않는 눈을 애써 밀어내며 문을 열었다. 함지박과 헌 옷가지를 둘둘 만 똬리를 들고 할머니가 서 있었다. 주섬주섬 옷을 챙겨 입자 할머니가 아이 업는 걸 도왔다. 겨우 삼칠일이 지난 아이를 업고 겉옷으로 덮은 다음 소매를 목에다 단단히 묶었다. 동네를 벗어나자 아이가 몸을 뒤척이며 울었다. 앉을 곳을 찾다가 놋강 둑에 앉았다. 포대기를 앞으로 돌려 젖을 물렸다. 이제 막 떠오르는 햇살에 물결은 은빛으로 반짝거렸다. 일렁이는 물결을 보고 있자니 자꾸 눈앞이 흐려졌다. 이대로 저 강물에 빠져버릴까, 상상만 해도 등줄기로 식은땀이 흘렀다. 아이를 가만히 내려다보았다. 아이는 이승의 끈을 절대로 놓지 않겠다는 듯 볼이 패도록 힘껏 젖을 빨았다.

공판장은 냄새가 지독했다. 비린내라고 하기에는 부족한 묵은 냄새에 숨쉬기가 힘들었다. 코를 쥐었다 놓고 숨을 참을 만큼 참다가 흡, 한꺼번에 내뱉어도 힘든 건 마찬가지였다. 나는 바다가 좋았다. 태어나면서부터 맡고 자라서일까. 몸에 끈적하게 들러붙는 짠 내음이 싫지 않았다. 눈 뜨면 지평선이 광활하게 펼쳐져 있었고 집에서 시작한 노래가 끝날 즈음이면 발을 담글 수 있는 거리에 바다가 있었다. 관점의 차이일까. 공판장의 바다는 경도(鏡島)와는 달랐다. 삶에 찌든 냄새가 진하게 녹아 있었고 지독한 비린내와 사람 몸에서 뿜어 나오는 땀냄새에 현기증이 일었다. 관자놀이를 누르며 공판장을 둘러보았다. 북적이는 공판장에 아이를 업은 사람은 나 혼자였다. 함지박을 내리고 똬리를 풀었다. 이빨로 천을 길게 찢었다. 학생주임 선생이 교문 앞에서 가위를 들고 단속하던 귀밑에서 3센티의 머리가 어느새 길어 목까지 찰랑거렸다. 마치 예전의 나와 결별하듯 머리를 질끈 묶었다.

공판장의 양철지붕에 붉은 해가 걸릴 즈음 사람들의 움직임은 바빠졌다. 배가 들어오고 있었다. 묵직하게 울리는 뱃고동 소리에 경매꾼들이 환호하듯 휘파람을 불었다. 선원들이 생선 궤짝을 옮기자 경매가 시작되었다. 경매를 끝낸 선원들은 목을 축이러 선술집으로 향했고 경매받은 생선을 두고 다시 소매 상인들과의 흥정이 이뤄졌다. 그러는 중에 조금만 의견이 어긋나도 큰소리가 오갔고 멱살잡이도 다반사로 행해졌다.

머리를 수건으로 동여맨 아낙들이 한쪽에 옹기종기 앉아 수다를 떨다가 경매받은 생선을 바닥에 부려놓자 공처럼 몸을 구부렸다. 이때부터 시작된 비린내는 삶의 냄새였다. '돈내기'로 일하는 아낙들의 손은 놀랍도록 빨랐다. 비늘을 벗기고 대가리를 자른 다음 내장을 꺼냈다. 손에 쏙 들어가는 작은 칼의 끝은 날카로웠고 거기에 맞춰 손놀림은 무척 정교하고 빨랐다. 생선 대가리와 내장은 나무 상자로, 몸통은 빨간 고무통에 던져졌다. 통에 담긴 생선은 물에 헹궈진 다음 긴 막대를 비스듬히 세우고 그물을 얽어 만든 발에 물기를 빼기 위해 얹어두었다. 그런 다음 가공공장으로 보내지는 것이다.

아낙들이 휙, 휙, 내던진 대가리는 더러 상자를 벗어나 바닥에 떨어졌다. 피 냄새를 맡고 달려드는 파리들은 제 세상을 만난 듯 왱왱거렸고, 머리 위에서 끼룩 끼룩 울며 맴돌던 갈매기들은 순식간에 먹이를 채갔다. 그때까지 기회를 엿보던 사람들이 앞다퉈 달려들었다. 이제부터 시작이란 걸 본능으로 알아챈 나는 아이를 업은 띠를 졸라맨 다음 바닥에 쭈그려 앉았다. 훠어이, 훠어이, 손짓으로 갈매기를 좇으며 생선 대가리를 주워 담았다. 냄새를 의식하지 않으려고 바삐 손을 움직여도 자꾸 생목이 올라왔다. 침을 모아 바닥에 뱉었다. 바닷바람과 햇살에 침은 순식간에 말랐다. 하지만 구들구들한 구더기를 말리지는 못했다.

"오메, 이게 다여 시방?"

함지박을 받아 내리던 할머니가 말했다. 할머니의 큰 소리에 놀란 아기가 울음을 터트렸다. 똬리를 풀어 옷을 대충 턴 다음 방으로 들어가 아기를 눕혔다. 기저귀를 갈아주고 젖을 물렸다. 아이가 잠들자 부엌으로 나갔다. 고무통에 부려놓은 생선은 기이했다. 주워 담을 땐 몰랐는데 대가리만 남겨진 생선이 눈을 동그랗게 뜨고 나를 쳐다봤다. 차마 손을 뻗지 못하고 머뭇거리는데 할머니가 끝이 날렵한 칼을 내밀었다. 비늘을 잘 벗기고 아가미를 깨끗이 씻어야 국물이 맑다는 말에 생선 대가리에도 비늘이 있다는 걸 처음 알았다. 비늘을 벗기고 아가미를 수세미로 문지르다가 또 욕을 들었다. 손질을 끝낸 생선을 찜솥에 담아 파, 생강, 마늘, 무를 넣고 연탄불에 올렸다. 그사이에 기저귀를 빨고 밑반찬 만들 재료를 다듬었다. 그러는 동안 오전이 훌쩍 지나갔다. 어제 팔고 남은 국에 밥을 말아 허기를 달랜 다음 찜솥의 뚜껑을 열었다. 잘 고아진 생선은 뼈와 살은 가라앉고 눈알은 둥둥 떠 있었다. 녹내장에 좋다며 눈알을 챙겨 먹던 할머니는 결국 시력을 잃었다. 눈이 보이지 않아 움직임이 적어지면서 말이 더 많아졌다. 주로 일을 빙자한 잔소리가 많았는데 가끔은 삶의 지혜가 녹아 있는 말을 하기도 했다. 살면서 생기는 화는 그때그때 풀고 살라고 했다. 그대로 두면 돌덩이처럼 굳어서 풀기 어렵다고. 관성이 붙어서 나중에는 미움까지 생긴다고. 그래서 더 힘들어진다는 말을 끊임없이 주절거렸다.

어느 날 불쑥 찾아온 어머니와 오빠를 보기 전까지 6개월을 정신없이 살았다. 피붙이를 본 반가움과 설움도 잠시였다. 오빠가 팔짱을 낀 손을 풀지 않은 채 말했다. 사랑과 애착은 구분하자며 어른 욕심으로 아이 장래를 망치지 말자고 했다. 그건 아이를 위하는 게 아니라는 말에 울면서 아이 짐을 챙겼다. 아이 짐 속에 짜낸 젖을 통에 담아 넣었다. 다음 날부터 젖을 짠 통을 오빠 집 대문 앞에 놓고 공판장에 가기를 돌이 될 때까지 하루도 빠짐없이 행했다.

들통에 남은 물을 끼얹고 행주로 물기를 닦는다. 세수를 마친 벅수 얼굴은 맑게 웃는 하회탈 같다. 벅수는 욕을 퍼부어도 웃고 화를 내도 웃는다. 묘한 건 내 속에 든 화를 푸느라 마구 욕을 퍼붓다가도 벅수를 보면 왠지 무안해지면서 슬그머니 화가 풀린다는 사실이다. 혼자 강한 척 버티고 살다가 어느 순간 소금에 절여져 숨 죽은 배추처럼 맥이 빠질 때나, 참기 힘든 외로움으로 몸부림칠 때 벅수가 벗이 되어주었다. 말끔해진 얼굴에 모자를 씌워주자 벅수가 해맑게 웃는다. 언제나 웃음이 헤픈 벅수다. 나는 울퉁불퉁한 벅수의 뺨을 가볍게 두드리며 말한다.

"에라이, 벅수야!"

빈 수레를 끌고 휘적휘적 걷는다. 빈 수레를 끌고 다니다 보면 삶은 어떻게 살아도 결국 남는 건 빈 수레뿐인 게 아닌가, 하는 생각이 들기도 한다. 그런 생각에 끝없이 마음이 공허해지다가도 새벽부터 일하는 연탄 가게 김 씨의 숯검뎅이가 된 얼굴을 보거나, 휠체어를 타고 새벽 기도를 다녀오던 고흥댁의 남편에게 손을 흔들다 보면 또 살아갈 힘을 얻곤 한다. 마을을 지나 매립된 놋강의 어딘가를 지나간다. 아이에게 젖을 먹이던 곳은 어디쯤일까, 가늠해보지만 감이 없다. 상가며 다닥다닥 붙은 집들 사이를 벗어나자 끈적이는 바람과 갯내가 코끝에 느껴진다. 공판장이 가까워진 것이다. 공판장은 예전과 달리 정적이 맴돈다. 여수와 돌산을 잇는 돌산대교가 완공되면서 무채색이던 바다가 휘황찬란한 조명으로 인해 화려하게 탈바꿈했다. 관광객이 몰려들자 대형 회센터도 생겼다. 회를 떠서 파는 매장과 그걸 먹을 수 있는 식당으로 나뉘었다. 특산물 코너에서 젓갈이나 미역, 멸치, 말린 생선을 파는 판매장까지 생겨서 생선이나 건어물을 쉽게 구할 수 있게 됐다. 휑한 공판장을 하릴없이 한 바퀴 돌다가 걸음을 멈추니 시퍼런 바닷물이 눈앞에 일렁이고 있다.

"오메, 살겄네."

숨을 토해내듯 말하고 나니 비로소 숨통이 트인다. 공판장은 없어졌어도 여객선이나 어선, 보트나 낚싯배로 이곳은 여전히 붐빈다. 하지만 어선이 없는 항구는 왠지 휑한 느낌이다. 시린 눈으로 경도를 쳐다본다. 배로 10분 거리지만 내겐 천 리보다, 만 리보다 더 멀게 느껴지는 곳이다.

경도도 예전 같지 않다. 골프장이 들어선다는 소문이 들리더니 금세 리조튼가 뭔가가 생겼고 도시 못잖게 큰 건물도 들어섰다. 바다에 둥실 떠 있는 듯 우거진 숲과 유일하게 뾰족한 기와지붕이 보이던 예전의 목가적 풍광은 사라졌다. 갑자기 떠나온 경도였고 그 뒤로 한 번도 가지 않았다. 밤낮으로 술에 찌들어 살던 아버지에 이어 어머니의 부고를 받았을 때도 마찬가지였다. 어쩌면 작은 섬마을이 아닌 도시에 살았더라면 다른 삶을 살 수 있었을까. 섬은 섬사람들끼리 누구네 집 숟가락이 몇 개인지 알 만큼 친숙하고, 배를 타야만 이동이 가능한 특수한 곳이다. 어떤 행로든 사람들의 눈을 피하는 일은 거의 불가능했다. 그래서였을까? 아버지는 사람들이 잠든 시간에 배를 빌려 여수 이모 집으로 나를 피신시켰다.

이모는 배 속에 든 아이를 유산시키기 위해 별짓을 다 했다. 쑥물을 아침저녁으로 마시게 했고 점쟁이를 불러 칼등으로 아랫배를 자근자근 난도질하며 주문을 외우게도 했다. 그런데도 아이는 건강하게 자랐다. 배는 불러오고 창문이 없는 이모 집의 문간방은 끔찍하게 더웠다. 이리저리 몸을 돌려가며 찬 방바닥을 찾아 굴러다니면서 잠을 자고 또 잤다. 꿈속에서는 더위로 상한 몸이 빵빵하게 부풀어 올라 펑 터지거나, 무슨 일인지 배가 홀쭉해지면서 아이가 사라지는 상황을 연속으로 꿈을 꿨다. 홀쭉해진 배를 만지며 기뻐서 날뛰다가 꿈에서 깨면 나를 이렇게 만든 그놈을 죽여버리는 상상을 수도 없이 했다.

이렇게 나이를 먹고 보니 인명은 재천이고, 팔자 또한 거스를 수 없다고 한 할머니의 말이 맞을지도 모른다는 생각이 든다.

공판장을 한 바퀴 돈 다음 활어 센터로 들어간다. 이곳에서 밤새 죽은 돔이나 광어, 우럭을 싼값에 산다. 사람들은 죽은 생선은 회로 먹지 않는다. 그래서 나 같은 사람이 이익을 본다. 집으로 돌아와 수돗가에 생선을 부려놓는다. 사람을 사서 마당에 수돗가를 만들었더니 이렇게 좋을 수가 없다. 앉은뱅이 의자에 앉아 생선을 다듬는다. 비늘과 내장은 모아서 화단의 흙 속에 묻고 칼이나 도마, 수돗가 주변은 주방 세제로 씻은 다음 식초 물로 다시 헹군다. 별별 거 다 사용해봤어도 비린내를 없애는 데 식초만 한 게 없다. 습관처럼 행하다 보니 생목이 올라오던 역한 비린내도, 내장을 만지는 미끈한 감촉도 아무렇지 않게 되었다. 이 모든 게 일과가 되었다. 일과라는 건, 배가 고플 때 밥을 먹거나, 똥이 마려울 때 똥을 싸거나, 목이 마르면 물을 마시거나, 잠이 오면 이불 속으로 들어가는, 그런 습관적인 행동을 말한다. 그렇게 몸에 밴 일과로 새벽이면 공판장에서 버려진 생선을 주워와 불에 올렸고, 경매받지 못한 허드레 생선은 굽거나 찐 다음 양념장을 끼얹어 손님상에 올렸다. 예를 들어 조기는 굽는 게 맛있고 서대나 돔은 쪄서 양념장을 끼얹으면 맛있다는 것도 알게 되었다.

예전에는 공판장에 가면 얻어올 수 있는 것이 생선 대가리와 뼈뿐이었어도 양이 많아 국물이 진하게 우러났다. 지금은 생선의 양이 적은 대신 몸에 좋다는 약재나 식재료를 듬뿍 넣어 곤다. 몸에 좋은 대신 생선 고유의 맛은 약해졌다. 생강, 마늘, 대파는 기본이고 무, 표고버섯, 황기, 오가피를 넣은 찜솥을 연탄불에 올리고 부족한 잠을 한숨 잔다. 오래 고아진 국물은 수돗가에서 한소끔 식힌 다음 윗물을 따르고 뼈를 골라낸다. 돔이나 우럭은 특히 가시가 세다. 좋거나 예쁜 건 대가가 있는 세상살이와 마찬가지다. 자칫 방심하면 가시에 찔려 피를 본다. 조심한다고 해도 손은 상처투성이다. 따라놓은 윗물에 발라낸 살을 섞은 다음 된장을 풀고 시래기를 넣고 끓인다. 거기에 다진 양념과 청양고추를 숭숭 썰어 넣으면 비린내도 잡고 얼큰한 술국이 된다. 콩나물을 무치고 신김치를 물에 씻어 기름에 달달 볶는다. 프라이팬에 살짝 볶아 비린내를 없앤 멸치는 고추장에 무친다. 무를 채 썰어서 조갯살을 넣고 끓인 다음 들깨를 넣고 한소끔 더 끓인다. 가스레인지 밸브를 잠그고 돌아서니 햇살이 부엌까지 들어와 있다. 먼지 하나 없는 찬장을 지나 마른 수건으로 닦아 포개둔 뚝배기와 고슬고슬한 밥이 담긴 밥통까지 여과 없이 비춘다. 수저통과 반찬 그릇이 놓인 동그란 쟁반에까지 올라온 햇살은 이제 곧 술국이 끓고 있는 부뚜막으로 향할 것이다. 연탄불에서 끓고 있는 국의 열기로 온몸이 땀범벅이 된다. 머리에 쓴 수건을 풀어 얼굴과 목덜미에 난 땀을 닦는다. 그제야 허리를 펴고 밖을 내다본다. 멀리 구봉산에서 내려온 해가 벅수의 몸을 수직으로 비켜 가며 길게 그림자를 만든다. 점심때가 다 된 것이다.

이곳에 드나드는 사내들은 막걸리와 국밥으로 힘을 얻고 어스름 저녁이면 한잔 술을 마시러 불나방처럼 몰려든다. 뜨거운 국물에 파를 얹은 술국으로 밤새 과음한 속을 달랜 다음 또 술을 마실 힘을 얻는 것이다.

'니는 물을 닮았당게. 눈이 촉촉하니 총기가 있는 게 물의 기운이 느껴져…….'

내 눈을 뚫어지게 들여다보던 점쟁이의 눈빛이 지금도 생생하다. 그날 점쟁이를 만나지 않았다면 어땠을까? 오빠처럼 고등학교를 졸업한 뒤 어쩌면 선생이나 세무사가 되었을까? 아니면 중학교만 졸업한 뒤 오빠가 선생이어서 선생을 만나 결혼한 연순이처럼 나도 세무사와 결혼했을까? 아니, 선생이나 세무사를 만나는 것까지는 아니더라도 지금과는 다른 삶을 살지 않았을까…….

나는 경도에서 태어났고 중학교 1학년까지 그곳에서 살았다. 내 위로 셋이나 아이를 잃은 기억 때문인지 부모님은 나를 여덟 살까지 끼고 있다가 다음 해에 학교에 입학시켰다. 경도는 대경도와 소경도로 나뉘었고 대경도는 아랫마을과 윗마을로 나뉘었는데 우리는 대경도의 윗마을에서 살았다. 윗마을과 아랫마을의 중간쯤에 있는 분교는 아버지 직장이자 내가 다니던 학교였다. 고지식하고 직업정신이 투철했던 아버지는 평일에는 참다가 주말에만 폭주하듯 술을 마셨다. 그런 아버지를 위해 어머니는 술국을 끓였다. 비린내가 적은 양태나 우럭을 푹 곤 다음 살을 발라 미역이나 감퇴를 넣고 술국을 끓였다. 술국을 안주 삼아 막걸리를 마시던 아버지는 경도의 유래에 관해 얘기하는 걸 좋아했다.

"고려 말 즈음에 임금의 총애를 받던 후궁이 있었단 말이지. 그런데 그 후궁이 임금 앞에서 방귀를 뀌었단 말이지. 어허, 이런 고얀 일이 있나. 이를 괘씸히 여긴 임금이 이곳으로 귀양을 보냈단 말이지. 왕궁으로 돌아갈 날만 기다리다 지친 왕비가, 경도를 서울처럼 알고 지내기로 마음을 먹었단 말이지. 그때부터 서울 경을 써서 경도(京島)로 불렸단 말이지. 그러다가 나중에 행정 개편할 때 섬을 둘러싼 주변 바다가 거울같이 맑고 잔잔하다고 거울 경(鏡)을 쓰게 되었고 그때부터 경도(鏡島)가 되었단 말이지."

평소에도 말끝을 길게 빼는 습관이 있던 아버지는 술을 마시면 더 심했다.

"그랑게, 여그가 서울이다 생각하고 살믄 서울이 된다는 말이지라?"

마루에 앉아 봉숭아의 꽃과 잎을 백반에 섞어 돌멩이로 찧던 어머니가 말했다.

"그렇지! 운명에 순응할 줄 아는 것도 지혜라는 말이지! 이미 벌어진 일에 원망을 품고 살기에 인생은 너무 짧단 말이지!"

"피, 서울은 서울이지 경도가 어찌 서울이다요?"

나는 봉숭아 물을 들일 때 쓸 비닐과 무명실을 자르며 말했다. 아버지가 내 양 볼을 잡고 흔들며 호탕하게 웃었다.

"우리 혜선이는 똥고집이 있단 말이지."

저 똥고집이 제대로 발휘돼야 할 텐데……, 아버지가 뒷말을 흐리며 술잔을 들었다. 그런 시간을 보내는 동안 가슴에 몽우리가 잡히고 얼굴에 하나둘 여드름이 솟았다.

"여그를 잘 봐. 여그를 잘 보고 있다가 보이는 걸 말해주믄 된다잉?"

점쟁이가 한쪽 볼에 깊은 볼우물을 보이며 말했다. 말을 하면서 손을 휘젓듯 계속 움직였는데 그럴 때마다 살찐 턱이 흘러내리듯 출렁거렸다. 나는 눈에 힘을 주며 주위를 둘러보았다. 횃대에는 경자 아버지 것인 듯한 회색 잠바가 걸려 있었고 표면이 매끈매끈 윤이 나는 반닫이 위에는 이불이 개켜져 있었다. 색동 한복을 입은 점쟁이가 앉은 것만으로도 방은 꽉 찼다. 점쟁이가 보자기를 풀어 흰쌀과 도구를 꺼내 가지런히 놓았다. 짧은 기도를 한 뒤 함지박을 덮은 유리에 쌀을 뿌리고 손을 모아 입술에 대고 휘이, 휘파람을 불었다. 흩어진 쌀 모양을 손끝으로 더듬은 뒤 또 한 번 손을 모으고 휘이, 휘파람을 불었다. 이어서 딸랑이와 긴 봉을 흔들면서 주문을 외우기 시작했다. 시간이 얼마나 흘렀을까. 어둑하던 함지박 안에서 어떤 움직임이 느껴졌다. 어, 덕진 오빠다! 나는 반가움에 크게 소리쳤다.

그러니까 일의 발단은 이런 거였다. 경자네 집에는 몸체보다 더 큰 건전지를 등에 붙인 일제 트랜지스터 라디오가 있었는데 그걸 도둑맞았다. 경자 아버지가 밀수로 잡혀간 뒤 집에 있던 밀수품을 몽땅 압수당했는데 라디오만 어떻게 남겨진 모양이었다. 경자 어머니가 여수에서 용한 점쟁이를 데리고 왔다. 점쟁이는 열두 살이되 아직 생리하기 전의 여자아이가 필요하다고 했다. 조건에 맞는 아이로 내가 지목되었다. 당시 나와 나이가 같은 여자아이는 네 명이었다. 물론 경자도 있었다. 그런데 왜 하필 나였을까? 지금 생각해도 모를 일이었다.

어쨌든 덕진 오빠가 트랜지스터 라디오를 옆구리에 끼고 산을 넘는 걸 말한 뒤 집으로 돌아왔다. 그리고 며칠 후, 도둑이 잡혔다는 소문과 함께 흉흉한 말들이 떠돌았다. 경자네 집 항아리가 모조리 깨졌다는 둥, 점쟁이 집에 누군가가 똥물을 뿌리고 갔다는 둥 소문은 끝없이 이어졌다. 그리고 5학년 새 학기가 시작되었다. 아버지의 자전거에 탄 채 학교를 오가던 나는 퇴근길에 아랫마을에 볼일이 있다는 아버지 말에 혼자 집에 가는 길이었다. 얼마쯤 걷다 보니 들쑥날쑥 마을의 지붕들이 보였다. 고만고만한 초가지붕 사이에서 한 채뿐인 기와지붕은 쉽게 눈에 띄었다. 넓은 대청을 중심으로 양옆으로 큰 방과 작은 방, 부엌, 토방을 지나 마당을 가로지르면 대문 옆의 곳간과 사랑방까지. 할아버지 대부터 살았다는 우리 집이었다. 집이 보이자 신명이 난 나는 팔짝팔짝 뛰어가다가 인기척에 뒤를 돌아보았다. 덕진 오빠의 엄마였다. 반갑게 인사를 하다가 주춤했다. 지독한 똥 냄새와 함께 손에 들린 바가지를 본 것이다. 순간 점쟁이 집에 뿌려졌다는 똥물 얘기가 생각나면서 그 자리에 철퍼덕 주저앉았다. 그리고 있는 힘을 다해 소리쳤다. 엄니…… 엄니…….

그날을 떠올릴 때마다 코끝에 맡아지는 냄새와 똥독이 올라 오랫동안 고생한 게 어제 일처럼 되살아난다. 그리고 수순인 듯 점쟁이 말이 떠올랐다. 너는 물을 닮았당게. 눈빛이 촉촉한 게 한눈에 봐도 알것어…….

한바탕 점심 장사가 끝났다. 시장기에 허리가 휠 것 같다. 국자로 솥을 휘저어 우거지를 제치고 국물을 떠서 대접에 담는다. 언제부턴가 좋아하는 음식을 구분하는 건 이의 상태에 따라 달라진다. 씹을 수 있는 것과 아닌 것으로 나뉜다. 좋아하고 싫어하는 선호도와는 별개가 된다. 밥을 한 주걱 떠서 대접에 담은 다음 수저를 들고 부뚜막에 앉는다. 국물을 한 모금 마시는데 문이 열린다. 앉은 채로 고개를 빼고 내다본다. 굵은 꽃무늬 셔츠와 몸빼를 입고 지팡이를 짚은 노인이 들어선다. 끙, 소리와 함께 손으로 무릎을 짚고 일어선다. 쪽문을 열고 가게로 나간다. 홀의 한복판에 길에 놓인 테이블에 몸을 기댄 노인이 거친 숨을 몰아쉬며 서 있다. 노인을 부축해서 입구 쪽에 앉게 한 다음 국밥을 드실 거냐고 묻는다. 고개를 끄덕이는 노인의 입은 합죽하다. 아마도 이가 없거나 아니면 있어도 시원찮을 것이다. 가위로 우거지를 잘게 자른 다음 어제 팔고 남은 두부 부침과 물김치를 함께 낸다. 노인은 몇 번 국물을 뜨더니 물을 달라고 한다. 물컵을 내려놓는데 마른 장작 같은 손으로 내 손을 덥석 잡는다. 고개를 갸웃하며 다시 보니 어디선가 본 듯한 얼굴이다.

"나 모르겄는가?"

"긍게요, 어디서 본 것 같긴 한디 당최 생각이 안 나구만요."

"미안허네……."

노인의 가운데로 모아진 눈과 얇은 입술을 보자 순간 머리가 뽑히는 듯한 통증이 느껴진다. 거칠게 손을 빼내며 날카롭게 소리친다.

"여기는 왜 또 왔다요?"

스물여섯이 되던 해 곰보 할매가 죽었다. 오빠가 중간에 나서서 10년의 노임을 내세운 뒤 적절한 가격에 이곳을 인수했다. 가게를 손보고 주인으로 살던 흥분과 술렁임은 채 1년도 가지 않았다. 그날이 그날 같은 나날에 마음이 헛헛해지면서 창호지에 비치는 햇살만 봐도 눈물이 나고 웃는 벅수의 얼굴을 봐도 화가 났다. 내 삶은 뭔가, 이렇게 살아 뭐하나, 자괴감에 빠져 매사에 심드렁해졌다.

그러다 그 사람을 만났다. 마트를 하는 고흥댁의 소개로 가게에 물건을 대는 사람이었다. 된장이나 고추장, 식초와 세제, 화장지 등을 자전거 짐칸에 싣고 다니며 식당에 팔러 다녔는데 어찌나 요령 있게 짐을 실었는지 볼 때마다 감탄이 나왔다. 나무로 사각형의 공간을 만들어 짐칸에 고정한 다음 자잘한 물건을 넣고 위에는 덩치 큰 물건을 싣고 고무끈으로 칭칭 감고 다녔다. 뒤에서 보면 사람은 보이지 않고 짐이 혼자 이동하는 것처럼 보였다. 나이는 나보다 서너 살 아래였지만 외롭던 차에 말 친구나 하려고 맘을 열었다가 너무 깊게 빠져들었다. 남자 손을 잡은 것도, 품에 안긴 것도 처음이었다. 몸이 느끼는 감각보다 더 좋은 건 혼자가 아니라는 가슴 벅찬 위로였다. 사랑이든 아니든 크게 중요치 않았다. 누군가와 함께인 사실만으로도 입꼬리가 저절로 올라갔다. 남자를 혐오한다고 생각했지만 어쩌면 나는 한 사람의 아내로 살고 싶었는지도 몰랐다. 혼자 산다는 이유로 팔자 세다고 수군거리는 주변 사람들 입을 막고 싶었다. 가끔이지만 가게 문을 닫고 나들이도 가고 밖에서 밥도 먹었다. 난생처음 맛보는 황홀한 기분에 꿈인 양 허둥댔다. 사랑이란 그런 거였다. 눈과 귀를 가리고 이성을 마비시키는 것. 주변 사람들과 내 안에서 건네는 어떤 우려의 말도 들리지 않는 것. 아이의 존재가 떠오를 때마다 덜컥 겁이 났지만 다 헤쳐나갈 수 있다고 믿었다.

그런 나를 현실로 돌아오게 한 건 남자의 어머니였다. 나의 잘못이 아니었는데도 소문으로 까발려진 나란 존재는 팔자도 사나운 데다가 아이까지 버린 몹쓸 년이었다. 어떻게 손을 댈 수 없이 너덜거리는 존재에 국밥집을 한다는 사실까지 한몫했다. 머리채가 다 뽑힌 듯한 통증으로 눈을 떴을 때 나는 구경꾼에 둘러싸여 있었다. 다음 날 남자가 찾아와 멀리 도망가자고 했을 때 고개를 저었다. 남자를 보낸 뒤 벅수 앞에 허물어지듯 쓰러졌다. 두려움과 막막함을 털어놓으며 울부짖었다. 긴 울부짖음이 끝나자 허탈감과 후련함이 동시에 생겼다. 여자로 태어나 남자와 정을 나눠봤으니 그 기억으로 평생을 살아도 괜찮을 것 같았다.

그날을 떠올리자 머릿속에 이가 기어 다니는 듯 근질거린다. 그때의 시퍼런 서슬은 다 어디로 갔을까? 포악하게 내 머리를 쥐어뜯으며 몸뚱이를 어떻게 놀렸길래 그런 일을 당했냐며, 그런 년이 왜 하필 내 아들한테 들러붙냐고 소리소리 지르던 사람이라고는 생각할 수 없다.

"나가…… 모질었네."

까마득히 잊고 살던 일에 사과를 받으니 기분이 묘했다. 잔뜩 뒤엉켜서 포기하고 한쪽에 치워둔 실타래를 푼 느낌이었다. 나는 미안하다고 한 노인의 메마르고 주름진 입술을 필름을 돌리듯 머릿속에 떠올리며 멍하니 서 있었다. 시간이 얼마나 흘렀을까. 내 의식을 깨운 건 고흥댁이다.

"어이 동상, 시상이 어찌 될라고 인심이 이런가 모르겄네. 미장원이 버젓이 있는디 그 옆에 또 하나가 생겼당게."

그렇게 걱정하듯 말하는 자신은 정작 오픈 기념으로 할인하는 미용실에 다녀온 건지 뽀글뽀글한 머리를 매만진다. 실력은 쪼께 더 나은 거 같기도 허고. 너스레를 떨더니 눈을 빛내며 나를 본다. 일단 호기심이 유발되면 눈 밑에 새까맣게 슨 검버섯도 귀여워 보일 정도로 얼굴에 생기가 도는 고흥댁이다. 냉장고에서 막걸리를 꺼낸 뒤 내 손을 잡아끈다. 의자에 앉아 따라주는 막걸리 두 잔을 연거푸 마신다. 고흥댁이 내 눈치를 슬금슬금 보더니 슬쩍 묻는다.

"어이 동상, 금방 나간 노인, 그때 그 여자가 맞제? 나가 눈썰미가 있단 말이네. 근디 왜 왔당가?"

"미안하다 합디다."

키가 작은 고흥댁이 탁자에 몸을 바짝 붙여 앉는다. 살찐 젖가슴 두 개가 탁자 위에 올려진 형국이다.

"어이 동상, 그 시커멓게 탄 속 좀 털어놔보소. 갈 날도 곰방인디 털고 가야 안 쓰것는가."

"뭐를 말이요?"

"사람 참, 능청스럽기는. 나가 말은 안 혔어도 소문은 진작에 들었네."

하긴 저 성격에 오래 참긴 했다 싶다. 더는 피하지 않으려는 듯 시선을 피하지 않는다. 어차피 엎어지면 코 닿을 지척에서 일어난 일, 고흥댁도 들은 바가 없진 않을 거였다.

"그랑게요. 눈뜨면 죽고만 싶든 팍팍하던 세월이 엊그제 같소."

그날, 바다가 뒤집힐 듯 바람이 불었다. 역대 최고치의 태풍이 온다는 말에 사람들은 지붕을 손보고 축대를 보수하고 대문을 걸어 잠갔다. 그 당시에는 태풍주의보가 발효되면 섬에 사는 학생에게는 결석이나 조퇴를 묵인했다. 중학생이 되면서 배 타고 통학하는 게 지겨워진 나는 꾀를 냈다. 오빠와 같이 살고 싶다며 아버지를 졸랐다. 오빠 집이 친구들로 들끓게 될 걸 우려한 아버지는 단번에 안 된다고 잘랐다. 반항하듯 학교 파하면 오빠 집으로 가라는 당부를 무시하고 선착장으로 갔다. 배는 다행히 운항이 되고 있었다. 어릴 때부터 바다와 함께 살았지만 그렇게 무서운 바다는 처음이었다. 배에서 내리자마자 뱃멀미로 속엣것을 토해냈다. 언덕을 오르자 비바람이 점점 더 강해졌다. 나는 우산을 쥔 손에 힘을 주며 두려움을 잊으려고 큰 소리로 노래를 불렀다.

봄의 교향악이 울려 퍼지는 청라언덕 위에 백합 필 적에……

내가 내게서 피어날 적에 모든 슬픔이 사라진다.

그날 불렀던 노래를 떠올리자 공연히 목이 멘다. 큼, 큼, 목청을 다듬는다. 고흥댁의 목소리가 환청처럼 들린다.

"오메 자네, 노래도 잘했는가."

"하믄요. 그땐 뭐든 고만고만 잘했지라."

노래가 끝날 무렵이었다. 누군가 이름을 부르는 소리에 뒤를 돌아보다가 우산을 놓쳤다. 우산은 순식간에 어딘가로 날아갔다. 몸을 돌려 우산을 찾다가 앞을 가로막는 남자와 눈이 마주쳤다. 반달처럼 눈이 가늘어지며 웃는 덕진 오빠의 모습에 반가움은 잠시였다. 음흉하게 일그러뜨린 입술을 보자 잊고 있던 소문이 떠올랐다. 순간 소름이 돋으면서 무력감이 전신을 마비시켰다. 사람 살려! 간절한 소리는 목구멍을 통과하지 못했다. 꺽, 꺽, 숨이 멎을 듯한 공포로 몸부림쳤지만, 비바람만 더 거세질 뿐이었다.

"어쯘가. 털어놓께 인자 좀 편한가……."

말하는 중간중간에 저 썩을 놈, 저런 저런 쳐 죽일 놈, 하며 추임새를 넣던 고흥댁은 그 틈새에도 손을 저어 왱왱거리는 파리를 쫓는다. 팔을 움직일 때마다 독한 파마약 냄새가 코를 찌른다. 잠시 뜸을 들이던 고흥댁이 훌쩍 코를 들여마시더니,

"혹시나 했등만 소문이 맞았구만. 사실은……."

'김덕진'을 알고 있다고 툭, 내뱉듯이 말했다. 얼마 전에 가족 행사에 갔다가 우연히 사촌 오빠에게 들었다며 둘은 같은 원양어선을 탄다고 했다. 술에 취한 그가 털어놓기를, 젊어서 몹쓸 짓을 했다며 죗값으로 평생 바다 위에서 떠돌다가 죽을 거라고 입버릇처럼 말했다고 했다. 그런 그도 병을 얻어 더는 험한 뱃일을 할 수 없게 되었다고, 그래서 얼마 전에 고향으로 돌아갔다고 했다.

"야글 들어봉게 그치도 불쌍하게 살았드만."

나는 고흥댁을 향해 눈을 희번덕이듯 뜨며 소리친다.

"불쌍하다고? 글믄 나는, 나는 뭐다요? 이렇게 평생을 산 나는 뭐냐고……."

허물어지듯 탁자에 몸을 부린다. 내 등을 다독이던 고흥댁이 나지막이 말한다.

"긍게, 용서해야 벗어난당께? 그랬으믄 진작에 잊어불고 살지 않았것능가."

"잘, 지내냐?"

힘든 하루였다. 윤희 목소리가 듣고 싶었다. 상황이야 어쨌든 선물처럼 내게 온 내 아이였다. 어린 마음에 윤희가 날 대하는 게 서러워서 밤잠을 설치며 운 적도 많았다. 그래도 반듯하게 자라 나일 먹고 있으니 내 할 일은 다 한 셈이다.

"네……."

짧은 대답이 끝이다. 여수라고 해봐야 작은 도시였다. 떠도는 소문은 흉흉했을 거였고 그걸 아이 귀만 비켜갔을 거라곤 생각지 않는다. 내 입으로 말하지 않았다고 해서 제 탄생에 대해 모르지는 않았을 것이니 제 속은 또 어땠을지는 짐작되고도 남는다.

아직 정년이 남은 직장을 떠올리며 묻는다. 밥은 잘 먹고 다니는지, 보내준 반찬이 떨어지지는 않았는지, 진우랑 진수가 속 썩이지는 않는지, 손 서방은 여전히 잘해주는지, 어떤 말을 물어도 대답은 짧다. 서운해도 참는 수밖에 방법이 없다. 나는 단 한 번도 아이에게 큰 소리로 윽박지르거나 혼내지 못했으니까. 그럴 자격도 얻지 못한 채 평생을 살았다. 그러는 사이에 같이 늙어가는 처지가 된 것이다. 이렇게 지내다가 윤희가 퇴직하면 그때는 친구처럼 지낼 수 있을까? 어쩌다 이겠지만 이모나 고모처럼 아니면 같이 늙어가는 벗처럼 살아갈 날이 올까? 같이 꽃구경도 가고, 영화도 보러 가고, 쇼핑몰을 돌아다니면서 옷과 가방을 사고, 그 맛있다는 아메리카논가 뭔가 하는 커피를 들고 바닷가를 함께 걸을 수 있을까, 그런 날이 올까…….

깜박 잠이 든 걸까. 아랫도리가 축축한 느낌에 잠이 깬다. 기억도 희미해진 오래전 양수가 터졌을 때와 비슷한 느낌이다. 이불을 걷고 살펴보니 아랫도리가 젖어 있다. 언제 이렇게 나이를 먹은 걸까. 까마득한 세월이 흘러간 느낌이다. 양수가 터지면서 아이의 존재를 인식했듯 요실금도 받아들여야 할 나이가 된 걸까. 옷 갈아입을 생각은 제쳐두고 담배를 향해 손을 뻗는다. 담배 한 개비를 꺼내 입에 물고 성냥을 치댄다. 좀처럼 불꽃이 일지 않는다. 순간, 기다렸다는 듯 가슴이 후두둑 내려앉더니 수전증처럼 손이 떨린다. 겨우 불꽃을 일으켜 담배에 붙인다. 후우, 한숨처럼 내쉬자 떨리던 가슴이 진정된다. 평소 습관과는 달리 꽁초까지 피운 뒤 재떨이에 눌러 끈다. 반닫이에서 속옷을 꺼내 부엌으로 간다. 옷을 갈아입고 이불 홑청을 뜯어내다가 불현듯 어떤 생각에 끌려 외출할 채비를 서두른다.

엇그제 칠순이라며 가족이라고 할 만한 사람들이 우르르 다녀갔다. 나도 그렇지만 언제 이승을 떠나도 서운치 않을 만큼 나이를 먹은 오빠와 올케도 함께였다. 가족은 오면 반갑지만 가고 나면 더 휑해진다. 혼자인 채로 아침을 맞고 잠자리에 드는 게 처음인 양 힘들어지는 게 혼자 사는 사람의 삶인 것이다. 문풍지 사이로 바람 소리가 들린다. 어머니는 문풍지 사이로 들어오는 바람을 '바람이 운다'고 했다. 바람이 안으로 들어오고 싶은데 막혀서 우는 거라고. 그리고 먼 바다를 바라보면서 파도도 마찬가지라고 했다. 파도는 그저 고요하게 흐를 뿐이라고. 절벽이든 항구든 막지 않으면 바람이 아무리 세차게 불어도 제 몸을 감아 회오리칠 뿐 어떤 것도 해하지 않는다고 했다. 그게 물의 타고난 성질이라고…….

칠순 날 선물 받은 개량 한복을 입는다. 몸에 딱 맞는 옷은 가볍고 예쁘다. 거울을 보며 몸을 훑어본다. 아무리 먹어도 살이 안 찌는 사람과 물만 마셔도 살이 찌는 사람이 있다는데, 굳이 따지자면 나는 전자 쪽이다. 세 끼를 챙겨 먹는다고 먹었어도 조금도 몸이 붇지 않았다. 방문을 열고 나간다. 마루에 서서 정수리에 느껴지는 햇살을 온몸으로 받는다. 습기를 좇아 무작정 나왔다가 햇살에 말라버리는 지렁이처럼, 몸이 고슬고슬 마를 것 같은 햇살이다. 봄에 석류나무 아래 담장을 따라 해바라기를 심었더니 대가 올라오고 있다. 이제 곧 활짝 핀 해바라기로 인해 마당이 환해질 것이다. 아이를 안고 이 집에 온 게 엊그제 같다. 겨우 보름 지난 아이를 보육원에 보내자는 말에 핏덩이를 안고 나와 이 길을 지나갔다. 그때의 내 모습이 어떠했길래 국밥 한 그릇 먹고 가라며 할머니가 나를 잡아끌었을까. 그날 할머니를 만난 건 불행이었을까, 아니면 천운이었을까? 이제야 그걸 따져보는 내 마음이 우습다.

댓돌 위에 놓인 신발을 신는다. 이제는 '여포'를 신을 나이라며 제가 신은 것과 똑같은 모양의 발목부츠를 사 온 윤희 말이 떠올라 피식 웃는다. 여포라는 말은 '여자를 포기한 신발'이라는 말에 윤희와 처음으로 눈을 맞추며 웃었다. 웃음이 길어질수록 자꾸 눈앞이 흐려져서 급기야 고개를 떨구고 말았다. 윤희의 눈가에 주름이 잡히는 걸 본 탓이다. 어쨌든 신발은 편하고 따뜻하다.

이불 홑청을 뜯다가 왜 불현듯 고흥댁의 말이 떠올랐을까. '용서하지 않으면 벗어날 수 없다'는 말이 왜 찌르듯 가슴속으로 들어온 것일까. 그때의 맘으로는 그게 뭐였든 하고 싶었다. 어떤 악행이든 나를 버리면서라도 뭐라도 저지르고 싶었다. 그런데도 아무 행동도 하지 않은 건 벌을 주는 것으로 죗값을 치르는 게 될까 봐서였다. 힘들어도 삶의 불가항력적 속성에서 벗어나지 않고 살아온 건 용서하지 않으려는 마음 때문이었다. 그렇게 평생 입술을 앙다물고 살았다.

그런데 이제야 의문이 생긴다. 누가 잘했든 못했든 그 찰나의 순간이 내 삶을 지배하게 둔 건 내 잘못이었을까? '인생은 짧고 이미 벌어진 일에 치우쳐 사는 건 인생을 낭비하는 거'라던 말은 어쩌면 딸의 미래를 내다본 아버지의 마음이었을까? 오래전 아이를 책임지겠다고 찾아왔다는 덕진 오빠의 말을 전한 오빠 앞에서 울부짖다가 정신을 놓은 건 아이 입장을 배려치 않은 모진 행동이었을까?

어쨌거나 이젠 기억을 붙들고 있기에도 버겁다. 그나마 아직 몸을 움직일 수 있을 때 내 눈으로 확인하고 싶다. 눈이 크고 깊은지 아니면 가늘고 길게 찢어졌는지를. 입술이 돌출되었는지 아니면 작고 오목한지를. 콧대가 덩실한지 아니면 납작한지를. 나를 볼 때 매몰차게 쏘아보던 윤희의 눈빛이, 툭 툭 내치던 말투가 나를 닮은 건지 아닌지를, 상상하게 되는 걸 이젠 그만두고 싶다.

'금일 휴업'이라고 쓴 종이를 유리문에 붙인다. 밖으로 나오니 얼굴이 두루뭉술해진 벅수가 웃고 있다. 벅수도 나일 먹는 걸까? 벅수의 코를 쓰다듬으면 아들을 낳는다는 소문에 아낙들이 몰래 코를 만지고 간 이유로 덩실하던 콧대가 내려앉은 건 그렇다 쳐도 입술도 닳고 부서져서 희미해졌다. 부리부리하던 눈도 뭉개져 경계가 없다. 세월 이기는 장사가 없다는 말은 어떠한 경우든 옳은 것 같다.

에라이, 벅수야!

얼굴을 토닥인 뒤 햇살 속으로 천천히 걸어간다. 세상은 빠르게 변했다. 놋강을 메워서 생겨난 골목 전체가 게장 전문 식당 거리가 되고, 장어를 큼직큼직하게 썰어 끓인 장어탕이 유행처럼 번지면서 술국은 특별한 음식이 아닌 게 되었다. 생활의 질이 좋아지면서 인심은 점점 흉흉해졌다. 벅수골도 마찬가지였다. 집마다 보일러를 놓으면서 연탄 가게가 사라졌고 꽃무늬 벽지로 도배하는 집이 늘어나면서 지업사 박 씨는 떼부자가 되었다. 초가지붕이 슬레이트로 바뀌고 엉성하던 돌담을 허물고 벽돌로 쌓은 다음 깨진 유리 조각이나 가시철망으로 울타리를 만들어 도둑을 방지하는 게 유행처럼 번지기도 했다. 그러다가 연탄집이 나간 가게에 뜨개방이 오픈했다. 흰 백설기를 쟁반에 담아 동네를 돌던 40대의 주인 여자는 뜨개질한 벙거지와 역시나 뜨개질한 카디건을 입고 개업 떡을 돌렸다. 동네에서 보기 힘든 여유로운 모습은 금세 눈에 띄면서 여자들의 빈축을 샀다. 그러거나 말거나 뜨개방 쇼윈도에는 색색의 옷이나 모자, 가방이 걸려 사람들 눈을 현혹했다. 고흥댁이 치매 예방에 좋다며 뜨개방에 가보자고 졸랐다. 벙거지를 쓴 여자의 모습이 부럽기도 했던 차라 못 이긴 척 따라나섰다. 주인이 권하는 대로 나는 빨간색 실을, 고흥댁은 분홍색 실을 샀다. 연탄불 공기구멍을 활짝 열어놓고 따끈한 부뚜막에 앉아 코뜨기를 연습했다. 뜨개질은 쉽고도 어려운 게 꼭 세상살이 같았다. 조금만 다른 생각을 해도 코가 빠지거나 무늬가 달라졌다. 꽈배기 무늬의 벙거지를 완성한 날 벅수머리에 씌워주었다.

지난 시간에 빠지다 보니 예전의 놋강을 지나 낯선 공간을 지난다. 기억을 더듬어 선착장에 도착한다. 예전의 통통배는 없고 여객선으로 바뀐 배는 차도 실을 수 있나 보았다. 몇 대나 싣는 걸까. 즐비하게 주차된 차를 피해 배의 난간에 선다. 배가 반 바퀴 몸을 돌리더니 경도를 향해 앞으로 나간다. 멀리 느껴지던 경도가 차츰 눈앞으로 다가온다. 가벼운 현기증에 몸이 휘청 흔들린다. 난간을 손으로 잡고 숨을 천천히 내뱉는다. 10분이나 지났을까? 배에서 내려 익숙한 길을 따라 걷는다. 선착장 옆에 생긴 대형 횟집을 지나 하얗게 포장된 신작로를 따라 올라간다. 5분 정도 올라가다가 눈에 익은 골목이 나오자 걸음을 멈춘다. 학교가 파한 뒤에도 오빠가 친구들과 노느라 오지 않으면 어머니가 나를 보냈다. 한달음에 뛰듯이 달려오면 골목 입구부터 대문까지 피어 있던 이름 모를 꽃들이 지천이었다. 유난히 과일나무가 많던 그 집에는 특히 가을이면 먹거리가 풍성했다. 무화과나 대추, 감을 손에 잡히는 대로 따서 먹던 게 어제 일처럼 생생하다.

그때의 정갈하던 골목은 찾아볼 수 없다. 여전한 건 돌담을 덮고 있는 담쟁이 잎뿐이다. 대문 뒤에 몸을 숨긴 뒤 안을 들여다본다. 해바라기를 하는 걸까. 마루의 기둥에 등을 기댄 채 노인이 앉아 있다. 하얗게 센 머리와 무성한 수염이 눈에 들어온다. 눈 아래 흘러내릴 듯 내려온 눈살이 노인의 얼굴에서 이목구비를 없애버렸다. 세상 풍파에 사라진 걸까. 비바람에 닳고 닳아 없어진 벅수의 모습 같다. 노인이 몸을 일으킨다. 때에 잔뜩 전 고무신에 발을 넣다가 잘 신겨지지 않는지 몸을 동그랗게 구부린 뒤 손가락을 넣는다. 새까맣게 탄 팔에 붉어진 힘줄은 땅속에서 방금 캐낸 나무뿌리를 붙여놓은 듯 올록볼록하다. 장독대로 간 노인은 항아리 위에 널린 수건과 양말을 걷다 말고 먼 곳을 바라본다. 그의 시선의 끝은 바다다. 아무런 움직임도 소리도 없는 지금, 세상의 모든 게 사라지고 노인과 단둘이 남은 듯 적막이 감돈다. 한차례 바람이 불어오자 갯내음이 코끝을 스치고 지나간다. 노인의 성성한 머리카락 몇 올이 흩날리다 멈춘다. 장독대에 선 노인과 일정한 간격을 유지하고 선 나 사이에 이상한 기류가 흐른다. 그건 무게도 깊이도 가늠되지 않는 공기이고 바람이고 갯내다.

나도 모르게 한숨을 내쉰다. 저렇듯 늙고 힘없는 노인을 향해 내 안에 독기를 쌓으며 살아왔나 생각하니 적잖은 노여움에 가슴이 내려앉는다. 몸을 돌려 대문을 벗어나는데 문득 요의가 느껴진다. 한 번 느껴진 요의는 참을 수 없이 급해진다. 다리를 배배 꼬던 나는 팬티를 내리고 그 자리에 쪼그려 앉는다. 잴…… 잴…… 가느다란 오줌 줄기가 오래오래 나온다. 오줌을 다 눈 나는 침을 모아 카악, 대문을 향해 내뱉는다. 그때까지도 노인은 몸을 움직이지 않고 서 있다. 허청허청 골목을 벗어난다. 눅눅한 느낌과 함께 안개가 올라오는 게 감지된다. 어쩌면 노인이 보고 있던 건 점점 짙어지는 안개였을까. 바다에서 시작된 안개는 골목 안까지 잠식해 들어온다. 발을 멈추고 먼바다를 본다. 등대 불빛에 반사된 안개 낀 바다는 황홀하도록 아름답고 신비하다. 바다에 넋을 빼앗긴 채 서 있자니 문득 꿈 많던 소녀로 돌아간 듯한 착각이 인다. 나는 바다를 향해 두 손을 모은 채 큰 소리로 내뱉는다.

에라이, 벅수야! ■

훌릭

현관에 들어서자 센서 등이 켜졌다. 한쪽 구석에 우산을 세우고 아슬아슬한 굽의 샌들 옆에 운동화를 벗어놓았다. 현관 벽에 부착된 고리에 에코백을 걸다가 이별 선물로 준비한 아기 신발을 꺼냈다. 걸음을 뗄 때마다 형광빛이 퍼지면서 딸랑딸랑 소리가 나는 신발이었다. 나이키 로고가 선명한 운동화와 샌들 옆에 아기 신발을 가지런히 놓았다. 완벽한 가족의 구성이었다. 아들 집에 다니러 온 시어머니인 양 건아! 이름을 부르며 안으로 들어갔다.

아기가 잠든 집은 적막했다. 똑같은 날이어도 산모가 있을 때와 없을 때의 기분이 달랐다. 조금쯤 여유를 누리고도 싶었다. 이른 아침 걸려온 미지의 전화에 서둘렀더니 갈증도 났다. 처음 온 날 본 싱크대 안에 쟁여진 소주가 생각났다. 한 병을 꺼냈다. 머그잔에 가득 채우고 한 모금 정도 남은 건 병째 들이켰다. 빈속을 훑는 짜릿함에 몸을 부르르 떨었다. 빈병을 에코백에 담고 싱크대에 등을 기대고 앉아 한 모금 더 마셨다. 기분 탓인가? 목 넘김이 좋았다. 나른하게 몸이 풀리면서 이곳에 온 첫날을 떠올렸다.

지겹도록 장마가 이어지던 날이었다. 버스 정류장은 사람들로 붐볐다. 왔다 갔다 예측할 수 없는 그들의 움직임은 자주 전광판을 가렸다. 버스 도착 시간을 보기 위해 도로 가까이 몸을 내밀었다. 저만치 달려오던 승용차가 물을 튕기고 지나갔다. 얼굴에 튄 빗물을 손으로 훔치다가 마치 전광판을 가린 사람을 탓하듯 뒤를 돌아보았다. 사람들은 순식간에 바뀌었다. 누가 원래 있던 사람이고 새롭게 온 사람인지 헷갈렸다. 삽시간에 어떤 상황이 바뀐 듯 기시감에 나도 모르게 허둥댔다. 왠지 순탄치 않을 것 같다는 예감 때문이었다.

모든 일이 다 그렇지만 이 일에도 텃세가 있었다. 센터에서 초보나 나이 든 사람을 변두리로 배정했다. 노련한 도우미가 변두리 동네의 아파트나 주택을 기피하는 건 불편함 때문이었다. 자고 일어나면 새로운 제품이 출시되는 세상이었다. '산후도우미'가 필요한 신혼집에는 대부분 통이 두 개로 분리된 드럼세탁기와 건조기 그리고 식기 건조기가 있었다. 하지만 원룸이나 변두리 동네에는 통이 하나인 세탁기에 건조기가 없는 집이 많았다. 그래서 아기 빨래와 어른 빨래를 따로 분류해서 세탁하고 빨래 건조대에 널기까지 하는 건, 왠지 일을 더 하는 느낌이 강했다. 하지만 일 배정은 랜덤이라고 센터에서는 말했다. 수요와 공급의 시기가 맞물려 만나는 인연은 피할 도리가 없다고.

산모는 자신을 권미지라고 소개했다. 센터에서 받은 인적사항으로 기본적인 사항은 알고 있었지만 처음 듣는 듯 반갑다며 손을 내밀었다. 내미는 손을 노골적으로 무시하던 미지가 바닥에 흩어진 아기 옷이며 기저귀를 손으로 밀쳐가며 뭔가를 찾았다. 미지의 거친 행동에 빈 우유병이 나뒹굴다가 분유통과 부딪쳤다. 정적을 깨트리는 소리에 잠자던 아기가 몸을 뒤챘다. 분유통을 세워놓으며 초유를 먹이는 거 아니냐고 물었다. 대답 없이 흘깃 나를 본 산모는 무릎걸음으로 좁은 방을 돌아다녔다. 나는 무릎을 손으로 감싸며 안타까운 눈빛으로 미지의 무릎을 쳐다보았다. 마침내 이불 위에서 리모콘을 발견한 미지가 배시시 웃었다. 생긴 거만큼 철부지구나, 생각하자 피식, 웃음이 나왔다. 특별히 조심할 거나 원하는 케어 방법을 알려달라는 내 말에 채널을 이리저리 돌리던 미지가 툭 던지듯 말했다.

"몰라, 이모가 알아서 해!"

미지는 그즈음의 나이가 그렇듯 제 몸조리는 관심 밖이었다. 오직 아기를 돌보는 게 겁나서 도우미를 신청한 듯했다. 점심 준비를 하려고 싱크대와 냉장고를 열어본 나는 어이가 없었다. 나이도 그렇고 미혼모의 살림살이임을 감안해도 보통의 산모 집과 달랐다. 여섯 평 원룸에 놓인 기본적인 살림인 일인용 침대와 TV가 놓인 거실장, 그리고 주방에 놓인 한 칸짜리 싱크대와 작은 냉장고, 세탁기가 절반을 차지한 화장실을 제외하곤 여느 집 자취 살림에도 미치지 못하는 살림이었다. 싱크대에 산모용 돌미역이 있는 게 의아할 정도였다. 특이한 건 싱크대 안에 쟁여진 소주였는데 그것만으로도 대략 산모의 상황이 짐작되었다. 쌀을 씻어서 밥을 하고 미역을 물에 불렸다. 미역을 볶으려는데 참기름이 없어서 식용유에 달달 볶았다. 마늘을 찾으려고 냉장고 야채칸을 살폈으나 역시 헛수고였다. 간장도 없어서 맛소금으로 간을 한 미역국이 먹을 만은 했는지 미지는 차려준 밥을 깨끗이 비웠다.

아기 옆에 누운 미지가 금세 코를 골며 잠들었다. 그제야 긴장이 풀리는지 뒷목이 뻐근했다. 첫날은 늘 그랬다. 집 안 동선이나 산모 취향을 가늠하느라 긴장해서인지 금세 몸이 나른해지고 쉬 피곤했다. 김치도 없어서 미역국에 밥을 말아 먹었다. 아기 빨래와 속옷을 세탁기에 넣고 화장실 청소와 설거지를 마쳤다. 세탁기에서 경쾌한 〈숭어〉가 흘러나오자 벽에 세워진 빨대 건조대를 펼쳤다. 뚜껑을 열고 세탁물을 꺼내는데 남자 팬티가 딸려 나왔다. 이상했다. 내가 받은 산모의 인적사항은 스무 살의 미혼모였다. 버스를 두 번 갈아타는 거리인 대신에 다른 서비스 추가는 없을 거라며 위로하듯 소장이 말했다. 아기 아빠가 다녀갔나, 얍삽한 궁금증에 팬티를 펼쳤다. 사이즈 90인 팬티는 중요 부위에 캐릭터가 그려져 있었다. 잦은 세탁으로 형태만 남은 캐릭터를 나는 한눈에 알아보았다. 촘촘한 거미줄 무늬로 덮인 탄탄한 몸과 날카로운 눈매의 마스크까지…… 스파이더맨이었다.

아들은 스파이더맨 피규어광이었다. 다양한 색상과 포즈의 피규어를 시판하는 족족 사들였다. 아들의 책장은 다양하고 희귀한 걸 모아둔 피규어 전시장 같았다. 어느 날 아들이 팬티 차림으로 내 앞을 가로막았다. 화농성 여드름이 발갛게 익은 턱선은 아직 어린애였지만 변성기를 지난 아들은 남자 꼴을 제법 갖췄다. 아들이 우쭐한 표정으로 제 아랫도리를 손으로 톡, 톡, 두드렸다. 빠른 재생을 누른 화면의 꽃처럼 성기가 부풀면서 스파이더맨이 분연히 나타났다. 스파이더맨은 상대를 향해 검지를 내밀었다. 아들이 흉내 내듯 '콕 찍어서 너야!' 하는 표정으로 나를 향해 검지를 내밀었다. 나는 그 기발하고 발칙한 캐릭터에 배를 잡고 웃었다. 아빠와 나란할 만큼 키는 자랐어도 하는 행동은 영락없이 3대 독자로 자란 철없는 아이였다. 흔히 딸이 없으면 아들이 딸 노릇을 한다는 말이 있듯 아들의 귀여운 행동은 집 안의 활기를 북돋아주었다.

아들을 생각하자 가슴께가 묵직해지면서 갈증이 났다. 역시 조마조마하던 예감은 비켜 가지 않았다. 세상모르게 잠이 든 미지를 확인한 다음, 에코백에서 텀블러를 꺼냈다. 주방에 선 채로 소주를 한 모금 마신 뒤 심호흡했다. 그걸로 끝내야 했는데 한 모금만, 한 모금만, 한 게 바닥을 보았다. 꼼꼼하게 가글을 하고 시계를 보니 네 시였다. 퇴근 시간까지 일을 마치려면 서둘러야 했다. 빨래를 마저 널고 아기를 목욕시키는데 미지가 일어났다. 손목에 끼워둔 고무줄로 머리를 올려 묶더니 냉장고에서 생수를 꺼내 벌컥벌컥 마셨다. 거칠게 냉장고 문을 닫고 감자칩 봉지를 뜯어 게걸스럽게 먹기 시작했다. 육아에 소홀한 채 딴전만 피우는 미지가 못마땅한 나는 육아는 직접 해봐야 한다고, 그렇지 않으면 낭패를 볼 거라고 잔소리하듯 말했다. 말을 하면서 흥분한 건지 목욕물이 바닥으로 튀었다. 미지가 손을 멈추고 나를 빤히 쳐다보았다. 그러다가 내 얼굴에 코를 바짝 대고 큼큼거리더니 짜증난다는 듯 말했다.

"이모, 술 마셨어?"

나는 무안함을 숨기듯 마른 수건으로 아기 몸을 꼼꼼히 닦았다. 목욕해서 기분이 좋아진 아기가 뒤집힌 풍뎅이처럼 팔다리를 버둥거렸다. 그 모습이 예뻐서 손을 잡고 흔들며 깔깔 웃었다. 로션을 바른 뒤 볼에 쪽 소리를 내며 뽀뽀했다. 기저귀를 채우고 배내옷을 입힌 다음 목욕할 시간을 대비해서 미리 타두었던 분유를 흔들었다. 왼팔로 아기를 감싸고 손으로 엉덩이를 받쳤다. 몸을 너무 눕히면 분유가 식도를 내려가다 토하기도 해서 적당한 높이 조절이 중요했다. 입술에 젖꼭지가 닿자 아기가 허둥대며 입을 벌렸다. 배가 고팠는지 꿀꺽꿀꺽 목 넘김이 우렁찼다. 그때까지도 미지는 팔짱을 낀 채 서 있었다. 아직 내 대답을 듣지 못했다는 표정이었다. 나는 미지를 한 번 올려다본 뒤 나지막이 말했다.

"비가 오잖아……."

미지가 쳇, 콧방귀를 뀌었다. 아기가 초점 없는 눈으로 어딘가의 허공을 응시하다 스르르 눈을 감았다. 젖꼭지를 밀어내자 일으켜 안았다. 소화기관 발달이 덜 된 신생아는 특히 트림이 중요했다. 아기를 가슴에 바짝 붙여 안고 손바닥으로 등을 쓸었다. 끄윽, 토해내는 트림 소리를 듣고 아기를 눕혔다. 목욕 대야를 치우고 바닥에 튄 물기를 닦았다. TV 장식장 위에 저녁을 차려놓고 놓친 일은 없는지 주변을 살폈다. 카드 단말기에 퇴근 시간을 찍고 나가다가 문고리를 잡은 채 한마디 보탰다.

"건이 엄마! 출산하면 온몸의 뼈마디가 다 어긋나 있는데 그렇게 찬물을 마시면 큰일 나. 에어컨도 세게 틀지 말고 무릎으로 다니면 정말

안 돼! 건이 엄마 하는 걸 보면 내가 발이 안 떨어진다 정말."

미지가 콧잔등에 주름을 만들며 말했다.

"아, 개짜증!"

그날의 기억이 생생한데도 참지 못하게 되는 날이 있다. 사람들 살아가는 모습은 각각 달랐다. 각자 다른 삶의 기운과 형태로 휩싸인 집을 방문하는 건 매번 낯선 환경을 만나는 일이다. 어떤 집의 벽에 걸린 가족사진에서 아들과 쏙 빼닮은 웃음을 보거나, '플레이스테이션' 게임기를 본 어떤 집에서는 아들의 흔적이 고스란히 되살아났다. 그렇듯 기억은 불쑥불쑥 튀어나와 나를 흔들었다. 그럴 때마다 내 앞의 현실이 두려웠다. 그래서 알코올이 품어주는 안락함에 숨었다. 술에 의존한 혼돈의 시간에 젖어 내 삶에 소홀하게 될까 봐 겁이 났지만, 고통을 잊기 위해 어쩔 수 없었다. 자괴감이 없는 것도 아니고 현실로 돌아오는 순간의 참담함도 싫었다. 하지만 누구에게나 하나쯤 있는 돌파구로 여겼다. 어둡고 외진 곳으로 밀려났다는 생각을 잊게 하는 돌파구…….

머그잔을 씻어 원래 자리에 놓았다. 오늘이 미지와도 마지막 날이었다. 어제 장을 본 뒤 냉장고에 넣어둔 걸 꺼냈다. 마트에서 손질해온 양태를 꺼내 내장을 감싼 엷은 막을 벗겨내고 아가미에 밴 핏물까지 꼼꼼하게 제거한 다음 흐르는 물에 헹궜다. 냄비에 넣고 소주를 자작하게 부었다. 통마늘과 대파 생강을 넣고 물을 부어 불에 올렸다. 양태가 한소끔 끓어오르자 불을 줄였다. 뼈와 대가리가 뭉근하게 우려지는 동안 미역을 물에 불려놓고 밑반찬을 만들었다. 미지의 입맛에 맞도록 실멸치를 달달하게 볶고, 메추리알을 듬뿍 넣은 장조림도 만들었다. 밀폐 용기에 반찬을 담아놓고 뽀얗게 우러난 국물을 양푼에 따랐다. 면장갑 위에 비닐장갑을 끼고 양태의 뼈를 발라낸 다음 국물을 섞어 미역국을 끓였다.

국자로 거품을 걷어내다가 엄마를 생각했다. 양태 미역국은 산후조리 때 엄마가 해준 음식이었다. 섬에서 태어난 엄마는 미역국이 질린다는 내 투정을 무시했다. 한여름 비지땀을 쏟으며 뽀얗게 국물이 우러날 때까지 끓이고 또 끓였다. 한 달 동안 매끼 미역국을 올린 엄마의 정성이었을까. 노산인데도 빨리 몸을 추슬렀다. 그래서일까. 부옇게 습기 찬 주방에 생선 고는 냄새는 엄마의 사랑이었다. 내 안에 사랑이 많은 사람으로 살아온 건 엄마의 사랑을 제대로 받았기 때문이고 그 기억으로 인해 스스로 삶을 헤쳐나갈 토대가 되었다. 고통의 시간을 감내하며 강해질 수 있는 바탕이 된 것도 그래서였다.

혼자 아이를 키워야 할 미지를 생각하면 가슴께가 묵직해졌다. 마지막으로 오게 될 날을 며칠 남기고 집 안을 샅샅이 뒤졌다. 김치와 된장, 고춧가루, 깨, 간장까지 챙겼어도 기분이 나아지지 않았다. 버스에서 내려 마트에 들렀다. 과일과 유제품을 사고 할인 코너에서 주스를 세 통이나 샀다. 낑낑거리며 현관을 들어서는 나를 보고도 미지는 본체만체했다. 내 돈으로 장을 봐 온 걸 빤히 알면서도 감사하다는 눈인사도 없었다. 몸은 아이를 낳은 엄마가 되었어도 정신은 그 나이 때에서 한 치도 벗어나지 않은 듯했다. 평소에도 슴슴하게 간한 호박볶음이나 가지조림으로 밥상을 차리면 특유의 콧잔등을 찡그리며 마뜩잖은 내색을 했다. 할 수 없이 소시지부침이나 햄볶음을 해주면 그제야 밥을 두 그릇이나 먹었다.

영락없는 아이였다. 긴 머리를 하나로 질끈 올려 묶은 목덜미에는 솜털이 송송 나 있었고, 고개를 모로 꼬고 눈을 약간 치켜뜬 모습은 마치 세상살이를 구경나온 호기심 많은 아이 같았다. 그래서였을까? 산후도우미의 금기인데도 자꾸만 미지의 삶에 간섭하려는 마음이 들었다.

아기가 앓듯이 끙끙대는 소리에 지난 시간에서 빠져나왔다. 배내옷에 둘둘 말린 아기는 부화하기 전의 애벌레 같았다. 요즘 산모들은 아기가 앵, 소리만 내도 냉큼 안아주기를 바랐다. 왜 우는지를 살피는 것보다 울리지 않는 걸 애정의 척도로 여겼다. 아기 옆에 새우처럼 몸을 구부리고 누웠다.

넓고 넓은 바닷가에 오막살이 집 한 채. 고기 잡는 아버지와 철모르는 딸 있네…….

손바닥으로 아기 배를 마사지하며 나지막이 노래했다. 눈을 치뜨고 어딘가의 허공을 주시하던 아기가 스르르 눈을 감았다. 잠든 아기를 가만히 들여다보았다. 손끝으로 입술 선을 따라가다가 나도 모르게 울컥, 했다. 삼각진 입술을 보니 고집 세고 매끈한 피부로 자랄 거였다. 아들도 그랬으니까.

아들은 선이 또렷한 입술과 매끈한 피부를 지녔다. 아들을 낳고 친정에서 몸조리 중일 때 시아버지가 찾아왔다. 하혈이 멈추지 않아 몰골이 말이 아닌 딸의 심정을 앞세운 엄마가 노인네 급한 성정을 탓했다. 삼칠일이 지나면 어련히 찾아갈 텐데 여기까지 오냐며 혀까지 끌끌 찼다. 엄마의 시선을 외면한 시아버지는 아들의 싸개를 벗기고 기저귀를 풀어헤쳤다. 축 늘어진 고환과 번데기 같은 아들의 고추를 귀한 보물 쥐듯 두 손으로 감싸 안았다. 순간 아들이 경기하듯 울어 젖혔다. 아들도 그것이 얼마나 귀중한 건지 다 안다는 듯 제 할아비에게 맹렬하게 고하는 듯, 우렁차고 고집이 느껴지는 울음이었다.

설핏 잠이 든 아기가 눈을 떴다. 여전히 뱃속이 불편한 듯 몸을 버둥거리며 칭얼댔다. 기저귀를 확인했다. 신생아 특유의 비릿하고 고소한 물똥 냄새가 났다. 기저귀를 여며놓고 욕조와 대야에 각기 다른 온도로 물을 받아놓고 배내옷을 벗겼다. 아기는 어제와 또 다르게 살이 여물었다. 뼈에 껍질을 억지로 붙여놓은 듯 흐물거리던 피부가 생후 4주 만에 소시지처럼 올록볼록했다. 물에 적신 거즈로 얼굴을 씻기고 머리를 감겼다. 마른 수건으로 머리를 닦은 다음 기저귀를 벗겼다. 노란 똥이 묻은 고추가 살짝 볶아진 번데기 같았다. 물을 끼얹어 고추를 씻기다가 따뜻한 물에 풀린 고환을 손으로 감싸 안았다. 흐늘거리는 살갗 속에 작고 동그란 씨앗, 두 개가 만져졌다. 그것은 무한한 생명의 씨를 만들어낼 주머니치고는 너무도 작고 연약했다. 이게 뭐라고, 이까짓 게 뭐라고…….

코끝이 찡해지더니 눈물이 볼을 타고 흘렀다. 얼마나 시간이 흘렀을까. 아기의 딸꾹질 소리에 정신이 들었다. 손안에 든 고환이 딱딱해지더니 빠르게 수축했다. 스스로 체온을 조절하지 못하는 아기는 온도에 민감한 걸 간과했다. 서둘러 배내옷으로 아기를 감싸고 품에 끌어안았다. 그때 밖에서 번호 키 누르는 소리와 함께 거칠게 현관문이 열렸다. 왔어? 내 말을 듣는 둥 마는 둥 신발을 벗어던진 미지가 쿵쿵거리며 들어왔다. 나는 아기를 다독이며 아버지는 좀 어떠냐고 물었다. 다짜고짜 아기를 낚아챈 미지가 나를 사납게 노려봤다. 미지의 행동은 뭔가 낯설고 이상했다. 하지만 평소에도 감정 기복이 심한 편이라 달리 대응하지 않았다. 할 일을 꼼꼼하게 마친 뒤 운동화를 신고 빈병을 의식하며 조심스럽게 에코백을 들었다. 현관문을 열다가 마지막 인사를 했다.

"잘 지내고 건이 잘 키워!"

그때까지도 내 눈을 피하던 미지가 슬쩍, 고개를 들었다. 나만의 착각이었을까. 미지의 눈이 젖어 있었다. 아버지 때문일 거라 생각하며 가볍게 손을 흔든 뒤 문을 닫았다.

밤새 화장실을 들락거렸다. 뭘 잘못 먹은 걸까? 물까지 다 나온 뒤 부글거리던 속이 잠잠해졌다. 나는 내 몸에 든 것을 쏟아내느라 부산을 떨었는데 세상은 고요 속에 파묻힌 듯 적막했다. 남편의 대학 동기들이 집들이 때 들고 온 벽시계에서 뻐꾸기가 튀어나오며 뻐꾹 뻐꾹 다섯 번을 울고 들어갔다. 자꾸만 무기력해지는 마음을 다잡으며 잠을 청하려고 이불을 뒤집어썼다. 수면에도 두께가 있는 걸까. 언제부턴가 잠드는 게 예전 같지 않았다. 양을 세다가 설핏 잠들었다. 한잠 푹 잤다고 생각했는데 눈을 떠보니 여섯 시였다. 그새 습관이 된 건지 출근하지 않은 아침은 참으로 더디게 흘렀다.

죽이라도 끓이려고 냉장고를 열다가 기분 나쁜 냄새에 코를 쥐었다. 안을 살펴보았다. 미지에게 필요한 장을 보면서 산 홍합이 문제였다. 팩을 꺼냈다. 지독한 냄새와 함께 누런 물이 바닥으로 흘렀다. 아들은 해물이 듬뿍 들어간 스파게티를 좋아했다. 싱싱한 새우살과 홍합만 넣어도 엄마 최고! 라며 엄지를 추켜세웠다. 아직 제철이 아니라고 생각했지만, 홍합을 보자마자 집어 들고 쉴 새 없이 질문했다. 살은 꽉 찼겠죠? 자연산인 거 맞죠? 홍합도 해감해야 하나요? 스물넷의 청년이 되었을 아들은 지금도 스파게티를 좋아할까? 사람은 다소 변덕스러워서 좋아하는 음식이나 취향이 쉽게 변하기도 한다는데…… 아들은 어떤 취향을 가진 사람으로 성장했을까? 성향이나 생각이 조금씩 변하는 나이, 그러니까 스물아홉이거나 서른쯤 되면 아들도 달라질까? 자신의 행동을 후회하고 돌아오는 날이 오기는 할까?

홍합 썩는 냄새는 지독했다. 팩째 쓰레기봉투에 넣고 입구를 꽁꽁 여몄다. 현관에 봉지를 내려놓다가 나이키 로고가 선명한 운동화를 보았다. 아들이 금세라도 큼지막한 발을 집어넣고 뛰어나갈 듯 앞부리가 바깥을 향해 있었다. 먼지가 뿌연 운동화를 손으로 투덕투덕 털어 제자리에 놓았다.

어젯밤 형사의 전화는 7년을 기다린 내 희망을 무참히 짓밟았다. 찾아갈 때마다 사무적이던 것과 달리 조심스러운 목소리로 아들을 찾았다고 했다. 하지만 아들이 연락처 알리는 걸 원치 않는다고, 미성년자가 아니어서 본인 의사를 무시할 수 없다고 했다. 마치 아들을 찾았다는 말에 내 생각이 끼어들 여지를 주지 않으려는 듯 빠르게 말했다.

아들이 원치 않는다는 말이 명치에 걸렸다. 짐작은 해도 다 알지 못할 아들의 마음에 대한 부모의 배려로, 기다려주면 될 거라 안일하게 생각했던 내가 바보였다. 나는 핸드폰을 쥔 손에 힘을 주며 제 아빠 일은 알렸냐고 다그치듯 물었다. 형사가 뭐라고 대답했지만 귓속에서 윙윙, 울릴 뿐 알아듣지 못했다.

냉장고 문이 제대로 닫히지 않은 걸까. 삐, 삐, 소리가 났다. 계속되는 소리에 귀를 틀어막았다. 마치 내 삶에 울리는 경고음 같았다. 삐삐, 위험 수위에 도달했습니다. 삐삐, 대피하세요! 대피하세요!

거칠게 냉장고 문을 닫았다. 죽을 끓이는 것도 부질없어서 침대에 누웠다. 몸이 붕 뜬 듯 무기력해지더니 철커덕, 철커덕, 귀에서 기차 바퀴 지나가는 소리가 났다. 이러다 정신을 잃을 수도 있다는 생각에 덜컥 겁이 났다. 대접에 밥을 푸고 뜨거운 물을 부었다. 숟가락으로 밥알을 꾹꾹 누른 다음 물을 마셨다. 다시 물을 붓고 밥알을 누르다가 숟가락을 떨어트렸다. 손목이 시큰거렸다. 내 몸의 관절도 숭숭 바람 뚫린 문풍지처럼 엉성해진 모양이었다. 퉁퉁 불은 밥알을 싱크대에 쏟아버리고 찬장에서 보드카를 꺼냈다. 콩나물 값도 아끼면서 보드카를 사서 쟁여놓는 건 나의 유일한 사치였다.

여행을 좋아했던 우리는 틈만 나면 캐리어를 끌고 나갔다. 국내 이곳저곳을 여행하다가 1년에 한 번은 이벤트 하듯 외국으로 나갔다. 그 해 여름, 반바지에 체크 남방을 커플로 맞춰 입고 캐리어를 끄는 남편의 손에 내 손을 얹은 채 낯선 터키를 향해 떠났다. 그렇게 떠난 여행이 마지막이 될 줄은 몰랐다. 오스만 제국 때 술탄이 거주했다는 톱카프 궁전은 크고 방대해서 들어설 때부터 분위기와 위용에 압도당했다. 궁전 안의 서늘한 기운은 더위를 잊기에 충분했지만, 남편은 플라타너스 그늘에서 꼼짝도 하지 않았다. 더위를 식힌다는 핑계로 벤치에 앉아 멀리 보스포러스 해협만 하염없이 바라보았다. 일정이 끝나고 숙소로 들어간 남편은 공항 면세점에서 산 보드카를 꺼내 스트레이트로 마신 뒤 내일은 호텔에서 쉬고 싶다고 말했다. 나는 예전 같지 않은 남편의 상태를 배려하지 못했다. 오히려 여행 와서까지 자신만 생각하는 이기적인 사람이라고 몰아붙였다. 남편은 별말 없이 보드카를 한잔 더 마시고는 한숨을 내쉬었다. 그리고는 표정을 바꾸며 탄산수를 섞은 칵테일을 만들어서 내게 건넸다. 나는 앙탈 부리듯 하얗게 눈을 치뜨며 남편의 잔에 부딪혀 건배했다. 그때, 삶은 이런 비슷한 일의 연속일 거라 믿었다.

유리잔에 보드카를 반 정도 채운 뒤 탄산수를 채웠다. 뽀글뽀글 올라오는 흰 기포를 손끝으로 톡톡 터트리는데 휴대전화가 울렸다. 정 여사였다.

정 여사의 소개로 산후도우미 교육을 8일간 받은 뒤 돌봄센터에 등록했다. 벌써 7년 세월이 흘렀다. 그러니까 수료증을 받고 처음으로 일을 시작한 날이었다. 센터에서 보내준 주소를 들고 집을 찾아 나섰다. 아침부터 찌뿌둥하던 날씨가 금세라도 비가 쏟아질 듯 캄캄했다. 바람까지 불어서 얼굴에 들러붙는 머리카락을 귀 뒤로 넘기며 자꾸 추레해지는 마음을 추슬렀다. 연신로 20번지는 찾았지만 20-11번지는 찾지 못해 미로 속에 빠진 것처럼 헤매기만 했다. 참다못해 산모에게 전화했다. 찾기 쉽게 큰 건물을 알려달라고 하자 '염병할발전소'를 찾아오라고 했다. 염병할발전소냐고 내가 되묻자 산모가 약간 짜증이 난다는 듯 열, 병, 합, 발, 전, 소. 라고 한 자 한 자 끊어가며 말했다.

집에 도착하자 부석부석한 얼굴의 산모가 가는 귀먹은 할머니를 연상했다며 웃었다. 주방으로 간 나는 싱크대와 냉장고를 뒤져 식재료를 꺼냈다. 앞치마를 입고 무와 마른 표고로 육수 내는 것으로 일과를 시작했다. 움직임이 적은 산모를 위한 배려였다. 참기름에 고기를 달달 볶은 다음 육수를 부어 미역국을 끓였다. 큰 접시에 계란찜과 두부부침, 샐러드와 김자반을 보기 좋게 놓고 밥과 국은 따로 담아 안방으로 들어갔다. 산모가 환하게 웃으며 말했다.

"이모님, 하시는 거 봐서 맘카페에 올려드릴게요."

나는 희미하게 웃었다. 잘 부탁한다는 말을 기대한 건지 산모 표정이 심드렁해졌다.

산모는 대단한 선심이라도 쓰는 듯 말했지만 달갑지 않았다. 어쩌다 맘카페에 올라온 후기를 통해 일이 연결되기도 한다고, 센터에서 떼는 25퍼센트의 수수료가 없어서 최적의 조건이라고 했다. 하지만 혹시 모를 사고에 대해서는 대책이 없다고 했다. 실수로 아기가 다치면 연고나 밴드로 그칠 상처도 병원을 찾았고, 보상 문제까지 거론하는 현실이라고 정 여사에게 귀에 딱지가 앉도록 들은 터였다.

설거지를 마치고 마사지를 준비하는데 신트림이 올라왔다. 뭔가 내키지 않은 일을 할 때 몸이 먼저 반응하는 건 오랜 습관이었다. 아이를 출산한 산모의 몸에 오일을 바르고 늘어난 뱃살을 만지는 건, 끈적한 이물질이 손바닥에 들러붙는 느낌이었다. 딱딱해진 가슴을 마사지할 때도, 뭉치고 늘어난 배를 풀어줄 때도, 부기를 빼려고 종아리와 팔뚝을 쓸어내릴 때도, 내 몸의 근육이 단단하게 뭉치는 기분이었다.

"큰애 하원 좀 도와주세요."

마사지를 마친 내게 빳빳한 지폐를 건네며 산모가 말했다. 나는 내 손에 놓인 3천 원의 가치를 생각할 겨를도 없이 이마에 난 땀을 훔치며 어린이집 버스를 마중 나갔다. 큰애를 씻기고 간식을 챙겨 먹이자 마무리할 일이 산더미였다. 그 와중에 일주일치 남편의 셔츠를 내밀며 다림질까지 부탁했다. 나는 내 손에 놓인 3천 원을 찌그러트리듯 움켜쥐었다. 6천 원의 가치는 혹독했다. 입술을 앙다물고 첫날의 일정을 마쳤다.

그날을 시작으로 지금까지 잘 버텨왔다. 몸이 힘들면 생각이 짧아질 거라는 생각은 맞았다. 일은 힘들어도 내 한 몸 책임질 정도의 수입은 되었다. 아들이 돌아오면 집을 옮길 계획으로 매달 적금도 붓고 있었다. 이 모든 게 정 여사 덕이라면 덕이었다.

밖에서 보이는 그녀의 하늘거리는 꽃무늬 원피스는 화사했다. 문을 열고 안으로 들어서는 나를 향해 손을 흔드는 그녀의 입술은 지나치게 붉었다. 그녀는 주문한 아메리카노가 나오자 잘게 부순 얼음을 띄운 커피를 빨대로 들이켰다. 나는 뜨거운 고구마 라떼를 후후 불어가며 천천히 마셨다. 빈속에 따뜻하고 달달한 게 들어가자 비로소 몸에 온기가 돌았다. 커피를 서너 모금으로 바닥을 본 그녀가 소장과 통화했냐고 물었다. 나는 빨대에 묻은 새빨간 립스틱을 멍하니 보고 있다가 눈을 동그랗게 떴다. 어리둥절한 내 표정을 본 그녀가 혼잣말처럼 내뱉었다.

"아직 연락 못 받았구나."

말을 마친 그녀가 얼음을 입에 넣고 우드득 우드득 씹었다.

"그런데, 뭘 하려던 거였어? 혹시 사내 아기만 고르는 이유가 그거였어?"

무심결에 고개를 젓다가 하마터면 들고 있던 잔을 놓칠 뻔했다.

미지와의 마지막 날이던 어제도 평상시와 별반 다르지 않았다. 새벽 다섯 시에 눈을 떴다. 여섯 시가 조금 못 된 시간이었나. 미지에게서 전화가 왔다. 숨넘어가는 소리로 아빠가 사고를 당했다고, 빨리 와줄 수 있는지 물었다. 마음이 급해서 씻는 건 생각도 못 하고 집을 나섰다. 숨을 헐떡이며 초인종을 누르자 기다렸다는 듯 문이 열리며 미지가 나왔다. 나는 미지의 분홍 립스틱을 바른 입술에 눈이 멎었다. 교통사고가 난 아빠의 응급실을 찾아가는 모습으로는 보이지 않았다. 나는 별일 아닐 거라며 미지를 위로한 뒤 등을 다독여주었다. 그리고 미지가 나간 뒤에도 평상시와 다르지 않았다. 단지 술을 마신 탓에 감정이 느슨해져서 아기 목욕 시간이 약간 길었을 뿐이었다. 어리둥절한 내 모습에 어이가 없다는 듯 그녀가 말했다.

"원룸에 시시티브이 있는 거 몰랐어?"

요새는 집에도 CCTV를 설치한 집이 많다고, 행동에 주의하라던 소장의 말이 그제야 떠올랐다.

"아직 혼자인 거지? 연애라도 좀 해봐."

말을 마친 그녀가 핸드백을 들고 자리에서 일어났다. 나는 멀어지는 그녀의 뒷모습을 망연히 쳐다보았다.

7년 전, 나도 정 여사처럼 화사하고 예뻤다. 남편은 내가 웃을 때 초승달이 되는 눈과 고르고 하얀 치아가 예쁘다고 했다. 그 말 때문이었을까? 나는 웃음이 헤픈 사람이 되었다. 남편의 사업이 내리막을 달리는 느낌이 들었어도, 그래서 생활비가 늦어져도 웃기만 했다. 남편의 상황을 심각하게 받아들이는 것보다 모르는 척 편안하게 쉬게 해주는 게 남편을 위하는 거라 믿었다. 그런데 만약 남편을 위로하고 격려하는 모습을 보였더라면 상황이 달라졌을까. 남편은 그저 웃기만 하는 나와는 푸념조차 할 수 없는 상대라고 생각해서 그날도 폭음했던 것일까?

사고가 났던 그날. 새벽 세 시쯤 몸도 가누지 못할 정도로 취해서 들어온 남편은 쓰러지듯 잠들었다. 아침 여섯 시 알람이 울리자 화들짝 일어난 남편은 화장실로 들어갔다. 나는 황태해장국을 끓여 아침을 차려놓고 아들을 깨웠다. 국물만 홀짝이던 남편은 평소처럼 아들과 함께 나갔다. 식탁을 치우다가 남편의 전화를 받았다.

놀란 남편과는 달리 아들은 멀쩡해 보였다. 남편의 SUV 차량 뒤에서 사타구니를 움켜쥔 아들의 모습이 약간 코믹해서 웃음을 참지 못하고 깔깔 웃었다. 그런데 아들이 점점 몸을 구부리더니 그대로 고꾸라졌다. 그러니까 남편은 새벽에 대리운전으로 집에 왔고, 주차공간을 찾아 헤매다가 파인 도로를 보수한 뒤 세워둔 주차금지 팻말을 치우고 사선으로 주차했다. 아들이 차 빼는 걸 도와준다며 손짓으로 더, 더,

하는 순간, 남편이 가속 페달을 밟은 상태로 아들을 들이받은 것이다.

병원에서 퇴원한 아들은 제 방에서 나오지 않았다. 스파게티를 만들어서 아들 방을 노크했다. 약 기운 탓인지 그때까지 아들은 자고 있었다. 책상 위에 쟁반을 올려놓고 바닥에 떨어진 이불을 덮어주다가 당분간 딱 붙는 속옷은 피하라는 의사 처방에 헐렁한 트렁크 팬티 차림인 아들의 아랫도리를 슬쩍 들춰보았다. 아들의 성기 아래 형태는 없어지고 드문드문 실밥만 남은 고환을 보는 순간 손으로 입을 막았다. 알고 있었지만 생각했던 것보다 훨씬 심각한 상태였다. 후드득 뼈마디가 내려앉은 듯 그 자리에 맥없이 주저앉았다.

한참 때인 아들의 아랫도리는 시도 때도 없이 부풀어 올랐다. 아침에 일어나 팬티 차림으로 화장실에 들어갈 때나, 목욕탕을 다녀온 날 아들이 사내로 변해가는 모습을 남편이 얘기해줄 때도, 제 속도로 자라주는 아들이 대견했다. 그래서 딸 가진 부모가 하듯 첫 몽정을 했을 때도, 새끼 새의 깃털이 회색에서 까만색으로 변하듯 아들의 겨드랑이와 성기의 털이 자랄 때도, 케이크에 초를 꽂는 이벤트를 해주었다. 의사는 아들이 사내 역할을 제대로 할 수 있을지의 여부는 반반이라고 했지만 뭔지 모를 불안이 머릿속을 잠식했다. 세운 무릎에 머리를 박고 소리죽여 울었다.

그러던 어느 날, 아들이 집을 나갔다. 다양한 모양의 피규어와 빨래건조대에 널린 스파이더맨 팬티까지 다 챙겨서였다. 가출 신고를 하고 미친 듯이 찾아 헤맸지만 아들의 행방은 묘연했다. 남편도 나도 서서히 지쳐갈 무렵, 만취 상태로 운전하던 남편은 교차로에서 신호를 위반한 채 달리다가 반대편에서 오던 트럭과 부딪쳤다.

흘러간 7년의 세월에 상관없이 그날을 떠올리면 늘 손바닥이 끈적거렸다. 손바닥을 옷에 문질러 닦는데 휴대전화가 부르르 떨렸다. 소장이었다.

"권미지 산모 달래느라 진이 다 빠졌습니다."

나는 일단 죄송하다고 사과부터 했다. 그리고 무슨 일인지 자세하게 알려달라고 말했다. 소장은 요즘 애들 당돌한 거 몰랐냐며 인터넷에라도 올렸으면 어쩔 뻔했냐며 겁부터 줬다. 내가 한 행동은 오해의 소지가 다분했다고, 하마터면 돌봄센터가 유명세를 치를 뻔했다며 엄살 부리듯 말했다. 남녀의 출산 비율이 비슷한데 여아가 걸릴 때마다 손목이 아프다거나, 몸살기 핑계를 댔던 게 다 이유가 있었던 거냐며, 여아를 거절한 사실을 통계 내면 이번 일과 연관해서 문제 삼을 수도 있다고 했다. 나는 나를 잘 알지 못하는 사람한테 듣는 잔소리에 수치심이 차올랐다.

"그럼 소장님도 수수료를 포기할 상황인가요?"

가팔라진 내 목소리에 소장은 큼, 큼, 헛기침을 내뱉었다.

"정 억울하면 권미지 산모와 타협해보세요. 나라에서 보조되는 돈이라도 받을 수 있을지 또 알아요?"

내게 모멸감을 주고도 자신의 불이익만 내세우는 소장의 몰염치에 분노가 치밀었다. 하지만 나는 거기에 맞설 만큼 모질지 못했고 방법도 알지 못했다. 더구나 센터를 통하지 않으면 일도 할 수 없는 게 현실이었다. 차마 내 쪽에서 먼저 끊지는 못하고 휴대전화를 귀에서 떼고 걸어가다가 다가오던 취객과 몸이 부딪쳤다. 야구 모자를 눌러 쓴 키가 훤칠한 청년이었다.

미안합니다…… 취기가 묻어나는 소리에 주춤 걸음을 멈췄다. 흘깃, 얼굴을 훔쳐보고는 실망감에 가슴을 쓸었다. 청년은 연신 뭐라고 중얼거렸다. 청년에게 얼이 빠져 있는 동안 소장은 이번 일만 잘 마무리하자는 말로 전화를 끊었다.

걸핏하면 노동의 대가를 포기하라는 소장의 처사에 화가 났다. 하지만 다시 생각하면 이건 미지와 나의 문제였다. 억울한 일을 그냥 포기하면 지는 것이라는 생각이 지배적이었다. 다달이 들어가는 적금도 문제였지만 갑에 눌려 을의 자존감이 무시되는 세상이라는 생각은 참기 힘들었다. 지나가는 택시를 향해 손을 들었다. 미지 집으로 찾아가 초인종을 눌렀다. 열리지 않는 문을 노려보며 어둑한 복도에 우두커니 서 있는데 온갖 생각이 머릿속을 휘저었다. 비참한 모습 보이지 말고 이대로 돌아갈까도 싶었다. 그래도 인간이라면 이럴 수 없다는 생각으로 견뎠다. 분노와 억울함 가당찮은 복수심까지 합세해서 뺨을 한 대 올려붙여도 풀릴 것 같지 않았다. 다시 한차례 문을 두드렸다. 여전히 문안은 조용했다. 살다 보면 꼭 듣지 않아도 저절로 알게 되는 일도 있는 법이었다. 미혼모라는 인적사항을 들었을 때, 어떤 사연이든 어린 나이에 포기하지 않고 아기를 출산한 것만도 대단하고 기특한 일이라고 여겼다. 그래서 미약하나마 친정엄마의 정을 느끼게 해주고 싶었다. 대가를 바라고 한 행동은 아니었지만 그렇게 쏟은 내 진심이 너무도 허망하게 느껴졌다.

얼마나 시간이 지났을까. 얇은 원룸의 벽면으로 자지러질 듯 아기 울음소리가 들렸다. 주먹을 쥐고 마구 문을 두드렸다. 얼마나 시간이 지났을까. 잠금장치 풀리는 소리에 잡아채듯 문을 열었다. 현관에 발을 내딛다가 아기 신발을 밟았다. 신발은 슬쩍 닿기만 했는데도 형광빛을 뿜어내며 삑삑 소리를 냈다. 미지는 아기를 달래느라 혼이 나간 건지 이마와 귓불까지 온통 빨갰다. 하룻밤 사이에 집 안은 난장판이 되어 있었다. 밤새 사용한 기저귀며 젖병, 어질러진 옷가지로 인해 발디딜 틈도 없었다. 아기가 자지러질 듯 울었다. 시간을 보니 분유 먹을 시간이었다. 젖병을 찾는데 바닥에 나뒹구는 건 모두 사용한 것이었다. 냄비에 물을 부어 불에 올리고 젖병을 씻었다. 소독을 마친 젖병에 분유를 타서 미지 앞에 놓았다. 미지는 나를 제대로 쳐다보지 못했다. 손을 내밀어 더듬더듬 젖병을 들던 미지가 픕, 웃었다. 널브러진 기저귀를 또르르 말아 휴지통에 넣던 나는 손을 멈췄다. 오래전 남편의 힘든 표정을 보고도 웃기만 했던 백치 같은 웃음과 닮은 웃음이었다. 나의 꼿꼿한 시선을 의식한 미지가 젖병을 물리며 말했다.

"건아, 맘마 먹자!"

야릇한 활기와 비음이 섞인 미묘하게 발음이 뭉개지는 소리였다. 나는 무릎걸음으로 미지 앞으로 갔다. 턱을 쥐고 얼굴을 들어 올렸다. 순간 미지의 큰 눈이 붉어지더니 눈물 한 방울이 툭 떨어졌다. 미지의 눈물에 가슴이 먹먹해진 나는 젖병을 쥔 미지의 손목에 터질 듯 부풀어 있는 붉은 줄 몇 가닥을 길게 노려봤다. 머리 묶는 고무줄을 손목에 끼워 뒀다가 생각날 때마다 당겼다 놓기를 반복한 흔적이었다. 적막한 원룸에 퍼지던 틱…… 틱…… 소리, 머리를 묶다 말고 넋 놓고 앉아 있던 구부정한 등, 이 모든 게 주마등처럼 스쳐 지나갔다. 그 행위 속에 감춰진 불안과 초조와 막막함이 그제야 느껴졌다. 그래, 너도 술이 없으면 살아갈 수가 없는 거구나. 끈적한 동질감에 명치가 먹먹했다. 눈을 감고 젖병을 빨던 아기가 배냇짓인 듯 배시시 웃었다. 아기의 웃음에 가슴이 뭉클해진 내가 잠긴 목소리로 말했다.

"건아, 아프지 말고 잘 자라야 해!"

나름의 서운함과 분노를 거둔 마지막 인사였다. 현관문을 나서다가 아무렇게나 벗어던진 미지의 신발과 아기 신발을 나란히 놓고 밖으로 나왔다.

버스에서 내려 시름없이 걸었다. 정류장을 시작으로 50미터 직진한 다음 좌회전했다. 파란 하늘을 한 번 올려다본 뒤 만물슈퍼를 끼고 우회전했다. 길고양이 용변 냄새가 지독한 공터를 지나면서 코를 움켜쥔 채 뛰듯이 걸었다. 다시 느린 걸음으로 열한 시 방향으로 작은 교회를 지나 능소화가 흐드러진 담이 끝나는 곳에 멈춰 섰다. 내가 세 들어 사는 집이었다.

파란 대문을 열고 안으로 들어갔다. 두 평이 될까 싶은 화단에서 사철 푸른 나무와 계절마다 꽃을 구경하는 호사를 누렸다. 바지런한 노부부가 정성껏 가꾼 덕분이었다. 여느 때처럼 현관 입구에는 짐받이 자전거가 세워져 있었다. 오늘은 시장을 다녀왔는지 배추 잎사귀가 떨어져 있었다. 이 집에서 7년을 지내는 동안 화단에 심어진 나무는 조금씩 둥치를 키웠고 자전거는 조금씩 낡아갔다. 마치 나무가 자전거의 낡음을 먹고 자라듯이 그랬다. 무언가를 먹고 나무가 자라듯 내가 낡아가는 것으로 아들이 한 뼘씩 자란다면, 그것에 의미를 두고 살아가는 삶이었다면…….

계단을 오르다가 다시 내려왔다. 수면제가 떨어진 것을 깜박했다. 병원 문 닫을 시간을 계산해 걸음을 빨리했다. 가정의학과에 접수를 마치고 의자에 앉았다. 대기실은 한가했다. 긴 의자에 앉아 벽걸이 텔레비전에 눈길을 두었다. 소리를 줄여놓은 홈쇼핑 채널에서는 가출 청소년의 실태를 보여주었다. 말소리가 들리지 않는 그들의 표정은 피폐하기는커녕 당당하고 활력이 넘쳤다. 내 아들도 어디에 속해 있든 제게 주어진 만큼의 시간을 살고 있을 거라는 생각이 들었다. 나도 모르게 촉촉해진 눈가를 훔치다가 접수증을 내려다보았다. '55세, 여, 고정희' 나를 증명하거나 나타내는 인적사항은 그게 전부였다. 처음 본 듯 내 이름과 나이가 낯설었다. 낯섦도 잠시, 이름이 호명되자 몸이 먼저 반응하며 벌떡 일어나 진료실로 들어갔다.

집에 돌아와 절구를 꺼냈다. 수면제를 넣고 빻았다. 알약은 목에 걸려 잘 넘어가지 않았다. 잘 빻아진 수면제를 병에 담았다. 오래전에 본 영화에서 여주인공이 알약을 정성스럽게 간 다음 요거트에 섞어 먹던 장면이 생각났다. 흉내 내듯 요거트에 수면제를 섞어 티스푼으로 천천히 떠서 먹었다. 약병은 침대 머리맡에 올려놓았다. 그 작은 병이 뭐라고 위로가 되었다.

문득 이 밤이 나의 마지막 밤이라면, 아들에게 한마디쯤 남기고 싶다면, 무슨 말을 할까 생각했다. 잘 살라는 말밖에 떠오르는 게 없었

다. 삶은 어떤 경우에도 그저 살아가는 것일 테니까. 눈꺼풀이 너무 무거웠다. 가만히 눈을 감았다. ■

부재와 결핍에서 긍정과 화해로

심영의
(소설가, 문학평론가)

1. 자아 응시로서의 소설

소설은 무엇보다 이야기다. 그것도 요약되지 않는 삶의 실재에 접근하는 이야기다. 소설은 이야기를 통해서 다양한 삶의 모습과 그것에 내재한 모순을 그린다. 새로운 인간형을 창조하기도 하고, 독자에게 지금 이곳 '너머'를 상상하게 할 수도 있다. 발견을 동반한 깨달음을 선물하기도 한다. 그러나 그 모든 것이 가능하기 위해서 중요한 것은 이야기하는 서술자의 그 마음의 드러냄이 독자에게 어떤 울림을 줄 수 있느냐 하는 것이다. 작가 채정의 첫 소설집에 실린 소설들은 독자에게 어떤 울림을 주는가. 아니 '이야기를 이야기하는' 소설의 서술자는 무엇, 곧 어떤 마음으로 독자와 교감하는가. 그것은 서술자의 '자아 응시'라고 나는 본다. 소설의 형식을 빈 이야기에서 독자가 원하는 것은 무엇일까 하는 질문으로 바꿔보면 이해가 좀 더 가능하겠다.

오늘날 소설의 독자는 소설에서 삶의 지혜라거나 즐거움이나 위안을 얻고자 하지 않는다. 소설이 아니라도 영화나 음악으로도 혹은 범람하고 있는 여러 종류의 인문학 강좌로도 충분하기 때문이다. 사정이 그러한데도 굳이 문자언어로 된 소설을 찾는 독자가 있다면, 그것은 필시 소설에서 강력하고 매력적인 인물이 자신만의 독특한 삶을 살아가는 모습을 은근히 기대하고 있는 것 아닐까. 독자로서의 자기 삶이 너무나 평범하고 지루한 까닭에 나와는 다른 삶, 그러나 가만 들여다보면 또 나와 얼마간 닮은 누군가의 이야기를 통해 독자는 뜻밖에도 자신을 객관화할 수 있는 시간을 갖게 될 수도 있다.

혹은 무한경쟁의 시스템에 올라탄 채 더 이상의 추락을 경험 혹은 용인하지 않기 위해 자신을 돌아본다는 것이 다만 사치에 불과할 뿐인 독자들에게 자아를 지그시 응시하는 시간 혹은 거리를 갖게 하는 것. 어쩌다가, 누군가의 소설을 읽다가, 우연히. 길을 걷다가 우연히 듣게 된 예전에 정말 좋아했던 음악을 들을 때 불현듯 과거의 시간 어디쯤으로 되돌아가서 그 시절의 온기를 기억해내듯이. 그것만이 소설에 '아직' 남아 있는, 소설의 독자가 소설에서 바라는, 소설만의 미덕이라고 나는 생각한다. 그래서 나는 소설에 등장하는 인물들이 찾는 궁극적인 지향점은 자기성찰 혹은 자아에 대한 인식이라고 본다.

다소 늦은 나이에 소설가의 길로 들어선 작가 채정의 첫 소설집에 실린 여덟 편의 단편은 그런 미덕을 갖고 있는가, 하는 것이 필자의 우선적인 관심이다. 첫 소설집에 실린 여덟 편의 단편 속 인물들은 그 자체로는 특별하게 강력하거나 매력적인 인물은 아니다. 오히려 우리 주변에서 어렵지 않게 만나볼 수 있는 평범한 인물들이어서 독자는 쓸데없는 긴장에서 놓여나 오히려 편안한 자세로 그들의 이야기에 귀를 기울일 수 있다. 일종의 패러독스(paradox)다. 소설에서 매력적인 인물이란 도덕적 용기를 갖추되 불완전한 인물일 수밖에 없는, 다름 아닌 독자 자신의 모습이기도 한 것이어서.

2. 부재와 결핍의 서사

전통적인 의미에서 소설이란 부재와 결핍의 서사다. 지금 현재의 시점에서 어떤 결핍과 부재를 통해 불행의식을 느끼는 '문제적 인물'이 그 문제적 상황으로부터 벗어나기 위해 길을 떠나는 것으로부터 시작하는 이야기가 소설의 고전적인 정의다. 다만 작가 채정의 소설은 단편들인데, 단편이란 삶의 한 단면을 예각화하여 보여주는 것으로, 그것을 한데 모으면 모자이크처럼 하나의 그림이 완성된다. 작품집에 실린 순서를 따라 소설을 읽으면서 작가가 구축한 소설 세계를 만나보자.

「등고선」 속 여성 인물 '채정'[1]은 천연 염색과 섬유 조형 작업을 하는 가난한 예술가다. 그녀는 예술가로서의 자기 세계를 견고하게 만들어가려는 욕망과 상품을 시장에 내놓아 그것을 화폐로 교환해야 하는 현실적 삶에서 고뇌한다. 게다가 전시를 앞두고 정신없이 바쁜 틈에 어린이집에

1 작가의 본명은 따로 있으나 등단작인 이 소설의 여성 인물 이름 '채정'을 작가는 자신의 필명으로 쓰고자 한다. 까닭은 이 소설의 인물 '채정'과 작가 자신의 모습이 닮은 데가 많고, 소설의 인물 '채정'이 그렇듯이 작가도 예술가로서의 정체성에 자신의 뿌리를 튼튼히 내리고자 하는 다짐으로 보인다.

맡긴 아이를 잃은, 씻을 수 없는 상처를 간직하고 있다. 그런 그녀에게 가장 강력한 갈등은 예술과 시장 사이 어느쯤에 자신의 위치를 설정해야 하는가의 문제다. 당연히 있어야 할 것의 사라짐으로서의 부재는 그녀가 지키지 못했던 아이 '장미'다. 그녀는 당면한 갈등과 부재를 어떻게 감당하며, 어떻게 극복하는가. '등고선'으로 명명한 새로운 작품을 만드는 데 집중한다. 그녀는 작품을 공모전에 낸 다음 갠지스강으로 떠날 계획을 세운다. 그곳에서 사람들에 섞여 몸을 씻고 아이를 제대로 떠나보낸 후 온전한 자신의 삶을 살아갈 다짐을 하는 것이다.

「엄마의 완장」 속 여성 인물은 지역신문의 기자로 생계를 도모하고 있다. 그녀가 열 살 되던 해 징징대는 엄마가 싫다고 아버지가 집을 나갔고, 이제 어머니 '박순애'는 치매 전문 요양원에 의탁하고 있는 신세다. 이 인물에게는 「등고선」의 인물처럼 남편이 부재하고, 그녀의 어머니 또한 어느 날 느닷없는 남편의 가출로 남편이 부재한 상태에서 가장의 고단한 역할을 떠맡게 된다. 남편의 부재 혹은 아이가 사라진 세계에 홀로 남겨진 「등고선」과 「엄마의 완장」 속 여성 인물들은 당장의 현실적인 삶을 살아내기 위해서 나름의 사투를 벌인다.

「나는 포기할 권리가 있다」는 이 소설집에 실린 다른 단편들과는 다소 이질적인 작품이다. 우선 소설의 주된 인물이 다른 소설들과 달리 남성들이다. 그것 자체가 유별난 것은 아니지만 인물들을 둘러싼 환경이라는 것 역시 보통의 일상과는 다르다. 그것은 광주의 5월이라는 역사적 사건이 그들의 삶에 개입하고 있기 때문이다. 남성 인물 '박'은 5 · 18유공자인데, 혹독한 고문의 후유증으로 정신이 피폐해지고, 그런 탓에 그는 일상적인 가정폭력의 가해자가 된다. 결국 그의 아내는 병을 얻어 일찍 죽고 아들들 역시 집을 떠나 왕래가 없는 처지다. 또 다른 남성 인물 '김'은 여러모로 '박'과 대비되는 인물이다. 편백나무로 장롱을 만드는 공방에서 오랫동안 해왔던 방식대로 수작업을 고집하는 '박'과 달리 '김'은 기계 작업의 효율성을 선호하며, 더구나 자투리 나무로 부수입을 올리는 매우 현실적인 인물이다. 「등고선」 속 여성 인물 '채정'이 시장의 논리가 아닌 예술의 세계에서 자신의 정체성을 확장하려는 욕망을 갖는 것처럼 이 소설에서는 '박'이 그러한 인물이다. '박' 역시 역사적 사건의 피해자이면서 가족에게는 가해자라는 엇갈린 위치에서 아내와 자식의 부재로 괴로워하는 인물이기도 하다.

「시간을 건너는 법」의 여성 인물은 인턴으로 들어간 은행에서 만난 상사의 소개로 그녀의 남동생과 결혼을 한다. 그는 교사였는데, 결혼을 하고서도 아이 낳기를 원하지 않았고, 무엇보다 결혼하고 10년 동안 자신만의 세계에 갇혀 살다가 명퇴를 하고 난 후 어느 날 갑자기 죽어버린다. 그녀는 남편의 장례식 후 그가 남긴 통장에서 남편이 '박소희'라는 아이에게 매달 30만 원씩 후원한 기록을 발견한다. 아이는 보육원에 있었는데, 아내는 남편이 후원했던 보육원의 아이를 자신의 아이처럼 잘 맡아달라는 남편의 당부로 이해한다.

아무려나 이 소설에서도 여성 인물에겐 남편과 아이가 없다! 다만 남편이 왜 아이 갖기를 원하지 않았는지, 보육원에서 지내고 있는 아이에게 후원함으로써 아내에게 다른 아이일망정 잘 키워달라는 메시지로 읽는다든지, 남편의 장례식을 전후하여 시누이는 왜 그렇게 이 인물에게 표독스럽게 구는 건지, 소설의 이야기를 독자가 충분히 이해할 수 있을지는 다소 의문이다. 여성 인물이 마주한 상황의 전후 맥락에서 볼 때,

그 와중에 벽화를 보고 생성과 소멸을 떠올리는 건 아무래도 관념적 처리로 보인다. 관념이 충분히 육화되지 못한 채 서술자의 언어로 발화될 때 소설의 언어는 불투명해지기 십상이다. 이는 작가가 잘 알 터인데.

「징검다리가 있는 집」의 여성 인물 '수현'은 일란성 쌍둥이인 '수진'에게 채여 부모의 사랑을 받지 못하고 성장한 묵은 상처가 있다. '수진'은 일등을 놓치지 않더니 의사가 되었고 '수현'은 상대적으로 지진아라는 스스로의 낙인으로 괴로워한다. 그녀는 가족이라는 이름의 제도에 편입되는 것에 염증을 느껴 '선우'의 청혼을 미루다가 그와 함께 '징검다리가 있는 집'에서 열 달을 지낸다. 처음에는 관계도 잘 풀리지 않았으나, 점차 자신의 몸과 마음을 치유해가면서 상처를 회복해간다. 그리고 싶었던 만화를 완성하는 일, 그러니까 자신이 진정 원하는 삶의 가능성을 향해 발을 내딛게 되면서 '선우'와의 관계도 정상적으로 이루어지고, 자신을 괴롭혔던 열등감을 극복한다는 이야기다.

사르트르가 말한 바, '타인은 지옥'이라는 말에 내포된 의미는 남의 시선에 포박당한 삶, 타인과 비교하는 삶에서 벗어나는 것이야말로 진정한 삶을 향해 나아가는 것이라는 것으로 이해된다. 그렇게 보았을 때, '수현'은 타인과의 비교에서 벗어나, 오랫동안 자신을 괴롭혔던 결핍으로서의 자아 상실을 이겨내는 주체적 인물로 변한다.

「청색 디딤돌」 속의 여성 인물도 직장 상사였던 '현구'라는 이와 결혼을 하지만 그의 가부장적인 태도에 질려서 아이를 몰래 지우는 등 결혼 10년이 지나도록 온전한 자아를 갖지 못하는 인물이다. 담양의 유명한 정원 '소쇄원'을 둘러보면서도 모든 게 시들하고 심지어 비릿한 마음을 지니고 있으나, '디딤돌'에 발을 얹는 얼마간 주술적 행위를 통해 다시 살아갈 다짐을 한다. 이 인물에게도 아이가 없다!

「벅수」는 마을 입구에 세워진 장승으로 소설 속 여성 인물과 닮은꼴로 기능한다. 혼자 몸으로 어느덧 40년째 국밥집을 운영하고 있는 소설의 여성 인물은 작은 섬마을에 살 때 성폭행을 당하고 아이를 낳지만, 아이를 제 손으로 키우지는 못한다. 세월이 흘러 이제는 같이 늙어가는 처지가 된 딸아이 '윤희'와는 여전히 서먹서먹한 것이다. 그런데 제목으로 삼고 있는 '벅수'란 무엇인가가 소설을 읽는 데 중요한 열쇠 말이다. 그것은 앞에서도 설명했듯이 마을을 지키는 수호신의 의미를 갖고 있는 장승 중의 하나이면서 바보 또는 멍청이라는 뜻을 내포하고 있다. 소설에서 '벅수'는 인물의 태도 곧, "용서할 수 없으면 벗어날 수 없다"는 고흥댁의 말을 거듭 되뇌면서 결국 그러한 선택으로 마음을 정해가는 인물을 대신하는 하나의 알레고리(allegory)인 것이다.

마지막 작품인 「홀릭」은 산후도우미로 살아가는 여성 인물 '고정희'가 선이 또렷한 입술과 매끈한 피부를 지녔던, 스파게티를 좋아하고 스파이더맨 피규어광인 아들을 잊지 못하는 이야기다. 아들은 지금 스물넷의 청년이 되었을 테지만, 술을 마시고 돌아온 남편이 주차 중 아들을 치어서 성기와 고환이 사라져버리는 사고를 당했고, 그 이후 집을 나가 여태 소식이 없는 것이다.

살펴본 소설의 인물들에서 뚜렷한 것은 남편이나 혹은 아이라는 가족의 부재다. 실로 전통적인 의미에서 '온전한 가족'이 없다. 남편이 있는 경우(「청색 디딤돌」)에도, 그녀의 삶이란 여전히 위태롭게 보인다. 「징검다리가 있는 집」의 '수현'은 이 소설집에 실린 다른 소설들에 비하면 새로운 삶의 가능성이 열려 있기는 하지만 대부분의 소설에서 보이는 '아이'

의 부재는 그 자체로 미래 전망에 대한 작가의 부정적인 인식을 반영한다.

더구나 여러 소설에서 남편, 특히 아이는 애초부터 없었다기보다는 존재했던 것의 상실로서의 부재인 탓에 그 결핍의 정도는 남다르고 한층 애틋하다. 그런데 가족의 부재라는 공통점을 보이는 이 소설의 이야기가 독자에게 주는 울림이란 무엇인가. 다름 아닌 자신을 지긋이 바라보는 것. 오늘 나의 가정 그리고 가족은 안녕한지를 질문해보는 것. 그런 끝에 나란 어떤 존재인가를 거듭 되묻는 시간을 갖는 게 아닐까.

작가 채정의 소설에서 가족의 부재, 곧 가족의 해체 이야기는 최근의 한국 소설 대부분에서 발견되는 보편적인 이야기라 할 수 있다. 경제적 불안과 공포의 일상화, 지속 가능한 삶의 가능성이 사라진 시대, 국가폭력 혹은 여성에 대한 성적 폭력(물리적 폭력만이 아닌)이 평범한 인물들의 삶에 가하는 충격이 내는 파열음과 균열. 그 모든 열거하기 숨 가쁜 사정들이 저 가족해체의 원인으로 작동하고 있다. '채정'의 소설은 그러한 가족해체의 서사 내에 한 위치를 차지하고 있다.

사실 그것은 불길한 현실의 이면을 묘파하고 있는, 우리가 부러 외면하고 싶었던 삶의 진실이기도 하다. 작가 채정의 소설은 그러한 의도적 외면으로부터 현실을 직시하게 하는 용기를 준다. 그리하여 부재와 결핍으로 점철된 삶을 견뎌내고 마침내 고통 너머로 이동할 수 있는 길을 안내하는 하나의 지도가 된다.

3. 의사소통의 구조

소설은 '이야기'로 알고 있지만, 소설을 제대로 읽다 보면 소설은 '이야기를 이야기하는 것'이라는 것을 알게 된다. 그것은 소설이란 소설 내에서 발생한 '이야기'를 서술자가 텍스트 밖의 독자에게 '이야기해주는' 형식이라는 의미에서 그러하다. 그런데 이야기를 이야기 곧 서술하기 위해서는 어떤 사건을 보는 행위가 선행된다. 그런데 또 '누가 보느냐' 하는 문제는 시점의 문제이고, '누가 말하느냐' 하는 것은 서술의 문제다.

서술자의 위치란 시점(point of view)를 말하는데, 채정의 소설에서는 「나는 포기할 권리가 있다」를 제외한 일곱 편이 모두 '나', 곧 1인칭 주인공 시점이다. 언급한 서술시점 · 인칭은 서로 구분되면서 혼용되는 개념인데, 소설 담론에 대한 번잡한 이론을 전개하려는 게 아니라 채정 소설의 서술시점이 갖는 특장(特長)을 설명하는 것이 이 글의 목적이라는 것을 망각하지 않는 선에서 정리하고자 한다.

가장 주목할 것은 채정 소설에서 서술자는, 인간의 삶의 내용인 이야기를 어떤 방식으로 바라보며 전달하고 있는가 하는 문제다. 그것을 살피기 위해서는 또 소설에서 어떤 삶의 내용이 선택되고 있는가를 먼저 살펴야 한다. 그것은 앞에서 상술한 바, 가족의 해체라는 우리 사회의 현실을 원경으로, 그러한 부재와 결핍의 상태에 있는 여성 인물을 근경으로 배치한 이야기 구조를 그 내용으로 하고 있다.

그러한 이야기 내용을 1인칭 서술시점을 통해 독자에게 전달되는데, 1인칭 서술에서는 두 개의 '나'의 존재가 필연적으로 요구된다. 하나는 인물로서의 '나'이며 다른 하나는 서술자로서의 '나'이다. 앞의 경우를 '경험자아' 뒤의 경우를 우리는 '서술자아'로 부르기로 하자. 맨 처음 소설 「등고선」 속 여성 인물 '채정'의 경우를 보자.

전시를 앞두고 정신없이 바쁜 틈에 어린이집에 맡긴 아이를 잃은 이, 곧 사건을 경험한 자아는 누구인가. '채정'이다. 예술가로서의 삶과 상인으로서의 삶에 갈등하는 인물은 누구인가. '채정'이다. '등고선'이라 명명한 작품을 만들고 그것을 공모전에 보낸 후 갠지스강으로 떠나기를, 그리하여 이제는 아이의 부재라는 상흔에서 벗어나 온전한 자아를 회복하려는 다짐을 하는 이는 누구인가. '채정'이다. 그리고 그러한 일들을 말하고 있는 이는 누구인가. '채정'이다. 대체로 경험자아의 경험이 끝난 후 일정한 시간이 지난 후에 서술자아가 되며, 그 둘 사이의 시간적 거리가 서사적 거리를 형성하는 것이 소설의 전통적 문법이다. '채정'이 아이 '장미'를 잃고 난 후, 그 부재에 고통스러워하고, 시간의 경과 속에서 그것을 극복하기 위한 다짐과 행위를 이야기하는 것을 독자는 듣는다. 이때 독자는 경험자아이면서 서술자아인 '나'의 발화, 곧 1인칭 서술시점의 고유한 특징을 만나게 된다. 그것은 '나'의 인간적 면모가 구체적으로 드러난다는 점이다.

다른 하나는, '채정'이 먼 이국 땅으로 가 여러 사람과 섞여 마침내 상흔을 씻어버리고 온전한 자아를 되찾겠다는 그 다짐－행위의 동기에 관한 것이다. 그 동기란 다름 아닌 존재론적 요구로 인한 것인데, 그것은 자아상실로부터 자아회복으로 이어지는 존재의 주체적이고 긍정적인 선택이라는 점에서 독자는 그 인물을 응원하게 되고 여기에서 일정한 울림의 구조가 발생하는 것이다. 이렇게 소설은 읽는 주체로서의 자아와 텍스트로서의 세계가 상호작용하는 매우 독특한 공간이다.

작가 채정의 소설이 독자에게 진정성 있는 목소리로 다가오는 중요한 요인 중의 하나는 앞에서 말한 서술시점의 문제에 더하여 소설의 인물이 그가 감당하고 있는 어떤 '일'에 대하여 매우 구체적으로 묘사하고 있는 데에도 있다. 그것은 자신의 소설을 대하는 작가의 성실성을 보여주는 것으로 독자의 신뢰를 얻는 데 있어 드러나지 않게 중요한 대목이기도 하다.

4. 수락과 긍정, 화해의 이야기

소설은 일정하게는 현실의 반영이면서 그것은 또한 현실의 굴절이기도 하다. 앞에서 경험자아와 서술자아로서의 서술자의 위치에 대해 살핀 바 있거니와 서술자 바깥 곧 텍스트 바깥에 위치한 작가의 존재를 문제 삼지 않을 수 없다. 소설이란 결국 작가가 세계를 어떻게 바라보고 해석하는가의 문제로부터 출발하기 때문이다. 작가 채정의 소설에서 이야기의 결말을 향해 가는 인물의 태도를 통해 우리는 작가의 세계관을 어렵지 않게 읽을 수 있다.

인물들이 한결같이 가족 특히 아이의 부재를 견디면서 마침내 고통 너머로 이동하고자 하는 이야기의 결말에는 인간 존재에 대한 작가의 따스한 응시가 놓여 있다. 「등고선」 속 여성 인물 '채정'도, 「엄마의 완장」 속 여성 인물도, 심지어 「나는 포기할 권리가 있다」의 남성 인물 '박'도 예외 없이, 갈등과 부재와 결핍의 상태에서 화해를 향해 나아간다. 그것은 사실 현실에 대한 수락이며 운명에 대한 순종이기는 하지만, 시류에 휩싸이지 않으려는 다짐들, 자신만의 고유한 정체성을 지켜나가고자 하는 인물들의 다짐은 귀하고 가치 있게 다가온다.

그런데 「등고선」 속 여성 인물 '채정'이 가고자 하는 인도의 갠지스강은 실재라기보다는 하나의 관념이다. 그것은 진정한 실재가 아닐 수 있기 때문이다. 그렇다 보니 「등고선」 속 여성 인물 '채정'이 등고선을 제작하게 된 직접적 계기나 「징검다리가 있는 집」의 여성 인물 '수현'과 「청색 디딤돌」 속의 여성 인물이 자신과의 화해로 나아가는 계기가 다소 느슨하고 평범하다는 생각을 갖게 된다.

「나는 포기할 권리가 있다」의 남성 인물 '박'의 경우 그가 가정폭력의 가해자가 된 주요한 요인으로 국가폭력의 상흔을 설정하고 있는 것은 일종의 클리셰(cliche)가 된다. 그의 폭력적 성격과 그로 인한 가족의 비극의 책임을 국가폭력에 전가하는 것은 사실에서 얻은 소재라 할지라도 소설에서는 너무 익숙한 패턴이어서 널리 공감을 얻는 데 자칫 어려움을 겪을 수 있다.

이제 첫 소설집을 내는 작가 채정의 소설은 평범한 듯 보이는 인물들이 사실은 그 평범함 속에 내장하고 있는 부재와 결핍과 고통을 단단하게 견뎌내면서 마침내 자아, 그리고 세계와 화해를 향해 나아가는 행로를 보여주고 있다. 자신만의 고유한 세계를 지켜나가려는 인물들의 다짐도 세계와의 불화를 끝내고 싶은 내밀한 욕망과 무관하지 않다. 그래야 비로소 온전하게 숨 쉬면서 살아낼 수 있기 때문이다.

그것은 작가가 세상을 긍정하고 인간 존재를 따뜻한 심정으로 이해하고자 하는 하나의 태도요 세계관으로 그것 자체로 귀하고 존중받아 마땅하다. 다만 인물의 긍정이 현실을 바꾸는 것으로서가 아니라 그런 현실을 대하는 인물의 태도를 바꿈으로써 화해에 이르는 것은 부재와 결핍 이전의 과거가 현재의 위안이 되는 것으로, 곧, 각각의 인물이 부재와 결핍을 가져오게 한 세계와는 전혀 다른 세계를 아직 꿈꾸거나 만들어 내는 과제를 안고 있다는 뜻이기도 하다. 더하여 인물의 사소한 말과 행위라도 필연적인 동기가 주어져야 하고, 독자는 작가가 말하지 않은 것에 대해서는 알지 못한다는 점도 물론 작가는 알고 있을 것이다.

다만 문학은 이러해야 한다는 누군가의 단정적인 생각은 그 자체로 오류와 폭력일 것이다. 문학은 인간 존재가 그렇듯이 매우 복합적인 데다 제각각의 섬세한 무늬를 지니고 있는 '어떤 것'이다. 「등고선」 속 여성 인물 '채정'이 그러하듯 작가 채정만의 고유한 세계를 만들어가는 것을 우리는 기대하면서 지켜볼 것이다. 인간에 대한 긍정이야말로 문학의 궁극적인 가치며, 늦은 것은 문제가 아니라 늦게까지 쓸 수 있으면 충분하다는 것을 작가는 이미 알고 있으니까.